Ingeborg Christ

Bittermandelkuchen

Roman

Impressum:

Copyright: Ingeborg Christ für
Texte und Bilder

Herstellung und Verlag:

ISBN: 978-3-7557-0457-7

Ingeborg Christ

Bittermandel-Kuchen

Roman

Zur Autorin **Ingeborg Christ:**

1940 in der Eifel geboren, lebte vorwiegend in Köln und Lindau am Bodensee.
Ihre Texte wurden über Jahre in Literaturzeitschriften, Gemeinschaftsbänden und Anthologien veröffentlicht, wie in Köln, Stuttgart, Salzburg und Wien, sowie in Bombay/Indien und in Jahresbänden der „Frankfurter Bibliothek".
Später als Einzelbände der Autorin erschienen:
- „Die kleinen Träume vom Glück" /2010
  Kurzgeschichten mit Gedichten und Malerei
  ISBN 978-3-8391-7411-1
- „September-Rose" / 2011
  Roman
  ISBN 978-3-8423-9834-4
- „Die Zeit, die wir haben" / 2012
  Gedichte zu Emotionen, der Zeit, und Impressionen
  ISBN 978-3-8448-3029-3
- „Mio piccolo Mondo" - Meine kleine Welt / 2012
  Roman
  ISBN 978-3-8448-9629-9
- „Baikal-Liebe und mongolischer Wind / 2014
  Roman
  ISBN 978-3-7357-6588-8
- „Das andere Leben" /2015 /Geschichten
  ISBN 978-3-7392-8092-9
- „Das Gauklerparadies" / 2018
  Roman (Eine Überlebens-Philosophie)
  ISBN 978-3-7528-4542

4

Bittermandelkuchen

ist ein freierfundener Roman,
Ähnlichkeiten sind Zufälle

Zum letzten Kapitel

meinen Dank an Frau Rosi Nirk/Friedl für die Informationen über Nepal, wo sie und ihre Bergsteigerfreunde über viele Jahre mit gezielten Projekten und persönlichem Einsatz die Notlagen armer, abgelegener Bergdörfer verbesserten!

Dank auch meiner Enkelin Lisa für ihre Informationen über St. Petersburg!

In your land as in mine

is just blowing the wind
a child's laughing around and also a pitiful crying
the lovely song of a mother, laments, shouts of joy
all over hellos and good-byes
again and again
the love's happiness and the love's pain:
rain and sunshine
Catherine
in your land as in mine!

The wind is loaded
on his fly around the world with longing-melodies,
full of kisses and wishes for luck and piece
and calls for freedom and equal rights,
is also heavy of tears in sadness
because of human's coldness, and a lot of lies:
rain and sunshine
Moshe
in your land as in mine!

Free blows the wind
love-greetings over demarcation-lines
carries prayers to heaven, hopes an desires
from all people of earth,
puffs all promises away
oh, never mind!
Spreads flower-seeds fast, blows rose-scent around,
gives us the first breath and take our last:
rain and sunshine
Krishna
in your land as in mine!

Ingeborg Christ
Erschienen in „Parnassus of World Poets 1998/
Madras/Indien

In deinem Land wie in meinem

weht gerade der Wind
ein Kinderlachen umher und auch ein klägliches Weinen,
das liebliche Lied einer Mutter, Klagelieder, Lustschreie,
überall herum Hallos und Wiedersehen
immer wieder
Liebesglück und Liebesleid:
Regen und Sonnenschein
Katharina
in deinem Land wie in meinem!

Der Wind ist beladen
auf seinem Flug um die Welt
mit Sehnsuchtsmelodien voll von Küssen
und Wünschen für Glück
und Rufen nach Frieden, Freiheit und Recht,
schwer auch von traurigen Tränen
wegen der Menschen Kälte
und einer Menge Lügen:
Regen und Sonnenschein
Moshe
in deinem Land wie in meinem!

Frei weht der Wind
Liebesgrüße über Grenzen
trägt Gebete zum Himmel Hoffnungen und Wünsche
von allen Menschen der Erde,
bläst alle Versprechungen fort,
oh, mach dir nichts daraus!
Er streut auch Blumensamen, weht Rosenduft umher,
gibt uns den ersten Atem, nimmt unseren letzten:
Regen und Sonnenschein
Krishna
in deinem Land wie in meinem!

Der Kuchen des Lebens
Ist verlockend
Und schmeckt süß

Aber immer und überall
Ist Bittermandel darin

Ob auf einem estnischen Landgut
Im schönen St. Petersburg,
Oder im fernen Nepal

✻

Treffen in St. Petersburg

Ein eisiger Wind zog durch die Straßen von St. Petersburg, als sie über die Brücke zum Uferweg der Newa lief. Die kalten Nordwinde aus dem Finnischen Meerbusen fegten besonders kalt und rau über die Brücken. Sie zog die Ohrenklappen ihrer Pelzmütze herunter und band den warmen Schal bis über die Nase, so wie damals in ihrer Studienzeit in der Stadt. Die russischen Winter konnten unbarmherzig kalt sein!

Unten auf den Uferwegen war es nicht mehr so frostig. Katharina nahm gern diesen stillen Weg. Er war eine Abkürzung, wenn sie zu Alexej ging. Hier an der Newa kam man auch nach den Einkäufen im lauten Zentrum zur Ruhe. Da gab es nur den Fluss mit seinem typischen Geruch, sein stetiges Vorbeifließen, das Geplätscher der Wellen am Ufer und den Glanz der Sonne auf der Wasserfläche. In der Abendsonne war er golden. So golden wie die lange Fassade der prächtigen Eremitage, die im Schein der Lichter Abend für Abend ins Wasser fiel.

Besonders schön war ihr Glanz in der Newa in den Weißen Nächten von Petersburg. Dann schien der Palast darin versunken zu sein und aus der Tiefe zu strahlen. Es war jedesmal ein Schauspiel gewesen: im Wasser, auf dem Wasser und in der Luft. Die Lichter des Feuerwerks hatten seine Oberfläche bunt gefärbt. Wenn sich dann nach Mitternacht die ersten aller Brücken zum Himmel hoben, und die wartenden Schiffe von klein bis groß auf freie Fahrt Richtung Meer zogen, war es für alle ein besonderes Erlebnis. Wie oft hatte sie in jenen Nächten im Juni, in denen die Sonne über St. Petersburg nicht unterging, in Gesellschaft ihrer

Studienfreunde an diesem Ufer gefeiert und getanzt. In einer dieser Nächte hatte sie sich in Alexej verliebt; denn eine solche Nacht war zum Lieben geschaffen! Wie die Newa in ihrem Glanz, blieben jene Nächte unvergessen.

Katharina liebte die Stadt. Sie kam gerne her, Alexejs und ihretwegen. Zu Hause in der Stille ihres estnischen Landguts „Tonga" sehnte sie sich oft nach dem Lärm und dem geschäftlichen Trubel. Aber es war auch so, dass sie ihm gern schon nach wenigen Tagen wieder entfloh, und war es nur bis hier an die stillen Ufer der Newa.

Alexej hingegen gefiel dieses laute, turbulente Leben der Großstadt. Er war daran gewöhnt, wie sie an die estnische Stille. Auf dem Landgut in der Nähe von Törva wurde er schon nach wenigen Tagen unruhig; Katharina spürte es, wenn er ihr nicht mehr zuhörte und mit seinen Gedanken schon wieder woanders war. Es war traurig, für sie selbst, und besonders für ihre kleine Tochter Julia, die sich jedesmal auf ihren Vater freute und ihn mit ihren kindlichen Wünschen und gemeinsamen Vorhaben überraschte und überrumpelte, und manchmal überforderte. Mit vielen Versprechungen wurden sie dann aufgeschoben bis zum nächsten Besuch, der immer seltener war.

Mehr und mehr begriff Katharina, dass nicht ihr Landgut, sondern St. Petersburg Alexejs Zuhause blieb, obwohl er bei ihrer Heirat davon begeistert gewesen war, und dazu große Pläne für ein gemeinsames, geruhsames Alter auf dem Lande gemacht hatte. Außer ihr hatte es wohl niemand auf dem Gut geglaubt, am wenigsten Victor, ihr Vater. Er war dem Schwiegersohn ablehnend begegnet. Zweifellos hatte er sich für seine Tochter einen anderen vorgestellt.

Absolut unvorstellbar war es ihm gewesen, das schwer er-
arbeitete bewirtschaftete Gutsvermögen in diese „unge-
schickten Hände" weiterzugeben. „Was willst du mit diesem
Bolschewiken?" hatte er gesagt. „Wir können ihn hier nicht
brauchen!" Nein, Victor war nicht überaus glücklich mit
der Wahl seiner Tochter; aber er respektierte sie und
sprach nie mehr darüber, weil er wusste, dass sie ihn liebte.
Und das tat sie! Immer noch! Und jedesmal, wenn er ihr mit
festen Schritten in seinen Stiefeln und seiner feschen russischen Uniform entgegenkam, die seiner großen, sportlichen
Figur auf den Leib geschnitten war, und er sie mit einem
Lachen in den dunklen Augen seines schönen Gesichts begrüßte. Er erwiderte ihre Liebe und sparte nicht an Zärtlichkeiten, und genoss ihre estnische Schönheit. Es war nur
schade, dass sie sich so selten sahen!

Alexej war in einem der russischen Staatsdienste beschäftigt, und seine Aufgaben beanspruchten ihn sehr, manchmal
auch am Wochenende. Sie begriff, dass ihm nicht seine Familie, sondern sein Beruf wohl das Wichtigste war. In diesem Sinne führte er sein Eigenleben. Es galt zu akzeptieren,
oder nicht! Und ebenso damit zu leben! Selma, ihre schwe-
dische Freundin hatte sie vor dieser Belastung gewarnt.

Der Ablauf auf dem Landgut lag in ihren und des Vaters
Händen. Und in denen von León und all ihrer dort unterge-
brachten Familien, die gute und zuverlässige Arbeit leiste-
ten, nicht nur wegen der guten Behandlung von Seiten der
Gutsfamilie, sondern auch aus Verbundenheit und Ver-
pflichtung dem ganzen Geschehen gegenüber.
„Guten Dienstleuten steht eine gute Belohnung zu!" sagte
Victor, und behandelte sie so, das sie alle zufrieden waren.

Alexej blieb außen vor, als sei er der Familie nicht zugehörig. Und nicht dem ganzen Geschehen! Auf dem Landgut Tonga vermisste ihn keiner. Außer Katharina! Ihr fehlte seine Nähe. Und weil sie Alexejs Frau war, brauchte es keiner Worte, wenn sie von Zeit zu Zeit für einige Tage nach St. Petersburg hinauf fuhr. Nur die kleine Julia sollte währenddessen liebevoll versorgt sein. Und das war sie bei Mascha, die schon lange in ihren Diensten stand.

Heute war sie wieder in der Stadt. Und bald bei Alexej!
Aus der Ferne hörte sie bereits die Abendglocken der Isaakskathedrale. Sie klangen weithin; denn sie war die Mächtigste der Stadt. Keine übertraf sie in ihrer Größe, und ihre riesige Kuppel in ihrem Glanz. In der untergehenden Sonne strahlte sie wie die Sonne selbst.

Katharina eilte die Treppenstufen vom Uferweg der Newa hinauf. Oben in den Geschäften des Viertels, in dem Alexej wohnte, wollte sie noch ein paar köstliche Dinge für ein schnelles Essen besorgen; denn er hatte sicher nichts vorbereitet; wusste er ja heute nicht, dass sie kam. Darum würde er auch nicht in der Türe stehen und sie sogleich umarmen.
Mit einigen Sakuskis, Kaviar und Brot, Pelmenis, den Teigtaschen, die sie beide liebten, lief sie von einem zum anderen Laden in den Straßen. Zum Glück gab es auch im Café Bize noch ein paar kleine köstliche Törtchen für eine Nascherei am Abend. Nachdem sie auch noch Alexejs liebsten Wein bekommen hatte, eilte sie den Jugendstil-Häusern zu, in denen er wohnte. Stilvolle Ornamente schmückten die Fassaden und erweckten den Eindruck, dass ihre Bewohner geachtete und betuchte Leute waren, die sich ein besseres,

gesichertes Leben leisten konnten. In ihnen würde es am Sonntag keine Eintöpfe, keine Soljanka-Suppen und keinen Borschtsch geben, das „Arme-Leute-Essen", wie Mascha, ihre russische Köchin auf dem Gut, sagte, wenn sie von ihrer Kindheit sprach.

Vor einem der schönen Häuser zog sie den großen Schlüssel aus ihrer Tasche und trat hinein. Der Geruch des alten Hauses war unverwechselbar. Eine breite Treppe führte bis ins obere Stockwerk, in dem Alexej wohnte. Die hölzernen Stufen rochen nach frischem Bohnerwachs. Katharina liebte diesen Geruch; er verband sich mit Alexej. Wie auch das laute Knacken des Schlüssels im Schloss seiner großen Türe, die mit ihren massiven Metallbeschlägen auf dem dunklen Holz uneinnehmbar schien. Man musste aufpassen, dass sie nicht hinter dem Rücken zuschlug; sie würde einem die Rippen brechen. Wie vermutet, war sie abgeschlossen, und Alexej war noch nicht zu Hause.

Sie öffnete die Fenster der Wohnung und erfrischte sich im Bad. In einem eigenen Schrank hatte sie alles, was sie brauchte, wenn sie in Petersburg war, so dass sie jedesmal ohne große Vorbereitungen und lästiges Gepäck reisen konnte.

Sogleich begann sie einen festlichen Tisch zu decken; denn es war die gewohnte Zeit, in der er kam. Mit dem, was sie besorgt hatte, ließ sich eine Tafel mit lauter Köstlichkeiten decken. Sie entkorkte den Wein und zündete die Kerze zwischen den Gedecken an. Was fehlte noch? Ach ja: das Bild, das Julia für den Papa gemalt hatte, durfte nicht fehlen.

Alles sah gut aus. Dafür würde Alexej sie morgen sicher wieder zu einem Gourmet-Essen ins Severyanin einladen. Darin war er genereux!

Prüfend warf sie noch einmal einen Blick über den Tisch;

er war einladend und wartete auf seine Gäste.

Er wartete lange! Im Laufe des Abends verloren die blumigen und fruchtigen Dekorationen um die Sakuskis ihre Frische. Ihr Duft aber hielt sich noch im Raum. Das Brot begann trocken und hart zu werden; seine knackigen, leicht würzigen Krusten wurden langsam zäh. Und die köstlichen kleinen Sahnetörtchen aus ihrem Lieblingscafé, dem Bize, fielen mehr und mehr in sich zusammen – wie Katharinas eigene Frische. Eine allgemeine Erschöpfung machte sich breit. Die frühe lange Fahrt von Tonga bis Petersburg, die Einkäufe und die Stadt selbst, und Freude der Erwartung hatten müde gemacht.

Draußen wurde es schon dunkel, und der Abend ging durch die Straßen. Sie hatte aufgehört auf die Uhr zu schauen. Dennoch lauschte sie unaufhörlich auf seine Schritte. Mehrmals hatte sie geglaubt, das laute Knacken des Schlüssels zu hören. Sie hatte sogar die Kerzenflamme auf dem Tisch flackern gesehen, als zittere sie in einem plötzlichen Lufthauch.

Mit einem Glas Wein stand sie am Fenster und sah auf die farbigen Lichter der Leuchtreklamen in der Dunkelheit. Der Tageslärm war verebbt und in ein dumpfes, monotones Geräusch übergegangen. Die Menschen hasteten nicht mehr von einem Einkaufsort zum anderen; sie waren heimgegangen. Oder man saß in einem der vielen caféähnlichen Lokalem, um nach der Hektik des Tages noch bei einem Drink zu plaudern.

Unten im bunten Schein des Reklamelichts umarmte und küsste sich ein verliebtes Paar, das nicht Abschied nehmen konnte. Genau wie sie es getan hatten! Es machte sie wehmütig! In jenen Nächten war der Himmel über Petersburg ebenso schön gewesen. Die Sterne einer frostigen Nacht

hatten nicht eiskalt gefunkelt, sondern geglitzert wie uner-
reichbare Diamanten. Es waren warme Nächte für alle Verliebten, in denen niemand von ihnen fror. Heute stand sie
da und begriff, dass es lange her war. Vielleicht zu lange?
Aber nein! Nichts war vorbei! Alles wäre noch genauso
schön und die Nächte wunderbar, wenn .... er denn käme!

Es dämmerte schon als sie im großen Lehnstuhl erwachte.
Ihr war kalt! Niemand war gekommen, sie auf den Armen
ins Bett zu tragen, oder ihr eine warme Wolldecke überzu-
legen. Ihre langen blonden Locken hatten sich aus der großen Spange gelöst und sich zu einer wilden Mähne ausge-
breitet. Ein Blick auf das elendige Bild des gedeckten Ti-
sches verstärkte noch ihre Gliederschmerzen und das enttäuschte Herz.
Wo war Alexej? Bei ihrem letzten Telefonat vor ein paar
Tagen hatte er kein besonderes Vorhaben, oder eine berufliche Verpflichtung angedeutet. Sie machte sich Sorgen.
Unruhig, und alles Vorbereitete stehen und liegengelassen,
verließ sie, wie sie gekommen war, die Wohnung. Sie werde
ins Zentrum der Stadt fahren, und dort in einem der Cafés
frühstücken. Anschließend würde sie – wie immer - ein
paar kleine Geschenke für Julia besorgen, und für Mascha
ihre geliebten russischen Pralinées.
Ach ja: und für Papá noch den bestimmten Wodka! Er
schwor auf seine medizinische Heilkraft.
Es war schon fast Mittag. Auf dem Weg zur Metrostation
gönnte sie sich noch ein herzhaftes Bliny = einen gefüllten
Pfannkuchen, bevor sie zurück fahren wollte. Vielleicht war
Alexej ja inzwischen eingetroffen und wartete auf sie. Auf
den Stufen nach unten strömte ihr eine Menschenmenge
aus der soeben eingefahrenen Bahn entgegen. Alexej war

unter ihnen. Noch bevor sie ihm zuwinken konnte, sah sie die Frau, die er in der Hand führte. Doch im Trubel der Menschen ging es schnell nach unten und für die anderen schnell nach oben. Sie hatte Mühe umzukehren und die Treppe hoch zurück zu laufen, um ihn einzuholen. Oben sah sie die beiden in unmittelbarer Nähe wartend an der roten Ampelanlage stehen. Währenddessen umarmten und küssten sie sich wie junge Verliebte. Aber sie waren beide nicht mehr jung, vielmehr sehr vertraut miteinander. Man hätte meinen können, sie seien ein immer noch verliebtes Paar.

Als Alexej sich plötzlich umsah, begegnete er Katharinas Blick. Wie ein Magnet musste er durch die Menschenmenge auf ihn gewirkt haben. Er erstarrte. In dem Moment schlug die Ampel um und alle liefen los.

Alexej aber stoppte.

„Alexej, was ist?" hörte sie die Stimme der Frau zurückrufen, und sogleich folgte auch ihr Blick dem seinen.

„Hast du Jemand gesehen, der dir etwas bedeutet? Willst du zurück?" rief sie ihm zu.

„Nein, nein!" winkte er mit einer Handbewegung ab.

„Nichts von Bedeutung!" hörte Katharina ihn antworten, bevor er mit seiner Begleiterin über die Fahrbahn lief.

Die unerwartete, schockierende Begegnung lähmte Katharina. Sie stand da inmitten der vorbeilaufenden Menschen und rührte sich nicht vom Fleck. Wie ein Blitz hatte es sie getroffen und unbeweglich gemacht.

Doch in der Menge wurde sie weitergedrängt. Mit zittrigen Knien und stockendem Atem ging sie in den Hintergrund und lehnte sich an den Pfeiler eines Portals, ihre Augen weiter auf das Paar gerichtet, das auf der anderen Straßenseite direkt auf das Severyanin zuging, um delikat zu speisen. In „ihr" Severyanin! Dieser verlogene Schuft!"

Ihre Knie zitterten immer noch, als sie die Straße entlang-
ging. Ziellos! Die Gedanken drehten sich wie ein Karussell
im Kopf und überschlugen sich.

Sie musste sich fangen!

Zorn und Wut überfielen sie. Auf Alexej?

Ach, Alexej! Drüben im Severyanin saß er. Nein: Nur ein
Mann mit seiner Frau! Doch nicht ihr Alexej!

Sie war wütend über sich selbst. Darüber, dass sie auf ihn
gewartet hatte, und dass sie überhaupt hergekommen war.
Wütend, dass sie ihn sieben Jahre geliebt hatte wie eine
Närrin, während er sich woanders vergnügte! Wo war er
denn sonst an den vielen Wochenenden, in denen sie in
Tonga schon auf ihn gewartet hatte? Die beruflichen Ver-
pflichtungen am Wochenende waren offensichtlich ein
Vorwand gewesen. Und sie hatte ihn bedauert!

Selma hatte damals recht gehabt, als sie sagte: „Trau ihm
nicht!" Aber das hatte sie getan, sie verliebte Gans! Niemals
mehr würde sie nur aus Liebe glauben, und auf einen Mann
warten! Dann wich die Demütigung ihrem Stolz.

Eine Katharina von Tonga betrog man nicht!

Einer Katharina von Tonga zitterten wegen so etwas auch
nicht die Knie!

Und nichts und niemand trübte ihr den klaren Verstand!

Oh nein! Sie, Katharina, wischte man auch nicht mit einer
lapidaren Handbewegung als etwas Bedeutungsloses vom
Tisch, weil sie nur „Bauernblut" in sich hatte, wie er manchmal lachend sagte. Dafür hatte sie ein umfassendes Betriebswissen im Kopf, und nicht nur Theorie, die für ein
Leben auf einem großen Landgut nicht reichte!

Mit erhobenem Kopf ging sie zurück zur Metrostation. Doch
das Herz schlug wild und die Gedanken waren in Aufruhr.

Nein! Nicht sie als Betrogene hatte ihre Ehre verloren! Wenn auch ein Pascha seine Ehre in einer Uniform voraustrug, ging sie selbst ihm über einen Fehltritt verloren! Sie, Katharina, werde weiter eine schöne, stolze Frau bleiben, obwohl es in ihr nagte, dass er sie des Geldes und ihrer Schönheit wegen benutzt hatte, wobei ihn das Bauernblut nicht gestört hatte! Herr des Landguts, und Herr ihrer selbst, wäre er schon gern geworden. Doch sie hatte bei ihrer Hochzeit die Brautkerze nicht umsonst besonders hoch gehalten. Mascha hatte ihr dazu geraten, damit sie die Herrschaft in der Ehe behalte.

In der Menschenmenge des Bahnhofs fielen ihr die langen Blicke der Männer auf, für die sie bisher kein Auge gehabt hatte. Sicher schauten sie nicht, weil sie strahlend und einladend daherkam, sondern vielmehr darum, weil die gewisse Tristesse in ihren Augen eine seltsame Sehnsucht in ihnen auslöste. Man sagte ja, sie mache eine Frau noch anziehender und besonders schön.
Wahrlich: St. Petersburg hatte beeindruckende Männer: stolz und selbstbewusst, arrogant, aber auch sensibel Und zum Verlieben schön! Sie wussten, wie sie auf Frauen wirkten. Auch auf die blonden Schönheiten vom Baltikum!
Doch mancher ihrer stillen Sehnsüchte blieb wohl auch von einer stolzen Estin oder Lettin unerwidert, die ihnen hinter die Stirn sah.
Sie buchte die Fahrkarte bis Narva. Dort werde sie ausnahmsweise übernachten; denn sie brauchte diese eine Nacht nur für sich. Von dort wollte sie dann über Tartu hinunter nach Törva fahren, und nach Hause.
Während sie im Zug aus der Stadt hinausfuhr, zogen die Bilder von Petersburg an ihr vorbei. Aber sie sahen anders

aus als sie gekommen war. Die sonst glänzenden Farben der Kuppelkirchen und der Türme waren verblasst im fahlen Licht ihres Empfindens. Die Newa aber floss weiter dem Finnischen Meerbusen zu; zog fort und nahm die schönsten Erinnerungen mit.

Sie packte den russischen Zopfkuchen aus, den sie bei der Bäckersfrau im Bahnhof gekauft hatte, und freute sich darauf. Auch er schmeckte nicht!

Die Süße war verlorengegangen, wie die Süße der Liebe! An einem einzigen Tag! Es hatte sich in Bitterkeit verwandelt und dieser wunderbaren Stadt ihren Reiz genommen.

Mit tränenden Augen sah sie alles an sich vorbeiziehen. Dumpf war ihr Kopf. Aber er war nicht dumpf genug, die Realität nicht zu begreifen.

Der süße Traum von St. Petersburg war ausgeträumt!

In Törva erwartete sie Victor mit dem Wagen. Sie hatte ihre schnelle Rückkehr am Telefon nicht begründen müssen. Das war nicht nötig. Auch jetzt nicht!

Schweigend erwiderte er die Umarmung seiner Tochter und ging mit ihr zum Auto. Erst als sie nebeneinander saßen, sah er ihr mit einem Blick in die verweinten Augen, aus denen der Glanz des Glücks verschwunden war. Das genügte ihm, um zu begreifen. Was nützten da noch irgendwelche Fragen! Sie hatte hoffentlich entschieden! Endlich! Er hatte sie ja damals schon vor dem Bolschewiken gewarnt, weil er gewusst hatte, dass seine und Annas stolze Tochter keine Frau für ihn war.

Sie fuhren nach Tonga hinaus. Ohne Worte, und spürbar zufrieden, brachte er sie nach Hause, wo sie hingehörte!

Auch auf Tonga stellte niemand Fragen; sie wussten, wie weit sie gehen durften. Man freute sich, dass Katharina wieder da war. Und da blieb!

Die größte Freude hatte die kleine Julia. Glücklich war sie auf Katharina zugelaufen, als sei die Mutter lange weggewesen. Für die mitgebrachten Geschenke hatte sie sich mit schmatzenden Küssen bedankt. Doch in der Nacht hatte sie ihre Traurigkeit bemerkt und Fragen gestellt, die schonend beantwortet werden mussten.

Die Anhänglichkeit des Kindes tat gut. Sie kuschelten miteinander, weil sie beide Wärme brauchten.

Aber in der Stille der Nacht quälte der Schmerz der enttäuschten Liebe. Er machte einsam; und er war schuld daran, dass zugleich die wehmütigen Erinnerungen an frühere Zeiten durch Katharinas Gedanken zogen: an die Zeit vor Alexej, als die Mutter noch lebte und der Vater gesund war. Seit ihrem Tod war er ein schwieriger Mensch geworden.

Die Menschen von damals gab es nicht mehr! Sie und das Schöne der Vergangenheit kehrten nicht mehr zurück, so sehr sie es sich auch wünschte.

Nie mehr würde das Leben so sorglos werden wie früher! Und so warmherzig und schön!

Nie zuvor hatte sie es so vermisst!

Der Schmerz um ihre Liebe war bitter. Aber er war anders als der um die früheren guten Jahre zu Hause, der plötzlich wie eine Sehnsucht in ihrem Herzen brannte.

Das Tonga von damals lebte nur noch in der Erinnerung.

Und die kam Nacht für Nacht.

Die guten früheren Jahre:

Der Frühling kam manchmal früh. Und mit ihm die Scharen der Kraniche aus dem Süden, als die ersten Boten.
Die Menschen atmeten auf, wenn sie die Trompetenrufe hörten. Nun war der Winter überstanden!
Im Tiefflug kamen sie da an, wo mancher von ihnen irgendwo in einem wildbewachsenen Landstrich geboren worden war. Schon in der Luft erkannten sie ihr vertrautes Land: die Moorböden mit ihrem Heidekraut, die Seen des östlichen Baltikums, und die Schilfgürtel an der Ostsee.
Endlich Boden unter den Füßen, schritten sie erst würdevoll umher. Danach kam die Erleichterung nach dem endlosen Flug. Graziös tanzten sie zwischen den wilden Herden der Chevalski-Pferde umher, die sie tolerierten und das Geschehen interessiert beobachteten.
Luftsprünge wurden gemacht; die Freude war groß! Sie breiteten ihre großen weißen Schwingen aus und verneigten sich, einer vor dem anderen. Andere drehten sich im Kreis wie übermütige Menschenkinder.
Katharina erinnerte sich daran, wie sie es ihnen mit ihren kleinen Freunden und Freundinnen vom Gutshof nachgemacht hatte. Darüber hatte sich auch unter ihnen schon manch kindlich versteckte Sympathie gezeigt. Die Ankunft der Kraniche war für sie in jedem Frühjahr ein kleines Fest gewesen, bei dem sie ebenso übermütig getanzt hatten.

Die meisten der Kraniche und der Wildgänse aber waren noch nicht an ihrem Ziel, wenn sie in Lettland und Estland landeten. Sie machten nur die letzte Rast an den langen Ufern des Peipus-Sees. Ihre Heimat war oben am großen Ladoga-See, ihrem russischen Meer. Diejenigen, die in den

21

sibirischen Steppen beheimatet waren, flogen eine andere Route. Doch egal wohin: um diese Zeit waren sie alle unterwegs nach Hause.

Auch auf dem Landgut Tonga war nach den letzten kalten Stürmen die Winterruhe beendet. Milde Luft zog über das flache Land. Alles, was am Leben geblieben war, richtete sich auf. Auch die gebeugten Pappeln in der Allee, die zum Gutshaus führte. Unter der Schneelast im Winter hatten die stolzen Bäume ausgesehen, als würden sie es nie mehr schaffen. Aber jeder Frühling vollbrachte Wunder!
Victor, der Herr, hatte mit seinen Leuten die Pläne für die Frühjahrsarbeiten besprochen. Bald konnte man beginnen! Und das wollte man auch! Die Menschen und Tiere drängten zwar schon nach draußen, aber noch war es nicht soweit. Viele notwendige Vorbereitungen mussten noch getroffen werden. Dabei waren alle gefragt, die einsatzfähig waren
Es war in jedem Frühjahr das Gleiche! Erst wenn die letzten Schneeflecken verschwunden, und das Wasser in den Grund gesickert war, konnte man mit der Arbeit auf den Feldern und Wiesen beginnen.
Jeder Winter fiel anders aus und hinterließ seine Spuren: Steine mussten entfernt werden, die sonst in die Maschinen gerieten, entwurzelte Hecken der Ackerränder, neue Pfosten eingerammt, Zäune gezogen, und am Boden liegende Gatter aufgerichtet werden. Schon allein das Wasser hatte mancherorts eine Verwüstung hinterlassen. Da, wo es sich in seiner Flut eigene Wege gesucht hatte, hatte es alles mitgerissen, was ihm im Weg gewesen war: Junge Bäume und Sträucher, Begrenzungspfähle der Weiden, Erde und Gestein. Kleine Hügel, die noch zuvor im Herbst grün und

bewachsen gewesen waren, hatte es in seiner Wucht abgetragen und weggeschwemmt, wie die Ostsee den Sand der Dünen. Kein Mensch kam gegen die Gewalt des Wassers an, vor allem nicht an einem Meer! Schon mit einer einzigen Welle ignorierte es alle Barrieren.

So mussten Jahr für Jahr neue Abflüsse geschaffen werden, um Land und Weideflächen wieder zu benutzen. Es war harte Arbeit! Die Männer taten sie ohne zu murren, weil sie um die Notwendigkeit wussten.

Überall in der Natur, und auch an den Gebäuden selbst, gab es etwas zu reparieren, was die Winterstürme hinterlassen hatten. Was es auch war: Janosch brachte es in Ordnung!

Er war zwar auch nicht mehr der Jüngste, aber in seiner Ruhe schaffte er noch alles. Janosch war der Mann für alles! Am Wichtigsten jedoch waren ihm seine Bienen drüben am Waldrand. Sein Honig war von allen sehr begehrt. Die Kinder liebten die süßen Honigwaben, die er ihnen ab und zu zum Vernaschen brachte; denn viele andere süße Leckereien gab es außerhalb der Weihnachtszeit nicht.

Nebenher kümmerte er sich um die Fische im hofeigenen Teich, und um die Tauben im Taubenturm neben der alten Kastanie. Janosch sagte auch nie „nein", wenn die Frauen ihn um einen Gefallen baten, und schaffte ihnen genug Reisig und Holzspäne für die Kochfeuer heran.

Janosch war auch der Heilige Niklaus in der vorweihnachtlichen Zeit; den langen Bart dazu hatte nur er. Dabei unterstützte er die erzieherischen Ermahnungen der Mütter, die mit auf dem Gutshof wohnten. Die braven Kinder belohnte er mit lobenden Worten und ein paar selbstgebrannten Rahmbonbons, die man ihm aus Milch und Zucker in der Küche eigens für den Tag gemacht hatte.

Victor und seine Frau Anna hatten es gleich zu Beginn verstanden, die richtigen Leute auf das Gut zu holen, ob Männer und Frauen. Daraus waren Familien entstanden. Jeder von ihnen hatten sie in unmittelbarer Nähe des Gutshauses ein eigenes kleines Haus erbauen lassen, mit einem Stück Gartengrund dazu. Im Halbkreis der Häuser war ein gemeinsamer großer Innenhof entstanden, in dem die Kinder spielten, unter ihnen auch Katharina, die Tochter des Gutes. Einem halben Dutzend von ihnen hatte Anna, die Gutsherrin, auf die Welt geholfen, und sich um ihre Mütter gekümmert. Wo immer jemand krank war oder in Not: Anna hatte sich seiner angenommen!

Anna wurde geachtet und geliebt wie eine Mutter für alle, und angebetet wie ein rettender Engel. Auf dem Gut sollte niemand leiden! Sie sorgte auch für einen geordneten, regelmäßigen Schulbesuch aller Kinder, einschließlich ihrer kleinen Katharina, die in der Gemeinschaft aufwuchs.
Den Müttern beschaffte sie eine Verdienstmöglichkeit in Haus und Hof, je nach ihren Fähigkeiten. Alle waren geschickt und fleißig.
In Karolinas Obhut lag das Kleinvieh und die neugeborenen Kälber; denn sie war die Frau des Melkers. Sie nahm sich auch der kleinen Lämmer an, wenn das Mutterschaf krank, oder gar auf der Weide umgekommen war.
Linda, die junge Frau des Stallburschen, machte geschickte Näharbeiten für alle anwesenden Kinder, und wunderschöne Handarbeiten. Sie wurde zur Haus- und Hofschneiderin für die Wäsche. Jede der Hoffrauen hatte ihre Aufgabe.
Henni, die Mutter des jungen Verwalters León, stand in der Gutsküche, zusammen mit der alten Olga, die viele Jahre in einem Hotel an der Küste Köchin gewesen war, und sich auf

alles verstand, was gewünscht war. Olga machte mit ihrem Essen alle satt und zufrieden, selbst die Anspruchsvollen!

Und da gab es noch Mascha!
Aus dem Nichts heraus war sie eines Tages aufgetaucht. Einer der Stallburschen hatte das Mädchen in der Früh in einem Heuhaufen einer leeren Pferdebox gefunden und sie seiner Herrin gebracht. Mager und erschöpft war sie gewesen, und noch verängstigt wie ein Kind.
Wie genau und woher sie gekommen war, wusste sie nicht. An die Überquerung eines großen Flusses hatte sie sich erinnert, in dem die Eltern ertrunken waren. Seitdem war sie im Land herumgeirrt, ohne zu wissen wo sie war.
Dass sie nur ein Russisch aus dem Gebiet der Volhov sprach, war das einzige Kennzeichen ihrer Herkunft. Demnach hatte sie eine weite Irrfahrt hinter sich.
Victor und Anna wussten, dass viele Menschen von je her, und immer noch, hin und her über die Grenzen zogen, aus welchen Gründen auch immer! Es war auf der ganzen Welt so! Manche flohen vor politischem Druck in irgendeine Freiheit, um zu überleben. Andere - und das waren sie eigentlich alle - suchten nach einem besseren Leben und nach einer hoffnungsvollen Zukunft! So war es wohl auch bei Mascha gewesen. Die Eltern hatten sich sicher nicht aus einer Lust heraus auf die weite, gewagte Reise gemacht, und hätten es wohl nicht getan, wenn sie um die Folgen gewusst hätten.
Ach, es gab so viele, die mit den primitivsten Mitteln, unter lebensbedrohlichen Umständen, ihre gewagte Reise ins Unbekannte nicht überlebten. Oder so wie Mascha!
Die auf irgendeinem Grund liegenden Skelette der Flüchtenden waren nicht mehr zu zählen. Ein strömender Fluss

und ein Meer hatten einen tiefen Schlund und verschluckten viel, Tag um Tag. Es war ein Jammer; auch für die, die noch mit nacktem Leben davonkamen!

Obwohl Victor und Anna sich einen solchen Entschluss nicht vorstellen konnten, ahnten sie, dass die Not dieser Flüchtenden vorher groß gewesen sein musste.
Und doch begriffen sie nicht, dass man sein Land verließ. Jedes Land der Erde brauchte doch die Hilfe seiner Menschen, jedes Einzelnen, der darin aufgewachsen und gelebt hatte und sein Land mit allem verstand, um es zu verändern und zu verbessern. Nur sie selbst wussten auch um die Not, die im Stillen herrschte, wo geholfen werden musste. Die übrige Welt sollte ihnen dabei helfen!
Anna nahm das verwaiste russische Mädchen in ihre Obhut. Es war ihre Art von Hilfe. Sie sorgte dafür, dass sie behördlicherseits bleiben konnte, und auf dem Gut als Küchengehilfin eine Arbeit hatte.
Mascha dankte es der Herrin mit Fleiß und Aufrichtigkeit, und in dem Bestreben, aus allem zu lernen und sich anzupassen. Von den Frauen lernte sie die Sprache, und bald sang auch sie mit ihnen in der Küche die estnischen Lieder.
Mascha war angekommen!

Der Winter ging zu Ende; und als das Frühjahr kam, begannen auf den Ländereien des Gutshofs die Arbeit dieser Jahreszeit.
León, der Verwalter, war mit einigen seiner Männer über die Feldwege gefahren, um die verbliebenen Schäden abzuschätzen. Im Weideland vor dem Wald hatte eine Rotte Wildschweine die im letzten Jahr eingesäte Grasfläche umgepflügt. Wahrscheinlich hatten sie noch nach restlichen

Maiskolben des vorausgegangenen Ackers gesucht.

Andernorts war ein über den Schnee oder einen Sturm ab-
gebrochener starker Baum-Ast ins Dach der Pferde-Unter-
stände eingedrungen, in dem die frei lebende Chevalski-
Herde manchmal Schutz suchte.

Und die Weide hinter dem Teich war teilweise von lehmi-
ger Erde überschwemmt, so dass kein Grashalm mehr zu
sehen war. Es gab Arbeit genug, bevor man sich dem noch
Wichtigeren zuwandte.

Milde Lüfte waren über das Land gezogen und hatten die
Böden getrocknet. Im März begannen sie, wie gewöhnlich,
die Äcker zu bestellen. Bald sah man überall die großen
Traktoren auf den Feldern. Ihre angehängten breiten Schä-
ren zogen Furche für Furche in akkuraten endlosen Bahnen. Bis spät am Abend geisterten ihre Scheinwerfer über
die brauen Schollen.

An solchen Tagen ließ es sich Victor nicht nehmen, seine
frisch gepflügten Äcker anzuschauen. Manchmal ging Anna
auch mit ihm.

„Ein schönes, sauberes Bild!" sagte er dann.

Sie liebten nicht nur den Anblick, sondern ebenso den erdi-
gen Geruch der aufgeworfenen Schollen. In hohen Stiefeln
wanderten sie gern in der warmen Frühlingssonne über die
Feldwege, und hörten den Hochzeitsgesängen der Lerchen
zu. Dabei machten sie Pläne für den Sommer.

War es ein gutes Frühjahr mit genug Sonne und Regen für
die Saat und das Gras auf den Weiden, grünte das Land bald
bis zum Horizont. Man konnte zusehen, wie es Tag für Tag
wuchs. Mai-Regen brachte eben Segen!

Victor und sein Verwalter León fuhren wieder hinaus und
berieten über den Zeitpunkt der Heuernte. Waren die Mäh-

maschinen gerüstet? Zudem musste man sich die Kartoffel-
felder ansehen. Standen sie gut im Laub auf ihren angehäuf-
ten Furchen? Oder begann eine Krautfäule? Gab es viele
Kartoffelkäfer-Schädlinge in diesem Jahr? Nichts durfte die
gute Ernte gefährden; denn der Preis bei den Genossenschaften lag gut.

Gemeinsam prüften sie auch den Mais und den Weizen auf
den Feldern. Es schien ein ertragreiches Jahr zu werden.
Der Roggen dagegen hatte einen starken Gewitter-Regen
weniger gut überstanden. Stellenweise lag er mit seinen
langen dünnen Halmen wie ein Teppich am Boden. Hier
würde Handarbeit mit Sensen gefragt sein, und Leuten, die
das Gemähte aufhoben und zu Garben banden und zum
Trocknen gegeneinander aufstellten. Aber die Ähren waren
gefüllt; da konnte man zufrieden sein!

Sie fuhren auch zu den Viehweiden hinaus, und zu den Kü-
hen mit ihren Kälbern. Sie gediehen gut in der Obhut ihrer
Mütter. Man hatte sie bewusst von der großen Herde abge-
grenzt und ihnen eine Feldscheune als Unterstand für die
Nacht geöffnet.

Die Pferde lebten in einem wildbewachsenen Gebiet bis in
die gutseigenen Wälder hinein, vom Frühjahr bis zum ersten Schnee. Dort lebten sie untereinander wie in ihrer eigenen Welt und brauchten niemand, auch wenn die Stallburschen von Zeit zu Zeit zu ihnen hinausfuhren, und der Re-
vierförster des Hofes nach ihnen sah. Sobald aber der Winter nahte, machten sie sich auf den Weg zurück zum Gutshof und ihren Stallungen, mitsamt einigen jungen wilden
Fohlen. Es war immer schön, sie alle wiederzusehen!

Die Zugpferde blieben das Jahr über auf einer Koppel am
Hof, damit sie jederzeit zur Verfügung standen.

Auch ein paar wenige Reitpferde hatten gesonderte Weiden

in der Nähe; denn sie waren von einer anderen empfindsa-men Rasse. Victor und Anna ritten mit ihnen übers Gelände und zur Jagd, und wurden begleitet von ihrer jungen Toch-ter Katharina und den beiden Jagdhunden Igor und Ben.

Ob Ende Frühjahr die Rapsfelder blühten, leuchtend wie die Sonne, oder im Sommer der Weizen auf den Feldern stand in seinem warmen Gelb, ritten oder wanderten sie gern zusammen übers Land. Dann war das Herz voller Bewun-derung über die Schönheit ihrer Heimat, als ihr Paradies! Victor freute es besonders, dass auch Katharina sich von jung an für das Geschehen interessierte. Sie musste es im Blut haben; war sie doch seine und Annas Tochter! Gewiss: sie wuchs da auf, und das prägte sie fürs Leben. Aber um ein solches Gut in der Zukunft klug bewirtschaften zu können, und allen Anforderungen standzuhalten, würde er sie über eine anspruchsvolle schulische Ausbildung vor-bereiten müssen. Katharina war ein kluges Mädchen. Oben in Tallinn, oder gar in St. Petersburg hätte sie alle Möglich-keiten dazu. Schon heute war er stolz auf seine Tochter, wie auf seine Frau! Wenn sie ihm mit ihren blonden, wehenden Locken-mähnen entgegen geritten kamen, waren sie an Haltung und angeglichener Schönheit kaum zu unterscheiden. Alles würde er tun, um auch Katharina auf dem Gut ein zu-friedenes, glückliches Leben zu ermöglichen!

Der Sommer war gut in diesem Jahr! Meist wehte ein lauer Wind von der See herunter. Er tat Menschen und Tieren gut. Sie wussten, wie er auch anders sein konnte. Die Ostsee war zuweilen ein ungemütliches Meer. An solchen Tagen schickte sie die Jule, ihren stürmischen Wind, übers Land. Er vertrieb die Urlauber von der Küste und aus den Gartencafés, fegte die Promenaden leer, und jagte die Menschen in die Stuben.

„Wenn die Jule pfeift, bleibt man besser im Haus", sagten die Leute und zogen sich zurück.

Umso mehr genoss man in diesem Sommer auch auf Tonga seine Sanftheit. Fast zärtlich strich er übers Gesicht und spielte mit den Haaren. Er zerzauste keine Blumen und knickte keine Äste. Er löschte auch am Abend nicht die Öllampen, die im Hof brannten, wenn sie noch draußen unter der großen Linde saßen, und warf keine Gläser um, die auf dem Tisch standen.

Es lag Frieden in der Luft. Nur eine Amsel sang noch auf dem Dach der Scheune ihr letztes Abendlied. Der alten Eule im Kastanienbaum fielen darüber die Augen zu. Schläfrig gönnte sie sich noch ein wenig Ruhe, bevor die nächtliche Jagd auf die Mäusemeute begann. Auch oben im Taubenturm gurrten sich die jungen Täubchen in den Schlaf.

Dann wurde es still. Schemenhaft groß in der Dämmerung standen die Sonnenblumen am Garten entlang, und schauten mit ihren freundlichen Gesichtern über den Zaun, als wollten sie niemals schlafen gehen. Die Levkojen in all ihren Farben, und der große Busch der Damascener-Rose daneben, verströmten noch den letzten Duft aus den Sonnenstrahlen des Tages in den lauen Wind.

Ach ja! Diese Sommerabende waren schön!

Auch die Gewitter waren nicht so heftig ausgefallen wie in manchem Jahr. Die Niederschläge hatten sich wie immer von einem Ort zum anderen unterschiedlich ausgewirkt. Während die hohen Sonnenblumen nicht einmal geknickt waren, hatte es andernorts eine Schneise ins Kornfeld geschlagen. Und weit draußen auf einer Weide war ein alter unbenutzter Schober vom Blitz getroffen worden und in Brand gegangen. Der anschließende Regen hatte das Feuer gelöscht, so dass auch auf dem Boden kein Flächenbrand entstanden war.

Es war immer das Wichtigste, das die Menschen und Tiere verschont blieben. Dann konnte man zufrieden sein. Mit den kleineren Schäden über die Wetter der Jahreszeiten wurde man schon fertig! Es gehörte dazu, wenn man auf einem Landgut lebte.

Wenn Ende des Sommers die erste Brutschar der jungen Schwalben nach ihren wilden Flugübungen in der Luft, auf der langen Kabel-Leitung der Strommasten nebeneinander saßen, kurz bevor sie ohne ihre erfahrenen Eltern auf die lange Reise in den Süden flogen, wussten die Menschen, dass der Sommer langsam in den Herbst überging.

Ein paar Wochen später ratterten auch schon die großen Mähdrescher über die Felder, und hinterließen karge Flächen. Kraniche, Reiher, Bussarde und Raben hatten darauf gewartet. Auf der Suche nach allem, was sich auf dem Boden bewegte, stapften sie über die Stoppelfelder; oben in Küstennähe waren es Scharen von Möwen.

Unter den Messern der Maschinen fiel auch der hohe Mais. War er geerntet, so blieb auch auf seinem Acker noch mancher Kolben und viele Maiskörner zurück. Damit wurde er im Winter eine Fundgrube für die Wildschweine.

Ladung für Ladung hatte man die edle Frucht nach Hause gefahren, und die meiste direkt in die Silos der Genossenschaften.

Es war auch an der Zeit, die Kartoffeln, die gelben Rüben und die Pastinaken aus dem Boden zu holen. Die Maschinen von heute, die es für alle Arbeiten gab, waren eine große

Erleichterung. Der Ertrag war gut! Victor und León hatten mit der neuen Sorte eine gute Wahl getroffen.

Wagen an Wagen fuhren vollbeladen zum Hof. In seinem Innenhof türmte sich bereits ein Berg von Kürbissen, die wiederum mit einem Schaufelbagger in die Wagen für die Genossenschaft verladen wurden. Sie ergaben ein kräftiges braunes Öl, das sich auf den Jahrmärkten zu einem guten Preis verkaufen ließ; denn es war sehr gesund! Und Gesundheit lag im Trend! Dafür zahlte man gern auch etwas mehr.

Wenn die Männer dann am Schluss verschwitzt und abgekämpft draußen auf dem Hof standen, die Alten wie die Jungen, waren sie zufrieden und stolz, da jeder von ihnen zu diesem Erfolg beigetragen hatte. Sie hatten es auch gern getan.

Das wusste auch Victor!

Gewöhnlich, und besonders in einem guten Jahr wie diesem, versprach er ihnen einen guten Anteil des Gewinns. Gute Arbeit, und die Treue zum Gutshof, mussten belohnt werden, damit die Lust und Zufriedenheit erhalten blieb! Und wie immer kam er mit seinem besten Petersburger Wodka im Arm in die Männerrunde draußen im Hof, und sie stießen an mit einem lauten gemeinsamen „Hurra!"

Auch die Frauen des Hauses hatten allen Grund dazu, stolz zu sein, wenn sie um diese Zeit auf ihre Arbeit zurückblickten.

Sie hatten die Früchte der Bäume und Sträucher, im Garten und in der Natur, gepflückt und verwertet. Ihre geschickten Hände waren von früh bis spät unermüdlich am Werk gewesen. Sogar Anna, die Gutsherrin selbst, hatte in Kittel und Kopftuch dabei geholfen!

Nun standen die Vorräte für die Wintermonate in den langen Reihen der Regale: die roten Beeren und die schwarzen neben den Brombeer-Marmeladen und den Blaubeeren aus der Heide, die tagelang vom ganzen Team der Frauen in gebückter Haltung von den niedrigen Heidesträuchern gepflückt worden waren. Dose für Dose, die sie sich mit Bändern um den Bauch gebunden hatten, war in die großen Eimer geleert worden. Selbst ihre Kinder hatten mitgeholfen. wenn sie des Herumtollens überdrüssig geworden waren. Mit ihren kleinen fleißigen Fingern hatten sie sich ihre eigenen Belohnungen verdient.

Im Herbst waren auch die Streuobst-Bäume abgeerntet. Ihr Apfelkompott zu den Klößen im Winter, und die gesunden Preiselbeeren zu den Wildgerichten, dem zarten Hirsch- oder Wildschweinbraten, durften nicht fehlen! Die süß-sauer eingelegten Kürbisse, wie die Senfgurken im Dill-Sud und die Cornichons, und auch die Rote Bete-Scheiben in den Gläsern standen in anderen Fächern.
In einer Schachtel daneben trockneten die kleinen schwarzen Wacholder-Beeren, die sie von den wild gewachsenen Wacholderbüschen in der Natur gepflückt hatten. Sie wurden für das Sauerkraut gebraucht; denn die dicken Köpfe des Weißkrauts waren bereits gehobelt und säuerten in den großen Steintöpfen vor sich hin, was aber nicht bedeutete, dass man nun nichts mehr daran tun müsse. Die Krautmasse war mit Wasser und weißen Leinentüchern unter einem Holzdeckel bedeckt. Ein Stein beschwerte sie. In gewissen Abständen mussten diese Abdeckungen ausgewaschen werden, und das Wasser erneuert. Die alte Olga kontrollierte es persönlich. Auf diese Art entstanden auch die geschnittenen Sauerbohnen, nachdem man sie von den

langen Stangen im Garten geerntet hatte.

Die Frauen hatten auch die Birnen der großen Bäume um den Hof herum verwertet. In Spalten und Stücken trockneten sie auf einem großen Brett. In der Weihnachtszeit wurden sie für den braunen Birnenkuchen gebraucht, und für das beliebte Birnenbrot.

Auch die Pfifferlinge aus dem Wald, die so gut zu den Wildgerichten im Winter schmeckten, wurden so getrocknet.

Neben dem Fliegenschutz am Fenster hingen die Kräuterbündel zum Trocknen für die Küche. Der Rosmarin von den wilden Sträuchern in der Heide übertraf mit seinem Aroma noch das Bohnenkraut und den zarten Dill aus dem Garten.

Auch die Pfefferminze mit Melisse wurde getrocknet für den Tee; das Salbeikraut für den wehen Hals im Winter, der Thymian und der Spitzwegerich gegen den Husten, und die Brennnessel-Bündel, die entschlackten.

Jedes Kraut war für etwas gut! Und nichts sollte verlorengehen, was die Natur gegeben hatte. Es war ein Geschenk!

Am Schluss war der Trockenraum erfüllt von lauter würzigen Aromen und allerlei Düften.

Am Ende des Herbstes war draußen und drinnen alles für die langen Wintermonate vorbereitet Die Frucht, die Kartoffeln die Rüben und die Maiskerne, die nicht an die Genossenschaft gegangen waren, lagerten in den kühlen Silos, wie manches andere, und die Heuballen stapelten sich in den Scheunen zum Verfüttern.

Drinnen in den luftigen, kühlen Vorratskammern stand alles für die Küche bereit, übersichtlich und geordnet. Die Frauen wussten, dass später beim Verzehr der guten Mahlzeiten niemand mehr darüber nachdenken würde, wieviel Mühe es einmal gemacht hatte.

Auch Olga und Mascha hatten alles aus dem Garten geholt, was sie für die Heilmittel verwerten konnten. Mascha war ihr gern dabei behilflich. Darüber wurde Olga zur Lehrmeisterin, und hinterließ ihr Wissen der jungen Generation. Die gelben Arnikablüten waren geerntet, und mit klarem Alkohol aufgegossen worden. Sie stellten sie an ein Sonnenfenster, bis sich die Heilkraft der Blumen darin aufgelöst hatte. Die Tinktur war im Winter ein gutes Einreibe-Mittel, wenn die Gelenke schmerzten. Sie rührten auch eine Salbe mit Arnika und Rosmarin an, die gut war zur Erwärmung bei verschiedenen Beschwerden. Vor allem die Männer schätzten sie sehr, wenn ihre Knie und Rücken, und die Schultern von der schweren Arbeit im Herbst angegriffen waren.

Olga war zur Heilerin auf Tonga geworden.

Auf dem abgelegenen Gut musste man sich selber helfen; denn der Doktor war weit entfernt. Sie war mit ihrer Naturmedizin der Ersatz, wenn Erwachsene und Kinder die alltäglichen Zipperlein plagten.

Gegen Zahnweh gab es eine Gewürznelke in den Mund, und bei Ohrenschmerzen ein warmes Heublumen-Säckchen.

Mit gekauten, vitaminreichen Sanddorn-Beeren aus dem Trockenraum, und einem Holunder- und Lindenblüten-Tee, ging sie gegen die Grippe an, und vertrieb selbst den hartnäckigsten Husten mit Thymian-Tee und Spitzwegerich-Kraut. Mit süßem Bienenhonig darin tranken ihn auch die Kinder.

Olga heilte Schürfwunden mit einem Wegerich-Blatt und Honig, behandelte Blutergüsse und Beulen, dämpfte Schmerzen und Entzündungen, auch wenn die Wespen wieder mal zugestochen hatten.

Sie machte Brust- und Wadenwickel und legte Bandagen

und Verbände an, und, und ...

Was auch immer aufkam: Ihre Hilfe brachte Linderung!

Aber Olga überschätzte sich nicht! War ein richtiger Doktor von Nöten, wurde der Wagen angespannt, und es ging im Galopp nach Törva.

An einem der letzten warmen Sonntage im Herbst feierten sie ihr Erntedankfest.

Im großen Innenhof des Gutes standen die langen Holztische und Bänke, an denen sie in ihrer bunten Festtagskleidung saßen, die Frauen und Mädchen mit Blüten im Haar, und die Kinder mit einem kleinen Blumenkranz auf dem Kopf. Die Männer hatten eine Blume am Revers.

Gute Gerüche lagen in der Luft. Die Frauen der Küche hatten aufgetischt, was das Herz begehrte; und der Hausherr ließ den Wein fließen. Am Drehspieß über dem Feuer schmorte ein junges Wildschwein, das der Förster des Guts gebracht hatte. Große und kleine Bratwürste lagen auf dem Rost. Die Hausherrin selbst hatte den estnischen Kartoffelsalat dazu gemacht, und Karolina mit Mascha das knusprige Bauernbrot gebacken.

Alle typischen Speisen des Landes kamen auf den Tisch, auch die auf den Kieferzapfen geräucherten hauseigenen Fische. Der alte Janosch war schon vor einiger Zeit zum Teich hinaus gefahren, - wie jedes Jahr! - und hatte auch die Zapfen gesucht, die er zum Räuchern brauchte. Das ließ er sich nicht nehmen! Seine Fische gehörten an diesem Tag dazu.

Es wurde gegessen, getrunken, geredet und gelacht. Die Kinder tanzten auf dem Hof herum, und dazwischen die jungen Stallburschen und Erntehelfer mit den Mägden. Auch die Älteren, die von der Schlemmerei und dem Wein

36

nicht zu müde waren, mischten sich mit ein.

Die Gemüter wurden wieder leicht und die Beine beschwingt, als die bunten Röcke flogen. Janosch's altes Akkordeon gab alles her, was es in sich hatte.

„Rosamunde ...Rosamunde ... schenk mir dein Herz...“ schallte es über den Hof.

„So könnte es weitergehen!“ sagte Victor zu Anna und lächelte sie verschmitzt an: „Sind wir doch ein gutes Paar!“

Seine Augen glänzten vom Wein.

Er, der Hausherr, hatte zu Beginn seine Dankesrede gehalten, an den Herrgott und an seine Leute. Am Schluss dankten die anderen mit ihrer Freude und ihren Liedern.

Der Mond stand schon lange am Himmel, als sie auseinander gingen.

In der Tat: Es war ein gutes Jahr!

Auch die Rosen welken

Alles wechselte sich ab und manches drehte sich im Kreis: die Nacht mit dem Tag, die Dunkelheit mit dem Licht!

Ein Jahr begann im Winter und schloss sich im Winter.

Regen wurde unter der Sonne irgendwann wieder zu Regen. Und selbst eine Blume, die verwelkte, wuchs aus ihrem Samen zu einer neuen, wie ein Baum, der sich in einem jungen Trieb weiterpflanzte.

Vögel, die wegflogen, kamen zurück, als hätten sie nur eine Rundreise um die Welt gemacht.

Wie die Flugzeuge am Himmel, die auch nicht ewig über den Wolken blieben. Am Ende kamen auch sie wieder zu ihrem Ausgangspunkt zurück.

So auch die Schiffe, die aus den Häfen über die Meere fuhren! Auch sie fuhren eines Tages wieder in ihren Heimathafen ein.

An der Küste wechselten Ebbe und Flut. Die Flut, die den Sand mitgebracht hatte, holte ihn sich wieder zurück.

Ein ewiger Wechsel!

Auch Tonga war ein Teil dieser Welt, in der es hin und her ging und auf und ab, in der Natur und auch bei den Menschen und Tieren. Es wurde geboren und gestorben, und das Leben ging weiter.

Bisher hatte es nichts gegeben, das das Gefüge von Tonga erschüttert hatte. Wunden, die eine Missernte oder ein Sturm geschlagen hatte, waren über die Arbeit und den Erfolg folgender Jahre wieder geheilt worden und vergessen.

Man hatte Erfahrung mit dem Wetter der Jahreszeiten und war an seine Launen gewöhnt.

Bisher stand Victors Reich auf einem stabilen Fundament, auch wenn man zuweilen den Naturgewalten unterlegen war. Das, was sie manchmal zerschlugen und zerstörten, war nicht immer reparabel. Aber es war nicht so tragisch, die Arbeit auf dem Gutsbetrieb aus dem Gefüge zu bringen.

Das schaffte nur ein Schicksalsschlag.

Während zu Beginn des Frühlings die ersten Wildgänse von ihrer weiten Reise zurückkehrten, flog Annas weiße Seele zum Himmel. Ein schnellwachsender, und nicht mehr behandelbarer Tumor, hatte ihrem Leben ein überraschend frühes Ende gemacht.

Auf Tonga hinterließ sie eine lähmende Stille, und eine Schwere, in der die Menschen wie leblos verharrten. Anna schien alles Leben mitgenommen zu haben.

Die bedrückende Ruhe, die sich wie eine dunkle Decke über allem ausbreitete und alles zu ersticken drohte, war die Hinterlassenschaft des Todes.

Stille lag im Haus; nur noch ein Flüstern! Die Klänge von Annas Klavier, die manchmal durchs Haus gezogen waren, waren verstummt. Draußen im Hof sang nicht einmal mehr ein Vogel; oder sie hörten ihn nicht. Kein Pferd wieherte, keiner der beiden Jagdhunde bellte! Die Kinderlieder draußen im Hof waren verstummt, und die der Frauen aus der Küche.

Während Katharina der Bedrücktheit auf langen Ausritten in die Natur entfloh, verließ Victor das Haus nicht mehr, um wie gewöhnlich, nach dem Rechten zu sehen. Was bedeutete schon alles!? Nichts ohne Anna, die alles mit ihm geschaffen, und immer auf ein Weitergehen geachtet und hingearbeitet hatte!

Sein wertvollstes Gut hatte er verloren! Das, was übrig geblieben war, verschwamm vor seinen Augen in einem Nebel, der nichts bedeutete. Ein trüber Dunst zog durch seinen Verstand, schläferte ein und lähmte das klare Denken. Er machte lustlos und müde.

Annas Tod schien nicht nur Victors Hirn, sondern auch sein Herz getrübt zu haben. Die Trauer seiner Tochter erlebte er nicht wirklich und nur aus einer gewissen Entfernung.

Man sorgte sich um ihn. Die Frauen baten ihn wie immer zum gemeinsamen Essen, aber er kam nicht. Servierten sie es ihm in seinen Räumen, nahm er nur wenig zu sich.

Katharina bemühte sich, den Vater wieder den gemeinsamen Dingen näherzubringen, aber auch damit erreichte sie ihn nicht. Sie rief ihm einen Doktor; Victor aber missachtete ihn, und stand, ihm den Rücken zugewandt, am Fenster.

Man solle ihn in Ruhe lassen, war das, was er dazu sagte.

Es machte jeden hilflos.

„Er ist noch nicht soweit! Da kann man nichts machen!", sagte der Arzt, als er sich von Katharina verabschiedete.

„So schnell den geliebten Menschen zu verlieren, reißt eine Wunde ins Herz, die viel Zeit braucht, um zu heilen!"

Victor bewegte sich wie ein stummer Geist im Haus und ums Haus herum. Er hielt alle in Sorge und ließ ungeachtet dessen jede Art von Hilfestellung über eine abweisend kühle Distanz an sich abprallen. Nichts erreichte ihn!

Die Menschen gewöhnten sich täglich mehr an seinen monotonen Zustand; denn das Leben auf Tonga ging weiter. Jeder entschied für sich selbst und machte seine Arbeit. León besprach die Pläne für die Frühjahrsarbeiten mit seinen Männern und ließ alles Weitere dazu geschehen. Der Winter war vorbei, und nun drängte die Zeit. Die Jahreszeiten mussten genutzt werden, und besonders das Frühjahr!

Damit ging alles seinen gewohnten Gang. Ohne Victor!

Der Herr des Ganzen wurde zur Schattenfigur!

Manchmal sahen sie ihn wie ein Kranker beim Genesen mit seiner geliebten Nagaika, der ledergeflochtenen Reitpeitsche in der Hand, über den Hof spazieren. Er hatte sie in jungen Jahren aus seiner Zeit bei den Kosaken mitgebracht. Wenn aber heute die Stallburschen ihm sein Pferd satteln wollten, wandte er sich ab und ging zurück ins Haus; denn Anna ritt nicht mehr mit ihm aus!

Müde saß er auch oft auf der Bank vorm Haus, die beiden Hunde zu seinen Füßen. Zu der Tasse Kaffee, die Mascha ihm dann brachte, lächelte er.

An einem frühen Morgen der letzten Märztage setzte er sich in den Geländewagen und fuhr zum Wald hinaus. Im Schatten der dichten Bäume hielt sich der verharschte Schnee lange am Boden. An der Futterstelle waren die Raufen noch zum Teil mit Heu gefüllt. Wahrscheinlich zog es das Wild immer noch dorthin, bis das Gras an den Waldrändern gewachsen und nahrhaft genug war. Die beiden Wildhüter des Revierförsters kümmerten sich darum.

Victor ging den verborgenen Pirschpfad, den er oft schweigend mit Anna gegangen war. Es war noch still. Das Rotwild lag sicher am Ende des Pfades auf einer versteckten Lichtung in der frühen Morgensonne.

Der Pfad war nach dem Winter schwer zu begehen. Abgebrochene heruntergefallene Äste aus den Kronen der hohen Bäume, und das wilde Dickicht der Sträucher am Rand, behinderten den Durchgang. An einer kleinen Ausbuchtung, die nach einem Ruheplatz eines Wildtiers aussah, blieb er stehen. Die ersten warmen Strahlen der aufgegangen Sonne fielen durch das kahle Geäst herab und trafen ihn ins Gesicht. Es tat gut! Er lehnte sich an den Stamm einer alten Eiche, hob sein Gesicht der Sonne entgegen und schloss die Augen.

Mochte er kurz oder länger dagestanden sein, als ihn ein stiller Friede überfiel und eine seltsame Schwere. Verwundert blickte er hinauf, und ... sah Anna!

Hoch oben im zitternden Lichterspiel der im Wind schwankenden Baumkronen schaukelte sie leicht und schwerelos auf den dünnen Ästen. Die gläsernen Flügel, die sie hielten, spiegelten das Sonnenlicht auf ihn herab. Glänzend lag es auf den Blättern des Dickichts, und auf ihm selbst.

Annas wärmendes Licht durchströmte ihn, und drang in sein inneres Wesen ein. Es war wie ein Zauber, der gefangen hielt wie im Traum! Die Schwere seines Körpers verwandelte sich in Leichtigkeit, und er fühlte sich mit Flügeln vom Boden gehoben, schwebend hoch und höher ...Anna entgegen!

Die beiden Wildhüter fanden ihn zusammengesunken, selig lächelnd am Stamm der Eiche. Sie waren der Spur im Schnee des Pirschpfades gefolgt und brachten ihn nach Hause.

Victor aber sprach nicht mehr, als sei er noch nicht ganz gegenwärtig. Willenlos ließ er sich von Katharina und León in eine Klinik nach Valga fahren.

Das Gut war herrenlos geworden! Und so arbeiteten die Menschen auf Tonga in gewohnter Weise. León, der bereits erfahrene Verwalter, machte zusammen mit der Hof-Erbin die Pläne; und zusammen mit den anderen ging man an die Arbeit.

Katharina engagierte sich an Victors, und zuvor Annas Stelle. Das elterliche Gut lag ihr am Herzen, und sie liebte ihr Land, und die Menschen, die ihr halfen. Sie packte mit zu, wo Hilfe gebraucht wurde, hatte Verständnis und Herz für jeden; denn sie war Annas Tochter!

Katharina war klug und umsichtig; aber noch jung. Es fehlte ihr an fundamentalem Wissen. Bisher hatte sie es nicht gebraucht, solange es Victor und Anna gab!

Und da war ja auch noch León! Er beherrschte das, was ihr fehlte. In Seminaren und Schulungen, die ihm der Gutsherr zum Nutzen von Tonga zugestanden hatte, war er für die Belange des Betriebs in der jetzigen Zeit vorbereitet worden. Wie gut, dass es ihn gab!

Nun, wo sie ohne Victor dastanden, und beide aufeinander angewiesen waren, vermisste sie diese Kenntnisse an sich selbst. Ich werde es nachholen, schwor sie sich, sobald sich unsere schwierige Situation ändert.

Sie änderte sich nicht so schnell!

Victor brauchte Zeit, nach seinem Schlaganfall neu denken und sprechen zu lernen, wie auch intensivem und langem Training, um wieder sicher gehen zu können.

Aber Victor war von zäher Natur, und ein willensstarker Mann! Bei den Besuchen von Katharina war es jedesmal erfreulich, welche Fortschritte er inzwischen gemacht hatte. Besonders stolz war er, dass sein Kopf immer klarer geworden war, und er wieder denken konnte. Seitdem erkundigte er sich bei seiner Tochter auch wieder nach seinem Gut, und fragte nach diesem und jenem, das ihn interessierte. Katharina, und alle zu Hause freuten sich darüber.

Die Vergangenheit schien ihn losgelassen zu haben; offenbar fand er langsam in die Gegenwart zurück! Der Anfang war gemacht, sodass die Hoffnung wuchs.

Doch Katharina wusste, dass es noch viel Zeit brauchen würde, bis der Vater wieder eine Stütze für sie wäre.

Victor fragte auch inzwischen nach ihr selbst, nachdem er sie immer sehnsüchtig erwartet hatte. Gern ließ er sich wieder von ihr umarmen, und schämte sich der Träne nicht, die ihm dabei in den glücklichen Augen schimmerte.

Es schien ihr als habe er wieder lieben gelernt!

Vieles war anders als im vorigen Jahr: Nicht nur die Umstände, sondern auch das Wetter!

Die Gewitterstürme fielen heftiger aus; Blitzeinschläge verursachten Feuer und Schäden an den Dächern; Menschen und Tiere wurden verletzt; und die starken Regengüsse danach schlugen das Gras für die Mat und die kostbare Frucht zu Boden. Es erschwerte die Ernte ungemein. Das, was die Maschinen nicht schaffen konnten, musste in mühsamer Handarbeit erledigt werden. Jede Mithilfe war gefragt. Aber danach gab es keinen, den der schmerzhafte Rücken nicht plagte, und der sich nicht auf Olgas Tinkturen und Salben verließ, die ein wenig halfen, damit der Einsatz weiterging.

Ein Dachziegel löste sich im Sturm und wurde oben von der Scheune neben den Stallungen heruntergeschleudert. Er traf den alten Janosch an der Schulter, und Gott sei gedankt, nicht am Kopf! Aber sie mussten ihn ins Spital nach Törva bringen. Seitdem war er nur noch eingeschränkt einsetzbar. Ähnlich erging es einem der jungen Stallburschen, der von einem in Panik geratenen Pferd überrannt wurde, das über die Aufregungen in einem starken Gewitter eine Kolik bekommen, und sich wie wild gebärdet hatte. Das gebrochene Bein von Erik machte ihn für den Rest des Sommers arbeitsunfähig.

Einem Gewittersturm und seinen Blitzen fiel auch die mächtige Krone des Kastanienbaums vorm Haus zum Opfer. Seitdem stand er in seiner Verwundung wie anklagend da, seiner Mächtigkeit entthront. Die abgeschlagenen Äste hatten auch den Taubenturm beschädigt. Vorerst würde es noch niemanden geben, der ihn reparieren konnte.

Es gab so viel Dringliches! Jede Minute war ausgefüllt mit Arbeit, die nicht bis morgen warten konnte.

Und wer wusste, was morgen schon wieder kam!

Die Frauen ergaben sich in Gottvertrauen. Wenn draußen die Unwetter tobten und die Blitze auf alles herab zuckten, schickten sie ihre gemeinsamen Bitten zum Himmel.

Sie beteten ohne Unterlass, Gott möge sie von bösen Unglücken verschonen. Doch sie geschahen trotzallem! Und dennoch dankten sie danach dem gütigen Gott, dass nicht noch ein größeres Unglück geschehen war, und dass es die Menschen und Tiere nicht getroffen hatte, oder die Gutshäuser nicht in Brand geraten waren. Das war das Wichtigste! Man durfte nicht undankbar sein, und sollte auch die kleinen Wunder sehen, die mit Gottes Hilfe geschahen!

Die Frauen sahen die Dinge eben anders. Nur sie schienen die Geschöpfe zu sein, die zu blindem Vertrauen fähig waren, weil sie die Wunder sahen. Ihr Glaube an Gottes Güte schien unerschütterlich. Wenn auch der eine oder andere der Männer über ein geschehenes Unglück an dieser Barmherzigkeit zweifelte, hofften auch sie beim nächsten Mal im Stillen auf das göttliche Wohlwollen, und dass die Bitten der Frauen erhört würden.

Dann saßen auch sie in einer Ecke der großen Küche, in dem sie sich in den Wettern bei Kerzenlicht versammelten, und fielen schweigend, und ebenso machtlos wie ergeben, über die langen, murmelnden Gebete in einen beruhigenden Zustand, in dem sie nur über einem grellen Blitz mit gleichzeitigem lauten Donnerschlag aufschreckten.

Gott gebe, dass es diesmal nicht getroffen hat!

„Ach, es ist eine schlimme Zeit!" seufzte Mascha, und man nickte dazu. Mit einem Schlag konnte alles zerstört sein, vom Wetter und vom Schicksal! Und dann war nichts mehr wie es vorher war.

Die Rosen welkten früh in diesem Jahr. Doch die letzten Sonnenblumen blühten noch am Gartenzaun, als Victor kam. Niemand wusste davon. Draußen ratterten noch die Mähdrescher über die Felder, um die Frucht zu ernten, die sich nach den Regengüssen wieder etwas aufgerichtet hatte. Alle, die arbeiten konnten, waren ringsum im Einsatz, und es herrschte ein geschäftiges Treiben.

In ihrer Emsigkeit bemerkten sie nicht einmal den Wagen der Reha-Klinik, der auf der nahen, zum Gut führenden

Landstraße, an ihnen vorbeifuhr. Von nirgendwoher kam ein Winken; es enttäuschte Victor in seiner Empfindsamkeit. Gewiss: er wollte sie mit seiner Ankunft überraschen, aber ... Man hätte es wissen sollen!

Auch die Frauen in Haus und Garten erwarteten ihn nicht. Erst Mascha rief sie alle mit einem aufgeregten Schrei zusammen. Oh Gott, nichts war vorbereitet! Auch sie selbst waren es nicht. In ihren Arbeitsschürzen eilten sie hinaus, und stellten sich nebeneinander an den Treppenstufen auf, um ihn willkommen zu heißen.

Mühsam, und erschöpft von der Fahrt, kam er auf einen Gehstock gestützt, auf sie zu. Die Hilfe der begleitenden Sanitäter lehnte er ab. Allein, und gesund, wollte er auf Tonga zugehen.

Er war alt geworden! Aber er lächelte glücklich, als er die vor ihm knicksenden Frauen begrüßte und in ihre frohen Gesichter sah. Auf der obersten Stufe vor der Eingangstüre blieb er stehen, drehte sich um und schaute über sie hinweg nach draußen, als wollte er sich noch einmal vergewissern, dass er endlich daheim war. Dann nickte er zufrieden und betrat die Eingangshalle, während sich die beiden Herren um das Gepäck kümmerten. In der Halle auf dem Weg zum Salon warf er einen flüchtigen Blick zu den Ahnenbildern, die an den Wänden hingen. An einem gesonderten Platz zwischen hohen Gewächsen waren auch die von ihm und Anna. Darunter auf dem Boden brannte immer noch die Kerze in der Laterne, so wie er fortgegangen war.

Für einen Moment hielt er Annas Lächeln aus ihrem Gemälde stand; es tat noch weh! Er fühlte es, nur mit dem Unterschied, dass er begriffen hatte, dass das Leben auf Tonga, und auch seines, ohne sie weitergegangen war, und weiter gehen musste.

Dafür sorgten nun die anderen. Wie die Frauen in der Küche. Wie aufgescheucht liefen sie hin und her, um alles Notwendige zu richten. Mascha servierte gleich für die Herrschaften Kaffee und Tee mit hauseigenem Honig und Rahm, wie gewohnt! Und Henni bot auf einem Tablett ein paar angerichtete Brotschnitten dazu an.

Olga war als Erstes nur der beliebte Zwetschgenkuchen eingefallen, den sie dem gnädigen Herrn Victor rasch backen wollte, weil er ihn so gern aß. Dafür hatte sie sich auf die Schnelle eine Verstärkung herbeigerufen. Der junge Erik, der mit seinem Bein nach dem Pferdeunfall immer noch umher hinkte, und deshalb zu keiner Männerarbeit tauglich war, saß nun vor einem kleinen Korb Zwetschgen am Küchentisch, und übte sich im Entsteinen.

Die Nachricht von Victors Ankunft eilte über Funk hinaus auf die Felder. Bald danach kam schon der Geländewagen von León mit Katharina in schnellem Tempo in den Hof. In Arbeitslatzhose und umgebundenem Kopftuch wie eine Magd, stürmte sie ins Haus, um, ungeachtet der zwei klinischen Begleiter, den Vater zu umarmen.

Ihr Aussehen verblüffte ihn. Er sah gleich, wie strapaziert und abgearbeitet sie aussah. So hatte er sie noch nie gesehen. Für einen Moment bemitleidete er sie! Was war nur alles geschehen? Zugleich aber machte sie ihn auch stolz. Genauso war sie seine und Annas Tochter!

Später, als alles geerntet, verarbeitet und vermarktet war, feierten sie ihren Erntedank. Aber nicht wie sonst! Und ohne Musik, Tanz und Fröhlichkeit! Man aß und trank zusammen, und unterhielt sich über die vielen außergewöhnlichen Dinge, die in diesem Jahr die Arbeit erschwert hatten. Aber sie waren mit allem fertiggeworden; und gerade daher mit sich zufrieden. Wenn auch die Ernten diesmal witterungsbedingt nicht so üppig ausgefallen waren, so konnte man dankbar sein für das, was trotzallem noch erwirtschaftet worden war.

Victor sah es ebenso und nickte zu allem. Zudem war es ein Jahr ohne Annas Mithilfe gewesen! Und auch er selbst hatte nichts dazu beitragen können. Still und unauffällig zog er sich nach ein paar kurzen Dankesworten zurück. Er war noch keiner Art von Belastungen gewachsen. Für ihn war es schon bedrückend genug, ohne seine Frau daran teilnehmen zu müssen.

Die Wunde im Herzen war noch nicht geheilt. Zu Vieles im Haus erinnerte an sie. Und noch zu oft spürte er ihre Gegenwart, und war es manchmal nur der Anblick von Katharina! Sie verkörperte nicht nur die Schönheit der Mutter, sondern auch ihre Art. Es tat gut und weh zugleich!

Wenn die Zuneigung zu ihr, und seine Vernunft ihn nicht halten würden, ginge er ihr manchmal aus dem Weg.

An den täglichen Plänen für den Arbeitsablauf auf Tonga beteiligte er sich noch nicht. Katharina und León hatten ihre Fähigkeiten bewiesen. Doch in den Gesichtern der anderen kam ein wenig Freude auf, wenn sie ihn an schönen Spätherbst-Tagen auf den Feldwegen spazieren gehen sahen. Er wusste dabei nicht, dass ihn irgendwo ein fürsorglicher, dezenter Schatten begleitete, damit nicht noch einmal ein unbemerktes Unglück geschehe.

Ein ausgeglichener Herbst ging zur Neige. Er wehrte sich noch in seiner konstanten Art vor den Anfängen des herankommenden Winters. Aber die ersten Frostnächte konnte er nicht aufhalten. Brutal und schonungslos fielen sie über alles her, was noch blühen wollte: die Sonnenblumen, die wunderschönen Dahlien, die Astern und die Tagetes.

Wie einen nassen Schwamm ließ er sie zurück, matschig, blass und leblos! Die letzten Rosenknospen, die sich an der geschützten warmen Hauswand noch öffnen wollten, bedeckte er mit kristallenen Eisperlen. Die wenigen Trauben daneben, die man für die Vögel hängen gelassen hatte, machte er über Nacht zu kleinen blauen Eiskugeln.

Auch draußen im Garten wäre noch restliches Gemüse und der Wintersalat erfroren, wenn Mascha es vergessen hätte, das eine oder andere abzudecken. Nur die robusten, gesunden Kräuselblätter des Grünkohls trotzten dem Frost, und verloren dabei nicht einmal an Geschmack; im Gegenteil!

Menschen und Tiere kannten die Unberechenbarkeit des herannahenden Winters. In seiner Härte war er die Jahreszeit, die ein bedingungsloses Ergeben forderte. Während sich die anderen Perioden langsam näherten, schickte er einen eiskalten Boten voraus, der seinen todbringenden Atem in einer Nacht über das aushauchte, was der Herbst in der Natur an Leben übriggelassen hatte.

Er würde auch den Hamstern und Mäusen, und allem Kleinvieh zum Verhängnis, wenn sie nicht vorgesorgt hätten. Schon in den Wochen zuvor hatten sie sich den Bau mit Körnern vollgestopft, und die letzten weichen Halme für ein warmes Bett hineingeschleppt. Die Eichhörnchen waren ebenso emsig gewesen und hatten viele volle Backentaschen mit Nüssen und dem, was sie mochten, in ihren Kobel entleert. Der Häher hatte seine Eicheln und Kieferzapfen in den Wäldern vergraben. Er würde sie in hungrigen Zeiten aus dem Schnee ausgraben. Leider vergaß er nur manche Stellen. Doch seine Arbeit war auch dann nicht umsonst;

denn aus ihnen wuchsen im nächsten Frühling die neuen zukünftigen Bäume.

Wildgänse und Kraniche, und die kleinen Zugvögel wollten den Winter nicht ertragen. Rechtzeitig waren sie der Kälte entkommen, der Sonne des Südens entgegen.

Auch die Schwalben von Tonga! Sie hatten leere Nester zurückgelassen. Nur ein Paar hatte es vorgezogen, in den Stallungen zu überwintern.

Draußen war es still und stiller geworden. Kein Zwitschern mehr aus den Bäumen, und kein Abendlied von der Amsel auf dem Dach! Auch vom Taubenturm herunter hörte man kein Gurren mehr; sie lebten nun zurückgezogen. Umso lauter waren die Rufe und das Geschrei der Krähen in der Luft. In ganzen Scharen flogen sie über die Ländereien, und tapsten wie kleine schwarze Spielfiguren über die leeren Stoppelfelder auf der Suche nach etwas Fressbarem.

Schon in den ersten kalten Nächten hatte es auch Olgas Leben ausgehaucht. Einfach so, und unangekündigt.

Sie fanden sie am anderen Morgen. Still und ergeben, wie alles, was zu gegebener Zeit gehen musste, lag sie da in ihrem Frieden. So nahmen sie auch Abschied von Olga, der treuen Seele, die schon so manchem Kranken auf Tonga geholfen hatte. Sich selbst hatte sie am Ende, als es ernst wurde, nicht helfen können!

Die Macht des Übernatürlichen war die stärkste, immer und überall! Man könnte sie auch gnädig nennen, wenn sie ein geblühtes, gelebtes und durchlittenes Leben beendete!

Das schicksalsreiche Jahr ging langsam dem Ende zu. Die Zeit im Advent war auch nicht mehr die einer freudigen Erwartung, sondern die der Trauer.

Weihnachten stand vor der Tür: ohne Anna und ohne Olga! Was gab es da zu feiern? Auch wenn das Kind in der Krippe neue Hoffnung in die Welt brachte; auf Tonga war es die, den Schmerz über den Verlust der beiden guten Seelen bewältigen zu können, und dass das kommende Jahr ein besseres werden möge.

So fuhren in der Heiligen Nacht keine klingelnden Schlittengespanne im Schnee durch die Nacht zur Christmette draußen im Dorf! Sie sangen auch kein Weihnachtslied unter dem großen, geschmückten Baum in der Eingangshalle, wo sich sonst alle versammelten. Nur eine Kerze brannte an Olgas Platz auf dem Küchentisch zwischen den vielen Geschenkpäckchen für die Erwachsenen und Kinder des Gutshofs. Unter Annas Gemälde in der Halle leuchtete die große, alte Weihnachtskerze. Ihre Flamme spiegelte sich als warmes Licht in den Kugeln des Christbaums.

Nachdem sie im Spätherbst auch Olga auf dem Friedhof des nächsten Ortes begraben hatten, war in Victor der Gedanke erwacht, auf dem grünen Hügel in der Nähe des Guts eine kleine Kapelle zu bauen. Sie würde eine Grabstätte für Anna sein, und der kleine Friedhof um sie herum für alle, die ihr Leben auf Tonga verbracht hätten. Hier, wo sie gelebt und gewirkt hätten, sollten sie auch bleiben!

Vom Gut aus blickte man direkt auf den Hügel mit der großen alten Linde und der Bank davor. Jetzt war alles mit Schnee bedeckt. Aber im Sommer wäre es ein guter Platz zum Ausruhen, wenn er seine Besuche dort oben machen würde.

Die fixe Idee in ihm ließ ihn nicht mehr los und nahm in den kommenden Monaten, mithilfe eines Architekten, sichtbare Pläne an. Statt den Winter über zu kränkeln, lebte Victor auf. Endlich wieder eine anspruchsvolle Aufgabe!

Sie eröffnete ihm nicht nur ein neues Ziel, auf das er hinarbeiten konnte, sondern rückte gleichzeitig die Belastungen der Vergangenheit in den Hintergrund. Wenn er dabei an Anna dachte, hatte er das zufriedenstellende Gefühl, sie heim zu holen. Und damit würde alles gut!

Katharina und die anderen hatten seinen Plan begrüßt, und damit auch die deutliche Verbesserung seines bisherigen Zustandes. Es brachte eine erfreuliche Wende.

Kamingespräche

Vor den Osterfesttagen kündigte sich der Besuch von Victors altem Freund Paul an. Man kannte sich gut, und lange, und so war es eine zusätzliche Freude, sich von Zeit zu Zeit wiederzusehen. Die Männerfreundschaft zwischen den beiden bestand schon seit dem Dienst in der russischen Armee in den langen Jahren der Annexion durch Russland.

Ihre Wiedersehen waren über die geschäftigen Jahre selten gewesen. Paul hatte in einer Klinik in Tallin praktiziert, wo er schwer zu entbehren gewesen war. Bis der Tod seiner Frau auch in seinem Leben eine Wende gebracht hatte. Seitdem besaß er eine kleine Privatpraxis an der Küste von Pärnu. Es gab ihm die Möglichkeit, hin und wieder für ein paar Tage hinunter nach Tonga zu fahren, was auch nicht mehr so weit entfernt war.

Paul kam gerne! Die Tage, die er dort bei Victor und Anna verbracht hatte, gehörten zu den schönsten und erholsamsten seines Lebens. Auf Tonga ließ sich der Stress seines Alltags abschütteln, und mit allen zusammen neue Freude gewinnen für sein Leben, das mittlerweile zu Hause ein recht einsames geworden war.

Ob die beiden Freunde, oder zusammen mit Anna, auf den Pferden ausgeritten, in Victors Wäldern auf die Jagd gegangen, gemeinsam mit den Leuten des Guts draußen im Hof ein kleines Wildschwein gegrillt und dann alle miteinander verspeist hatten; oder ob sie drei an kalten Winterabenden von Weihnachten bis Jahresbeginn im Salon am Feuer des Kamins gesessen hatten: für Paul waren es die schönsten Stunden gewesen. Wie viele Nächte hatten sie dabei über Gott und die Welt, und über das Leben diskutiert! Endlose Themen!

Alle liebten Paul! Und seine Besuche waren stets willkommen. Wenn Victor damals in die Küche kam und sagte: „Olga, setz den Hirschgulasch an!"hatte sie gewusst, dass Paul kam. Er brauchte auch nur zu sagen: „Olga, morgen kommt der Medicus!" war ihr klar gewesen, was sie zu tun hatte. Dann hatte sie ihre alten Hausrezepte aus der Schublade gezogen und sich auf Pauls Besuch vorbereitet. In den Gewürzregalen und aus dem Garten hatte kein Kräutchen fehlen dürfen, damit alles so gelang, wie es dem Gast schmeckte.

Paul wusste Olgas Mahlzeiten stets zu schätzen, und zu loben; denn es gab sie nirgendwo sonst. Oder nicht so gut! Oft hatte er sich heimlich zu ihr in die Küche verzogen, um mit ihr am großen Küchentisch einen frisch aufgebrühten Kaffee zu trinken, und über Olgas Heilkunst zu reden.

„Olga, sie sind eine Scharlatanin!" sagte er ihr manchmal. „Sie heilen hinter dem Rücken der Mediziner und machen uns damit von Mal zu Mal ein Stückchen ärmer!"

Ein schelmisches Grinsen lag dabei in seinem Gesicht.

Aber sie und Paul waren vom gleichen Schlag, und sie hatte ihm immer in scheinbarer Ernsthaftigkeit zu kontern gewusst: „Das tut mir aber leid, Herr Doktor! Wenn sie sich

dann eines Tages keine Hosen mehr leisten können, setze ich ihnen Flicken auf ihre alten!"
Wie schön solche Tage waren! Sie hatten den Abschied immer etwas schwer gemacht.

Schon Pauls Ankunft in diesem Jahr war anders als sonst. Nicht sein alter Freund Victor begrüßte ihn lauthals am Bahnhof, sondern Katharina stand auf dem Bahnsteig von Törva, und umarmte ihren Patenonkel nicht weniger herzlich. Die beiden hatten von je her eine innige Beziehung zueinander. Er, als Arzt, hatte Anna seinerzeit beigestanden, sie auf die Welt zu bringen, und er hatte sie aufwachsen sehen. Schon allein deshalb lag sie ihm am Herzen, und er wollte allzeit, dass es ihr gut ging.
Unterwegs bedauerten sie, sich so selten sehen zu können. Katharina sagte ihm, dass sie ihn während der traurigen Zeit vermisst habe, wo er ihr eine gute Stütze gewesen wäre, als der Vater sie über sein eigenes Leid vergessen hatte. Er sah mit Erstaunen auf ihre abgearbeiteten Hände. Aber am traurigsten stimmten ihn die viel zu ernsten Züge in diesem jungen schönen, und sonst so fröhlichen Gesicht, und er spürte, dass sie Beistand brauchte.

Das Wiedersehen unter den Freunden war herzlich, aber bei weitem nicht das, was es früher gewesen war. Paul, dem Mediziner, war es klar, dass das Leiden seine Spuren in Victor hinterlassen hatte, und dass noch keine Freude in ihm aufkommen konnte. Dennoch wunderte er sich über die Erholung und die Fortschritte, die er schon nach der Lähmung gemacht hatte.
„Alle Achtung, alter Freund!" bestaunte er ihn.
„Du hast schon viel geschafft! Bist' halt eine zähe Natur!"

An einem Abend bei ihren Kamin-Gesprächen fragte er Victor, was er in Bezug auf Katharinas Zukunft plane.

„Im Moment nichts! Es geht alles seinen Gang!" war Victors Antwort. Sie genügte Paul nicht.

„Ist dir entgangen, wie sie ihre Trauer und ihre Sorge um dich allein geschafft hat? Sie ist eine so schöne und kluge junge Frau geworden, die hier auf dem Gut arbeitet wie eine Magd!"

„Sie arbeitet gern!" war Victors knappe Antwort.

„Sie ist wie Anna!" fügte er hinzu. Es klang wie eine vage Entschuldigung.

„Über die Arbeit hat sie viel gelernt!"

„Ja, das mag sein!" entgegnete Paul, „Die jungen Jahre sind zum Lernen da! Katharina könnte sie für ein Studium nützen, das für diesen fortschrittlichen Betrieb von Nöten ist! Ja, sie ist wie Anna, Victor!

Aber sie ist nicht Anna, sondern Katharina!"

Der Vorwurf in den Worten des Freundes war nicht zu überhören. Victor schwieg dazu. Und so saßen sie da und sahen dem Feuer zu, das um die Scheiter loderte.

Aber die Frage nach Katharinas Zukunft blieb im Raum.

Erst nach einer Weile kam Victor darauf zurück:

„Muss es denn noch ein Studium sein?" fragte er sich mehr oder weniger selbst.

„Ich hatte es ja vor. Aber mittlerweile arbeitet und handelt sie in meinem Sinne, und zusammen mit León zum Vorteil des Betriebes. Das achte ich und lasse sie gewähren, bis ich bald wieder soweit bin, selbst alles in die Hand zu nehmen. Dann treffe ich wie früher meine eigenen Entscheidungen. Katharina kann dann ihre eigenen Wege gehen! Bis dahin soll sie so weitermachen, genau wie Anna", sagte Victor, und sah die Frage als beantwortet.

„Nein, nein! Wir wollen da nichts planen, was sie wahrscheinlich garnicht mehr will. So wie es jetzt läuft, ist es gut so!" meinte er und nickte selbstzufrieden vor sich hin.

Während der Eine das Thema für beendet hielt, hatte es den Anderen aufgeheizt:

„Victor, du bist wie ein sturer, querköpfiger Kosak! Aber du willst ein guter Vater sein. Hast du sie einmal gefragt, was sie selbst möchte?"

Victor sah betreten vor sich hin. Er antwortete ihm nicht!

In seinem Gesicht lag ein trotziger Zug. Paul sah ihn an und wusste: Nein, er hatte es nicht!

„Victor, was denkst du dir eigentlich? Glaubst du im Ernst, dass du wieder bald der Alte bist? In aller Frische? Lass dich nicht vom augenblicklichen Zustand täuschen! Du freust dich, dass ich gekommen bin, und die Freude des Herzens belebt!" sagte Paul

„Sie erfrischt auch den Geist! Dann ist es gut, Entscheidungen zu treffen, zu denen man zu anderen Zeiten nicht fähig ist!"

Er hatte ja recht!

„Du solltest erst einmal dankbar sein über den Rest von Gesundheit, der dir geblieben ist. Du weißt, wieviel Mühe es dich und die anderen gekostet hat! Viel mehr wirst du nicht mehr gewinnen können!" sprach der Arzt im Freund.

„Also erwarte nicht das Non-plus-Ultra vom Schicksal! Sei nicht vermessen, und gib dich zufrieden!" forderte Paul ihn auf.

„Natürlich ist der Zustand eines Genesenden immer noch verbesserungsfähig. Aber es gibt Dinge, die sind es nur noch bedingt! Du kannst deinen Kopf weiterhin beanspruchen und ihn damit trainieren, deine Beine auch trotz des Schadens, der offensichtlich ist; aber die Gesamtkonstruktion wird dich immer an dein Unglück erinnern und dich belasten. Und das geschieht während des Alterns, Victor!" gab er zu bedenken und fuhr fort:.

„Du weißt: das Altern wird fortschreiten. Es wird dir womöglich damit noch schwerer fallen!" prognostizierte er.

„Machen wir uns doch nichts vor! Das Altern lässt sich bei niemandem verhindern! Vielleicht bei den gesunden Sportlichen etwas aufhalten, bis es auch bei ihnen eines Tages zu einem Knick kommt, der ihnen den Elan nimmt!"

Paul war ein erfahrener Arzt und erlebte es jeden Tag bei seinen Patienten. Er musste es wissen!

Victor wusste es auch, und schwieg. Das Thema war nicht gerade erbaulich. Es gab Zeiten, da hatten sie über fröhlichere Dinge gesprochen und viel gelacht. Für sie beide schienen sie wohl vorbei zu sein.

Fragte sich nicht auch Paul im Stillen, ob sie sich nun nur mehr mit den Altersgesprächen zufrieden geben mussten?

Schweigend stießen sie mit ihren Weingläsern an. Gesundheit stand im Mittelpunkt; noch leben wir! In dem Sinne: „Votre Santé!"

Die Themen an ihren langen Abenden waren noch nicht ausgeschöpft. An einem der nächsten kamen sie darauf zurück. Wie gesagt: Altersgespräche!

Paul fielen noch mehr Dinge ein, mit denen er an die letzte Unterhaltung anknüpfte:

„Du sagst, so wie alles läuft, ist es gut so! Aber das betrifft in erster Linie dich selbst. Deine guten Fortschritte sind erstaunlich, und ungewöhnlich für dein Alter. Aber deine Illusionen, dass bald wieder alles so wird wie früher, teile ich nicht!

Annas Tod und der Schlaganfall haben Schäden in dir hinterlassen, die dir keine allzu großen Belastungen mehr erlauben werden. Die Kraft, die du zurückgewonnen hast, wird sich schon allein über dein eigenes ruhigeres Leben erschöpfen. Du spürst es doch alle Tage!

Nein, Victor, du wirst nicht mehr der Alte werden!

Die guten Tage dazwischen täuschen! Deine Kräfte schwanken! Sie werden nicht mehr reichen für mehr!" warnte Paul.

Vielleicht war es ja so! Und jeder andere würde ihm recht geben. Außer Victor! Er hatte, was Paul nicht an sich selbst erlebt hatte, in seiner schweren Zeit gelernt, im Augenblick mit seinen kleinen Erfolgen zu leben, und positiv zu denken. Er nickte zwar zustimmend zu Pauls Worten, weil er sie prinzipiell begriff. Aber letztendlich überzeugen würde ihn nur das Leben, so wie es sich lebte.

Die beiden Freunde redeten miteinander, solange sie noch beisammen waren.

Paul und er hatten schon immer vertrauliche Gespräche geführt. Sie standen zwar in unterschiedlichen Berufen; aber sie waren Freunde, und Menschen aus dem wahren Leben! So gingen die Themen niemals aus, früher wie heute! Am letzten Abend sprachen sie noch einmal abschließend miteinander. Paul wollte Victor noch etwas zu bedenken geben:

„Wir sind zwei alte Männer geworden, die daran denken sollten, die junge Generation heran zu lassen. Sie werden es gut machen, aber nur über eine gute, der heutigen Zeit entsprechenden Ausbildung, wie auch Katharina sie brauchen wird! Denke daran!" sagte Paul und sah ihm in die Augen.

„Machen wir uns doch nichts vor, Victor! Es ist doch so wie schon bei den früheren alten Generationen:

Wir Alten glauben immer noch, dass es ohne uns nicht, und

mit uns besser ginge. Es ist ein Trugbild, Victor!
Ein altes Wunschdenken, an dem wir festhalten wollen.
Aber seien wir doch ehrlich miteinander: Unser Wissen ist
zwar fundamental, egal in welchem Beruf, doch es ist zum
Teil schon überholt in unserer schnell dahingehenden Zeit.
Die Anforderungen sind andere geworden. und für uns oft
unverständlich. Auch wenn wir wach geblieben sind, wür-
den wir die Erwartungen an eine produktive Arbeit nicht
mehr erfüllen können!
Außerdem: Was nützt uns unser Wissen, wenn uns das Al-
ter ein Schnippchen schlägt, und uns zeitweise den Dienst
quittiert! Du hast doch gesehen, wie es geht!
Wir sollten mehr Vertrauen in die kommende Generation
haben!" forderte Paul ihn auf.
„Es ist eine andere!" entgegnete Victor. Er war skeptisch:
„Sie denken anders und arbeiten anders! Wie schnell ist ein
lang und hart erarbeitetes Vermögen abgewirtschaftet.
Es erbt sich leicht!" meinte er.
„Mit dieser Grundlage kann man gut große Pläne machen!
Und das Geld, Paul, ist der jungen Generation am wichtigs-
ten; denn sie weiß nicht, wie hart man es aus dem Nichts
heraus erarbeiten musste. Sie hat bisher noch keine Notzei-
ten erlebt, und nichts entbehren müssen, um über den jah-
relangen Verzicht etwas aufzubauen!
Und was soll noch aus uns Alten werden? Wird es einen
Dank für uns geben für das Fundament, das wir für den
Aufbau geschaffen haben? Vielleicht nicht einmal mehr
Achtung den alten abgearbeiteten Menschen gegenüber?"
Er schüttelte mit dem Kopf.
„Nein, Paul, ich weiß nicht, ob das eine sichere Zukunft be-
deutet. Ach, was soll ich davon halten?" fragte er sich be-
sorgt. Victors Worte machten auch Paul nachdenklich.

In gewissem Maße gab er ihm recht. Zu gut hatte er selbst schon diesen Trend im eigenen klinischen Berufsleben gespürt. Es war ein Grund mehr gewesen, sich nach dem Tod seiner Frau in eine eigene Praxis zurückzuziehen.

Aber um dem Freund etwas Mut zu machen, meinte er letztendlich:

„Nun lass die Jungen mal machen und sich beweisen! Allgemein gesehen haben sie fortschrittlich denkende Pläne, und besitzen zum Teil schon das neuzeitliche Wissen, das sie brauchen werden, um zu bestehen.

Diesen jungen tüchtigen Menschen muss man eine Chance geben!"

Pauls klaren Worten war im Prinzip nichts hinzuzufügen! Aber Victor gab sich in seiner Meinung nicht geschlagen.

„Du hast schon recht!" meinte er zustimmend.

„Aber gegen deine eindringlichen Ratschläge, mich langsam zurückzuziehen, wehre ich mich. Wir Alten sind es doch gewöhnt, von Kindesbeinen an zu arbeiten und Verantwortung zu tragen, und unser Erfahrungsschatz ist hoch! Soll er zu nichts mehr nütze sein?" fragte er sich.

Paul verstand ihn nur allzu gut. Er kannte die Bitterkeit und Ratlosigkeit vieler alternden Menschen aus seiner Praxis, die vor dieser Frage standen. Da kamen bittere Empfindungen auf. Das erlebte er auch bei sich selber.

Doch was nützte es? Die Jahre des großen Schaffens waren im Alter bei Jedem vorbei. Es blieb nichts anderes übrig, als Realist der eigenen Lage zu sein.

Victor konnte es noch nicht einsehen.

Und er wollte es nicht! Er wehrte sich:

„Das ist doch unser Leben, Paul!" sagte er. „Wir können nicht anders. Wenn wir aufhören zu arbeiten, sterben wir! Ich habe es doch schon während meiner langen Krankheit gemerkt. Der Gedanke, bald wieder für gewisse Dinge einsatzfähig zu sein, hat mich angespornt."

„Das ist ja auch immer das, was dabei hilft!" entgegnete Paul. „Es ist die Triebfeder bei einer Genesung! Selbst in fast aussichtslosen Fällen ist es für den Betroffenen wichtig, noch auf ein Ziel hinzuarbeiten: das man erreichen will. Solange es ein Ziel gibt, und sei es noch so gering, mobilisiert es unsere inneren Kräfte. Und glaube mir: Die sind stark!" sagte Paul.

„Mein Gott; wie oft habe ich es als Mediziner schon in solchen Fällen erlebt, wo die ärztlichen Möglichkeiten ausgeschöpft waren, und man im Stillen nur noch auf den Kranken selbst hoffen konnte!" seufzte er.

„Wie du sagtest: das harte Leben hat zäh gemacht! Du hast es jetzt dir und uns allen bewiesen!" lächelte er Victor an.

Es war wie das Schulterklopfen eines Freundes!

Sie sprachen noch über dieses und jenes, das sich seit ihrem letzten Beisammensein ereignet hatte: meist belanglose Dinge, die man aber am besten nur mit einem Freund besprach, der einen fast ein Leben lang kannte und wusste, wie man empfand.

Das betraf auch das bereits Gesagte. Victors Meinung dazu musste man stehen lassen; in Vielem hatte er schon recht. Er sollte nur etwas umdenken lernen, besonders in seinem längeren Heilungsprozess, den er unterschätzte. Paul war gekommen, um ihm dabei zu helfen.

Bevor sie mit ihrem Thema am Ende waren, opponierte Victor noch einmal und meinte:

„Paul, wir wollen uns doch nicht unterkriegen lassen! Das ist nicht unsere Art! Schließlich leben wir noch! Oder? Zudem kann das nicht schon alles gewesen sein! Wir haben noch zu so Vielem etwas zu sagen!"

„Ja, das haben wir, Victor! Aber man wird bald nicht mehr auf uns hören!" entgegnete Paul, und gab ihm zu bedenken: „Die junge Generation weiß genau, wie weit sie uns in den neuzeitlichen Dingen schon voraus ist. Auch sie sind überzeugt von sich! Und in ihrer jugendlichen Dynamik stark! Willst du dich eines Tages übergangen fühlen und vielleicht belächeln lassen?" fragte er.

„Ist es nicht klüger, auf geschickte Weise das Feld zu räumen und den Weg frei zu machen, auf dem sie uns sonst überrennen werden?"

„Ja, ja!" sagte Victor. „Es mag so sein, Paul! Aber darüber werden wir zur vergessenen Generation, alter Freund!"

„Oder sind es schon ein wenig!" lachte Paul; und sie tranken sich zu:

„Auf die Zukunft, Viktor! A l'avenier!"

Man konnte die Dinge verschieden sehen!

Aber Pauls Argumente erreichten Victor noch in einem widersprüchlichen Zustand. Die gute Besserung hatte zu viel Hoffnung gegeben, und ihm Illusionen gemacht. Damit lebte sich besser.

Zumindest bis jetzt! Und vielleicht länger?

Dennoch war sich Victor im Grunde genommen seiner selbst nicht sicher. Das, was ihm Paul in aller Deutlichkeit gesagt hatte, hatte er in seinem Dämmerzustand des vergangenen Jahres schon geahnt. Verschwommen wie dunkle Schatten war es in den Ängsten über ihn hinweg gezogen.

Aber in einer Klink gab es ja die Medizin! Sie half in allen schwierigen Phasen, räumte die hinderliche Problematik eines belastenden Alltags zur Seite und schob sie vor sich her; aber sie löste sie nicht! Gesund und wieder stark werden, war die Devise! Die Probleme aber blieben die gleichen und warteten später auf eine Lösung.

Er war offenbar noch nicht dazu bereit.

Paul hatte es bemerkt und ihm helfen wollen.

„Baue du deine Kapelle, Victor, und erhalte dir die Gesundheit, die du noch hast! Aber ich rate dir: haushalte damit! Dann hast du genug getan!" sagte er und fügte hinzu:

„In der Zeit, wenn Katharina weg ist, lasse León schalten und walten, und überdenke nur seine Entscheidungen! Ab und zu ein Gespräch über das, was dir wichtig scheint, und ein kurzer Überblick über das Geschehen wird reichen, damit alles in deinem Sinne weitergeht.

Du wirst sehen, dass es auch dir genügen wird, da du andernfalls an deine gesundheitlichen Grenzen stößt!", sagte Paul; und er meinte es gut.

Victor machte einen tiefen Atemzug:

„Ja; gewiss!"

Paul hatte aus seiner Distanz heraus gut reden! Bei seinen Besuchen hatten sich die unangenehmen Dinge nie gezeigt. Er hatte wohl immer den Eindruck mitgenommen, auf Tonga sei die heile Welt. Aber die gab es nirgends! Da musste man viel tun und achtsam sein, damit es sie gab!

Das Feuer war heruntergebrannt, und die Weingläser hatten sich gelehrt. Es war auch für dieses Mal gesagt, was gesagt werden musste.

Ihre Kamingespräche, wobei sie unter sich waren, waren für sie stets von Bedeutung.

Ehe sie zu Bett gingen, meinte Paul abschließend:

„Du bist und bleibst doch der Patron des Ganzen! Das ist dir doch wichtig! Oder?"

Sie klopften sich in altem Einvernehmen auf die Schultern, und gingen in der Halle zusammen die breite Treppe hinauf zu den Schlafräumen.

Am nächsten Morgen fuhr Paul nach Hause. Es drängte ihn in die Praxis zu seinen Patienten, weil auch ihn das Pflichtbewusstsein und die Freude an seinem Berufsleben nicht losließen.
Paul nahm Abschied von Tonga mit gemischten Gefühlen.
Es war gut gewesen, den alten Freund wiederzusehen, und ihm, und Katharina in ihrer Lage, ein wenig geholfen zu haben. Er hatte gespürt, dass sie die Mutter vermisste, und unter der Lieblosigkeit des Vaters litt. Der Tod von Anna, und seine Krankheit, hatten ihn hart gemacht, und wie es so oft vorkam, zwangsläufig zu einem Egoisten, der nur sein Leiden kannte, und dem es Jeder recht machen musste.

Auch die Gemütlichkeit von Olga in ihrer Küche hatte gefehlt. Wie hatte er sie vermisst!
Und ganz besonders die Wärme von Anna! Jeder Weg durch die Halle, an ihrem Portrait vorbei, hatte noch immer etwas wehmütig gemacht.
Diese wunderbare Frau war schwer zu entbehren. Sie hatte auch in seinem Herzen einen Platz innegehabt. Anna war schwer zu vergessen!
Mit dem Tod der beiden Frauen war eine seltsame Leere im Haus entstanden, obwohl der Betrieb weiterging.
Aber die guten Seelen hatten das mitgenommen, was das Herz erwärmte! Und nichts und Niemand konnte sie ersetzen!

Freiheit ist nicht alles:

Die Entscheidung über Katharinas Zukunft fiel erst in der Stille des nächsten Winters. Die Erträge des Jahres waren gut und reichlich ausgefallen; Victor war zufrieden; und Katharina hatte ihre Pflicht getan!
Auf dem Hügel unter der Linde stand die weiße Kapelle. Annas, wie auch Olgas Grabstätten lagen davor. Und das Totenglöckchen auf dem Kirchlein dort oben hatte seit ihrer Beisetzung nicht mehr läuten müssen!
Die Kapelle war Victors ganzer Stolz. Bei ihrem Anblick empfand er das Gefühl, sein Lebenswerk vollbracht zu haben. Das Gut war in seinem Empfinden zur Selbstverständlichkeit geworden: der Besitz, der Erfolg aus der Bewirtschaftung, und die Arbeit, die die anderen erledigten.
Die Worte, die er Paul gesagt hatte, galten immer noch:
„Es läuft gut! Und so wie es ist, ist es gut so!"

Victors Zustand war halbwegs stabil geblieben. Zumindest hatte er sich nicht verschlechtert. Und so blieben die Illusionen der Selbstüberschätzung, vor denen Paul gewarnt hatte. In den Abendstunden am Kaminfeuer zogen seine mahnenden Worte immer noch durch seine Gedanken. Auch die mit den indirekten Vorwürfen, die Katharinas Zukunft betrafen. Besonders sie waren die Frage, die auf Antwort wartete!
Eines Tages sprang er endlich über seinen bequemen Schatten, der Katharina immer noch halten wollte, und traf die Entscheidung, seine Tochter im Frühjahr zu einem speziellen Studium nach Tallin zu schicken. Paul hatte schon recht: Ein solches Studium würde auch die Zukunft von Tonga sichern. Und das lag in seiner Verantwortung.

Bis zum Ende dieser Zeit werde León sich mit seiner Mannschaft noch mehr beweisen müssen.

Da er jedem, und auch sich selbst, das Äußerste abverlangte, brachte er seine Tochter an einem Tag im März selbst zum Bahnhof an den Zug nach Tallinn. Er hatte nach seiner überwundenen einseitigen Lähmung den Geländewagen wieder fahren gelernt, und war besonders stolz darauf.

Mit Victors Worten:

„So fahr in dein anderes Leben und mach das Beste für uns alle draus! Damit es sich lohnt für Tonga! Es kostet Mühe, dich zu entbehren, aber ich bringe es auf und lass dich gehen. Denke immer daran! Und enttäusche mich nicht!",
stieg sie in den Zug Richtung Norden.

Ihr Winken verflog in der Gleichgültigkeit eines verlassenen Bahnhofs. Victor war schon gegangen.

Er war mit sich zufrieden! Die Pflicht des Vaters war erfüllt, und als Patron hatte er wieder einen Meilenstein gesetzt!

In seinem Sinne für Tonga.

Katharina hatte sich lange gewünscht, alles für das Gut aufbringen zu wollen. Dazu hätte es keiner Ermahnungen bedurft. Doch nun, wo es soweit war, saß sie mit getrübter Freude in ihrem Abteil. Die Erwartungen des Vaters, und die des ganzen Gutsbetriebes, lasteten auf ihr. Die Zukunft war ungewiss: die wirtschaftlich schwierige Tendenz, die sie zusammen mit León schon bemerkt hatte; die Menschen im Dienste des Betriebes, die alle weiterhin auf Arbeit, Lohn und Brot hofften; und dazu die eingeschränkte Gesundheit des Vaters! Zudem spürte sie, dass die Verantwortung und die Belastungen der letzten Jahre sie in einem noch halbkindlichen Alter überfallen hatten. Zweifellos hatten sie ihr die unbeschwerte Jugend genommen!

Man hatte ihr beim Weggang Glück gewünscht. Aber das Wort Glück hatte für sie eine andere Bedeutung bekommen, als für die meisten jungen Menschen. Es hatte das Persönliche verloren!

Ausgerechnet Mascha, die selbst nicht recht wusste, was Glück bedeutete, das schöne Glück, von dem die Menschen träumten, hatte ihr beim Abschied gesagt:

„Es ist gut für dich, dass du gehst! Nur wenn du frei bist, wirst du dein Glück finden!"

„Bin ich nicht frei?" hatte sie Mascha gefragt. Und diese hatte ihr nach einigem Überlegen geantwortet:

„Du wirst es in deinem anderen Leben werden!"

Katharina dachte darüber nach, als die Eindrücke ihres Heimatlandes an ihr vorbeizogen: fremde Bilder, die sie Meile für Meile von zu Hause forttrugen. Umso weiter weg sie führten, umso leiser nahmen sie das mit, was an Bedrückendem mit auf die Reise gegangen war.

Mascha hatte auch gemeint, dass im Wind der Ostsee Manches verfliegen würde, das belastete:

„Da kannst du durchatmen!"

Es waren die gleichen Worte, die ihre Mutter Anna immer gesagt hatte, wenn sie von einer Reise nach Tallinn zurückgekommen war. Und einmal – Katharina erinnerte sich genau – war sie sehr glücklich aus St. Petersburg nach Hause gekommen.

Ob man dort das Glück fand?

Olga, die immer das Richtige gewusst hatte, hatte das Glück manchmal mit einem Kuchen verglichen:

„Ein süßer Kuchen; aber immer mit Bittermandel darin!"

Bittermandel im Glück?

Es war schon Abend, als der Zug in Tallinn einfuhr.

Für Katharina war es die erste große Stadt, die sie sah. Zudem war sie ja auch als Estlands Hauptstadt die wichtigste. Und da sie eine geborene Estin war, empfand sie einen gewissen Stolz, hier sein zu können.

Als sie aus dem Zug ausstieg, und im Bahnhof in der Menschenmenge nach draußen gedrängt wurde, empfing sie die Stadt im Lichterglanz und bunten Leuchtreklamen. Es war überwältigend! So musste wohl eine Hauptstadt sein! Die kleinen Städte in der Nähe von Tonga waren darin bescheidener. Es stand ihnen ja auch nicht zu, zu protzen. Und auf dem Landgut selbst wurden die wenigen Lampen schon früh am Abend gelöscht, weil man schläfrig war von der Arbeit des langen Tages.

Zunächst stand sie hilflos vor den Straßen und ihren vielen großen Gebäuden. Hier sollte sie eine Wohnung finden, wo doch schon hinter jedem beleuchteten Fenster Jemand wohnte? Sicher würde sie sich auch noch oft in den Straßen verirren. Im Gefühl der Unsicherheit ging sie auf eines der beleuchteten Hotels zu und buchte sich ein Zimmer für die ersten Nächte. Es war so einladend und behaglich, und direkt luxuriös gegen das eigene zu Hause, dass sie zur Ruhe kam. Nach einem guten Essen im Restaurant des Hauses ging sie sogleich in ihr Zimmer zurück, um vom Balkon aus das Lichtermeer der Stadt zu bewundern.

Alles zusammen, und ein wohlig duftendes Bad, bevor sie in ihrem großen, schön gedeckten Bett lag, machten sie ruhig, und geradezu mutig und stark. Morgen würde sie diese andere Welt mit klaren Augen sehen, und die ersten Schritte gehen.

Sie sprach ihr Nachtgebet, immer noch, wie die Mutter es sie gelehrt hatte. Und darin bat sie auch um ihren Beistand;

denn Anna war eine weltoffene, reisefreudige Frau gewesen, und hatte sich nie ganz und gar vom Alltagsleben auf dem Landgut vereinnahmen lassen. Victor musste sie sehr geliebt haben, dass er ihr von Zeit zu Zeit eine kleine Reise an die Küste zu Paul und seiner Frau, oder gar nach St. Petersburg, erlaubt hatte. Selten hatte er sie begleitet; Seine Pläne reichten nicht über das Gutswesen hinaus. Hier war er gefragt und gefordert. Das genügte! Das brauchte er, und das liebte er! Tonga war sein Leben!

Und Anna war sein ganzer Stolz! Egal wo sie gewesen war: Sie war immer noch eine Spur fraulicher und schöner nach Hause gekommen! Sogleich hatte sie sich auch wieder dem Landleben mit all den Pflichten, die sie sich auferlegt hatte, angepasst, in Kittelschürze und Kopftuch mit in der Küche gestanden, oder draußen unter den anderen bei der Feldarbeit, um ihm und allen eine gute Stütze zu sein.

Das Vorbild der Mutter vor Augen, und die Stadt, in der sie sich zum ersten Mal Freiheit versprach, machten Katharina Mut. Vielleicht hatte Mascha ja recht, als sie meinte, dass man erst in der Fremde frei würde.

Aber Freiheit war ein Wagnis! Der Begriff war verschieden zu beurteilen, dachte sie. Man konnte sie als Chance zur Findung einer guten eigenen Zukunft nutzen, und man konnte auch darüber untergehen, wenn man sich ziellos und bequem darin verlor. Ein Sprung in die Freiheit durfte nicht im Abseits landen! Die einen schafften den Spagat auf sicherem Boden; andere nicht.

Und Freiheit war verlockend! Es war immer so und würde so bleiben. Zu allen Zeiten, und auch heute noch, wurde sie von den Menschen zur Selbstverwirklichung genutzt. Im Ergebnis des Einzelnen zeigte sich dann ihr Wert!

Sie, als Katharina von Tonga, würde sie mit ihrem gegebenen Verstand gebrauchen, um eines Tages stolz und zufrieden nach Hause gehen zu können.

Und vielleicht auch glücklich! Wenn denn das Glück zu finden wäre, was sich die Menschen im Stillen wünschten:

Das Glück des Herzens!

Bisher hatte es ihr genügt, nach der Erfüllung ihrer Pflichten die Zufriedenheit als eine Art Glück zu sehen. Und wenn die Ernten auf Tonga gut waren, und ein Gewittersturm keine großen Schäden angerichtet hatte, war es ein Glück! Auch dass die Gesundheit des Vaters sich gebessert hatte, war doch ein Glück! Oder ein Wunder? Was sonst?

Dennoch wusste Katharina, dass es da noch etwas gab, was das Herz glücklich machte. Und dass man es wohl nur fand, wenn man frei war, wie sie Mascha verstanden hatte.

Frei war sie schon jetzt, wo sie allein auf sich gestellt war. Und sie würde noch freier werden. Sie war ja erst zwanzig.

Mal sehen, was die Zukunft brachte!

Die Angst der vergangenen Stunden verflog, und Selbstvertrauen kam auf, und damit die Freude auf die Zukunft des eigenständigen Lebens.

Tallinn, hier am Finnischen Meer, von dessen Häfen die großen Schiffe in die Welt fuhren, war auch für sie das Tor zur Freiheit. Die Türen der Stadt würden sich öffnen und sie hereinlassen. Und sie würde mutig voranschreiten.

Sie spürte, wie der Luxus des Hotels ihr gut tat. Und ganz vage fühlte sie auch, dass sie nicht nur die Tochter ihres klugen Vaters war, sondern auch die der mutigen, stolzen Anna von Tonga, die zu allem auch ihr Leben geliebt, und gewusst hatte, was sie sich selbst schuldig war.

So wollte sie sein! Eines Tages, irgendwann!

In der Unterstadt fand sie in den nächsten Tagen eine Wohnung: klein, aber fein und gemütlich! Hier im alten Kalameia-Viertel fühlte sie sich wohl. Es bestand fast ausschließlich aus Altbauten und kleinen bunten Fischerhäusern aus Holz, die ärmlich wirkten. In den armen Zeiten war es das Viertel der Hafenarbeiter und Fischer gewesen. Die kleinen alten Häuser mochten wohl immer schon Behaglichkeit vermittelt haben. Und das taten sie heute noch. Mittlerweile noch viel mehr im Gegensatz zu den modernen nüchternen glatten Wohnblocks, die zwangsweise über die Zuwanderungen im letzten Jahrhundert entstanden waren. Gerade deswegen, und auch aufgrund ihrer Ursprünglichkeit und Unverwüstlichkeit, hatte man die, wie scheinbar aus dem Mittelalter übriggebliebenen, alten Häuser „denkmalgeschützt". Es stand ihnen zu, fand auch Katharina. Sie waren in ihrer Art und Atmosphäre unvergleichlich zur heutigen Zeit, und sogar immer noch bewohnbar.
Besonders schön fand sie den Balti-Jaam-Markt in ihrem Viertel, der eine große Palette an Produkten bot.
Die Stadt war voller Leben. Menschen verschiedener Länder tummelten sich durch die Geschäftsstraßen. Sprachfetzen aus Russisch, Finnisch, Schwedisch, Dänisch und Deutsch mischten sich zwischen die estnische Muttersprache, an die die neue Einwohnerin nur gewöhnt war. So bunt wie die Sprachen der Stadt waren auch die Menschen, die ihr begegneten, wenn sie über die Stadtmauer lief, durch die romantischen Gassen der Altstadt bis zur Oderkirche ging; oder im Café Gustav saß, und sich einen süßen Napoleon, sog. „Lopolion"-Kuchen gönnte. In seiner Lage auf dem Domberg inmitten der Stadt war es gern besucht; denn man hatte eine herrliche Aussicht.
Aber auch allein der süßen Köstlichkeiten wegen, die in

dem Café angeboten wurden, war es ein lohnendes Ziel. Zudem gab es, wie fast überall in der Stadt, auch herzhafte Piroggen = „Pirukas" genannt, genauso mit Schinken und Käse gefüllt, wie Olga sie auf Tonga gebacken hatte.

Das Café „Levier" überraschte seine Gäste zu dieser Jahreszeit mit seinen vielen kleinen, bunt verzierten Rhabarber-Törtchen. Diese leckeren Macarons waren über Tallinn hinaus bekannt! Es war zum Staunen, wie viel Verschiedene es gab! Ebenso viele unterschiedliche wie bei den gefüllten Piroggen. Ja, in einer Stadt von Welt konnte man es sich gut gehen lassen! Es gab alles, was das Herz begehrte!

Katharina dachte dabei oft an ihre Mutter. Auch sie musste es genossen haben, ab und zu aus der Abgeschiedenheit von Tonga hinaus zu kommen zwischen andere Menschen. Sie begann zu verstehen, dass man das turbulentere, vielseitigere Leben einer großen Stadt brauchte, wenigstens hin und wieder, um weltoffen zu sein und es zu bleiben.

Anna war außerdem auch zu sehr Frau gewesen, als dass sie wohl nicht ganz und gar auf das hätte verzichten wollen, was sie für ihr weibliches Wohlbefinden gebraucht hatte: den gewissen Chic der fraulichen Kleidung, den Friseur für ihr schönes Haar, die Pflege, und ein wenig Muße.

Und ... vielleicht auch, aufgrund ihrer estnischen Schönheit, die bewundernden Blicke fremdländischer Männer, wenn sie in einem dieser schönen Cafés saß!?

Es war das erste Mal in ihrem Leben, dass auch Katharina diese Wirkung spürte. Sie war es nicht gewöhnt, bewundernd angesehen zu werden, einfach so. Diese Blicke waren anders als die der Menschen auf Tonga. Sie berührten etwas in der Tiefe. Was genau, war nicht zu begreifen.

Ein Gefühl kam dabei auf. Es tat gut, und es war schön!

Dennoch war sie noch lange nicht bereit, es richtig zu deuten, geschweige denn, es zu suchen! Sie war des Studiums wegen hergekommen, und das sollte vorrangig sein. Im Moment war es dazu nur wichtig, sich hier einzuleben.

Das Sehenswerteste ihrer Hauptstadt kannte Katharina aus dem Schulunterricht und dem Fernsehen, wie den großen Platz vor dem alten gotischen Rathaus, auf dem einmal zur Zeit der Gilde die Geschäfte mit dem Mandelhandel geblüht hatten. Schließlich war auch Tallinn eine der bedeutenden Hansestädte gewesen, und hatte aufgrund dessen zum Ende des zwölften Jahrhunderts diese Zugehörigkeit erhalten. Kein Wunder, dass vielerorts im Land die Güter und Herrenhäuser mit Menschen verschiedener Nationen entstanden waren, und selbst aus dem entfernteren Deutschland. Hier war ein weites Land, flach mit Seen und hügelig ohne Berge, ein guter Boden und der Wind der Ostsee! Hier konnte man sich niederlassen und neu beginnen.

Das Finnische Meer und Tallinns Häfen, aus denen die beladenen Schiffe auf die Meere aus- und einfuhren, hatten zweifellos in allen Zeiten zu einem florierenden Welthandel beigetragen, zumal auch St. Petersburg, immer wieder unter dem Namen, den sein jeweiliger Zar ihm gab, nicht weit entfernt war. Die beiden Hafenstädte waren wichtige Stützpunkte, früher wie heute, und der Finnische Meerbusen war ihre Wasserstraße.

Die uralte Ratsapotheke in der Unterstadt gehörte auch zu den absoluten Sehenswürdigkeiten. Man sagte, ihre Einrichtung sei hundert Jahre alt. Sie hatte eine kuriose Lage. Man ging mitten hindurch, einfach so, und direkt in das sich anschließende Museum der Stadt. Der Durchgangsverkehr schien den Betrieb der Apotheke nicht zu stören.

Das neue Meeresmuseum dagegen war ein Kontrast zur Altstadt. Gigantisch überraschte es in seiner Bauweise und mit seinem blauen Licht, und war geradezu anziehend für die Besucher der Stadt. Und die waren zahlreich!

Katharina wusste, welch großen Einfluss das benachbarte Russland einst, und immer wieder mal, auf ihr Land gehabt hatte. Es hatte geprägt. Mochte es immer noch ein großer einflussreicher Nachbar sein; und auch wenn ihr Land längst seine Unabhängigkeit wiedererlangt hatte, und viele verwandte Familien hier oder dort wohnten, war festzustellen, dass die Esten eher geneigt waren, sich skandinavischer als russisch zu fühlen. Nun ja: Die Entfernung dazu über den Finnischen Meerbusen war auch nicht allzu weit. Auf Tonga unten, nahe Lettland, war es nicht so zu spüren.

Tallinn hatte sich heute zu einem wichtigen Industrie-Zentrum entwickelt. Eine Technische Universität war dazu entstanden, sowie Hochschulen für Maschinenbau, Textil und Papier, und natürlich für den Schiffbau in dieser Stadt mit ihren vielen Fähr- und Hochseehäfen. Alles war elektronisch ausgerichtet.

Wert wurde nach wie vor auch auf den Erhalt und die moderne Agrarwirtschaft des Landes gelegt; denn man war europäisch orientiert, und die Nahrungsmittel-Industrie war daran gebunden.

So fand auch Katharina den Studienplatz, an dem sie interessiert war, um sich das für die heutige Zeit notwendige Betriebswissen für Tonga anzueignen. Sie tat es für das Gut und für sich selbst.

Von Tag zu Tag verlor sich die Unsicherheit Vielem gegenüber. Die Stadt, die Gesellschaft der Studienfreunde, und letztendlich die Freiheit des Eigenlebens machten selbstbewusst und erfolgreich bei dem, was sie tat.

Ihr persönliches Leben auf Tonga rückte in die Ferne, während die Bewirtschaftung des Guts im Vordergrund stand. Die Zeit verlangte gewisse Änderungen; sie würden unumgänglich sein. Sie sah, dass das Neue von heute durchaus zu empfehlen war, aber auch, wie grundliegend gut das Alte war. Man musste es kombinieren, um zukunftsorientiert zu wirtschaften.

Vorausgesetzt ... Victor, der Herr, werde es zulassen!

Es gab solche und andere Menschen, die einem in der Fremde begegneten. Die einen suchten den Kontakt aus gemeinsamen Interessen heraus, und die anderen, um sich persönlich näher zu kommen.

Gustav und Kurt, Katharinas Studienfreunde mit gleichen Zielen, und auch Selma, die junge Schwedin, gehörten zu den Ersteren. Finn aber, der Mann aus dem Fisch-Restaurant, zählte zu den Letzteren. Er war schon vor Jahren an der Küste gelandet, vielmehr auf hoher See in estnischen Gewässern mit seinem finnischen Fischerboot gestrandet. Mit Nichts hatte er dagestanden, aber es innerhalb weniger Jahre mit viel Fleiß geschafft, ein kleines Fischrestaurant im Hafen zu eröffnen. Er verstand etwas von gutem Fisch, und vom Zubereiten. Nachdem er tagein, tagaus in seiner kleinen Küche und im Restaurant mit nur wenigen Tischen gearbeitet und bedient hatte, konnte er sich mittlerweile einen Koch leisten. Es war Filippo, der Indonesier, der einmal als Schiffskoch mit einem Frachter hier angekommen und geblieben war. Weil er ein fleißiger Mann war, den man im Industriegebiet und in den Häfen von Tallinn gebrauchen konnte, hatten ihm alle Türen offengestanden, hinter denen sich eine bescheidene, aber gute Verdienstmöglichkeit geboten hatte. Filippo hatte sie genutzt. Es waren zum Teil schwere Arbeiten gewesen, die er zusam-men mit anderen Gelandeten verrichtet, und sich manchmal dabei ausgenützt gefühlt hatte. Der Lohn war darüber nicht gestiegen; auch die am Anfang lobende Anerkennung blieb aus, und wechselte mit der Zeit in eine Selbstverständlichkeit seitens der Auftraggeber. Die Zeiten hatten sich geändert!

So war er zu seinem alten Beruf zurückgekehrt, und war seitdem der Koch in Finns Restaurant. Und er war gut! Das Restaurant füllte sich Abend für Abend; drinnen und draußen waren die Stühle besetzt. Zusammen mit Finn plante er, kaufte ein auf dem Fischmarkt und an den Gemüseständen, rechnete, als wäre es sein eigener Verdienst, und wurde nicht müde, die begehrten Fischgerichte, phantasievoll kombiniert mit gesundem Gemüse, und allem, was dazu passte, herzurichten. Die würzigen guten Gerüche, die am Abend aus Filippos Küche in die Hafengasse zogen, waren eine Einladung für Viele.

Mit Filippo hatte Finn einen wahrlich guten Fang gemacht! Nachdem sie ein weiteres Restaurant dieser Art in der Altstadt eröffnet hatten, mit mehr Personal, gab es wieder Freizeit für Finn, die er seit Jahren nicht mehr gekannt und genutzt hatte. Die Anerkennung, die er zunehmend erfuhr, machte ihn stolz und selbstbewusster. Langsam wagte er es, mit den sogenannten gebildeteren Gästen zu sprechen; denn Finn hatte nie vergessen, dass er nur wenig Bildung mitbekommen hatte. Das Geld hatte er als Ältester von sieben Geschwistern für die Familie auf dem Meer verdienen müssen, als der Vater tot war, anstatt Schulen zu besuchen, die nur Geld kosteten, aber keins einbrachten. Nachdem die Ostsee ihn in einem Sturm fast verschluckt hatte, und er auf einer Planke seines Boots nach vielen Tagen und Nächten irgendwo an Land gespült worden war, hatte Finn begriffen, was ihm sein eigenes Leben wert war. Ein Arzt im Krankenhaus hatte es ihm deutlich gesagt.

Unter dem Druck des Pflichtbewusstseins gegenüber seiner Familie, hatte er trotzdem in Tallinn alle Arbeiten verrichtet, die Geld einbrachten. Als er jedoch irgendwann erfuhr, dass es der Familie inzwischen recht gut gehe, und sie nicht einmal über seinen Tod getrauert hatten, weil es nun mal das Los jedes Fischers war, in einem Sturm zu ertrinken, da entschied er sich für sein Leben.

Die finnisch-ungarisch verwandte Sprache in Estland machte es ihm als Finnen leichter, in Tallinn zu bleiben.

Ausgerechnet er, der selbst nichts von Liebe und Glück verstand, verliebte sich in Katharina!

Das preiswerte Fischrestaurant war ein beliebter Treffpunkt von den Studierenden, und auch für die Vier der Betriebswirtschaftlichen Fakultät. Bald erhielten sie einen Sonderpreis; und es war offensichtlich, warum. Grinsend, aber gern, ob mit oder ohne Bemerkungen, nahmen sie das Angebot an und wurden am Abend zu Finns Stammgästen.

Wenn er an den Tischen bediente, flogen immer wieder verliebte Blicke zu der dunkelhaarigen Schönen am Stammtisch herüber.

Und eines Abends, als die kleine Gesellschaft das Lokal verließ, wagte er darum zu bitten, sie nach Hause begleiten zu dürfen. Nach Hause? Katharina ging es zu weit, und sie erlaubte es ihm nur stückweise. Und das jeden Abend!

Finn war bescheiden; es musste wohl genügen. Auch wenn es niemanden entging, dass manches Mädchen vielleicht nur seinetwegen ins Restaurant kam, war er kein Draufgänger, und konnte es kaum beurteilen, ob er so schön war, oder nicht. Für derlei Gedanken und Eitelkeiten hatte er nie den richtigen Sinn gehabt. Das Leben war zu ernst gewesen. Strohblondes Haar hing ihm in die wetterbraune Stirn. Dadurch blinzelte er verliebt zu Katharina hinüber.

Sie genoss es auf eine Art, die sie selbst nicht begriff. Die Aufmerksamkeit schmeichelte ihr, und sie hatte nichts dagegen. Auch wenn Gustav sie mit der Bemerkung foppte: „Ihr seid schon eine seltene Kombination!", und Selma vor sich hin kicherte; oder auch Kurt über ihre Naivität witzelte und der Meinung war, es sei an der Zeit, mit zweiundzwanzig aus dem Kindheitsschlaf aufzuwachen, blieb sie so, wie sie war. Es genügte ihr, und anscheinend auch Finn.

An Finn hatte sie einen geduldigen und verständnisvollen Freund. Wusste er selbst nicht, wie er der Freundschaft eine Wende geben sollte. Küssen wollte er sie; das gehörte zur Liebe. Und er versuchte es an einem lauen Sommerabend im Hafen. Zart und behutsam berührten sich ihre Lippen, immer und immer wieder. Sie hafteten aneinander und schenkten Nähe. Auf der Bank, auf der sie saßen, wiegte er sie in seinen starken Armen bis in die Nacht, solange, bis sie eingeschlafen war.

Unentwegt und glücklich wäre er bis zum Morgen so gesessen, wenn nicht ein Wachmann des Hafengebiets gekommen wäre, der mit ein paar netten Worten empfahl, besser nach Hause zu gehen.

Als sie sich später „Gute Nacht!" sagten, waren sie in dem seligen Glauben, ihre erste Liebesnacht miteinander verbracht zu haben.

Die Freunde bemerkten am anderen Abend die gewisse Zufriedenheit bei den beiden, und wollten Genaueres wissen. Aber Katharina lächelte und schwieg zu dem Geheimnis, das sie nun mit Finn verband. Ausgerechnet Selma, die freie, lebensfrohe Schwedin, die bisher nur ein Lächeln über diese Beziehung übrig hatte, beendete ein für allemal die Fragerei der beiden:

„Katharina ist glücklich und zufrieden, und Finn wohl auch. So ist es doch gut! Es gibt auch noch eine andere Art von Glück, als ihr beide wieder im Kopf habt!

Außerdem geht das Liebesleben von zwei Menschen keinen anderen etwas an!" sagte sie ernst und bestimmt.

„Wir diskutieren ja auch nicht über eure privaten Verhältnisse! Oder?" Damit war Ruhe!

Nach einem weiteren Jahr des Studiums und der abendlichen Liebelei kam die Veränderung. Dozenten der Hochschule empfahlen Katharina und Selma, in einem großen, fortschrittlichen Lehrbetrieb in der Nähe des Peipussees, ein praktisches Studienjahr zu verbringen. Für Gustav und Kurt stand ein Betrieb in einem angrenzenden Gebiet von Lettland zur Verfügung. Es war kein Zwang, vielmehr ein guter Rat. Die Freunde diskutierten darüber an ihrem Stammtisch in Finns Restaurant, und kamen ebenfalls zu der Meinung, es könne von Nutzen sein. Wie es danach weitergehe, werde man sehen!

Die Beziehungen der Dozenten reichten weit, auch über die Landesgrenzen hinaus. Darüber ließ sich Manches ermöglichen. Von einer anschließenden, letztendlichen Fakultät in Riga oder St. Petersburg war die Rede. Es könnte den Horizont junger Studierender erweitern, auch an Studien im Ausland teilzunehmen, sagten sie.

Den Freunden war klar, dass das gemeinsame Arbeiten und die gegenseitige Hilfe an ihren Abenden vorbei sein würde. Bevor man aber auseinander ging, wollten sie noch einen besonders schönen Abschiedsabend zusammen verbringen. So einfach konnte man sich doch nicht trennen! Statt des Abschiedsabends entschieden sie sich jedoch für einen ganzen Tag auf der kleinen Halbinsel Neissa.

Der Frühling hatte sich in einen Sommer verwandelt. Warme Winde mit Blütendüften streiften durchs Land, und die zurückgekehrten Störche klapperten auf ihren Dachnestern um die Wette. Es wurde geliebt, gebrütet, geklappert und überall gezwitschert. Eine frohe Stimmung war im Land. Die Frühjahrsstürme der See waren vergessen. Stille und Sanftheit lagen auf dem Wasser, als sie mit der Fähre hinausfuhren. Blauverwaschen schien seine Farbe, wie der Himmel darüber.

Als sie in den kleinen Hafen einfuhren, beschlossen sie, zunächst eine Wanderung auf den langen Uferpfaden zu machen, bevor sie sich einen schönen Platz zum Verweilen suchen wollten. In ihren Rucksäcken hatten sie etwas Proviant mit, und anschließend werde man noch in dem einzigen Gartencafé einkehren, das es hier gab. Wild und natürlich schön war die Insel: mit holprigen Sandwegen am Ufer. Vom Seewind gebeugte Bäume neigten sich darüber und über das hohe raue Gras und die wilden schönen Blumen. Eichhörnchen huschten über den Weg, und dann schnell hinauf auf einen Ast, um sie von oben herab zu beobachten. Wilde Kaninchen hoppelten durch die Blumenwiesen; junge Füchse blieben stehen, und sahen sie mit großen neugierigen Augen an, bevor sie weiterspielten. Auf einer etwas abseits gelegenen Sandbank lagen Robben faul und schläfrig in der Sonne. Von den vorbeifahrenden Fähren ließen sie sich nicht aus der Ruhe bringen. Solange man ein Plätzchen in der Wärme erobert hatte, musste es genützt werden, bis die nächste Robbe drängelte.

Selma erzählte, dass sie einmal neben einer Robbe hergeschwommen sei. Immer wieder wäre sie ganz nah neben ihr aufgetaucht und hätte sie mit ihren großen dunklen Augen angesehen. Man hätte sie fühlen und ihre Barthaare streicheln können. „Es war eines meiner schönsten Erlebnisse!" schwärmte sie.

In einer kleinen Bucht mit warmem Sand ließen sie sich nieder und verspeisten hungrig ihre mitgebrachten Piroggen. Gustav zauberte ein paar Bierdosen aus dem Rucksack, und Kurt überraschte mit einer Flasche Rotwein. Hurra!

Gläser oder Becher gab es nicht, und so machte die Flasche ihre Runde. Es löste auch wieder die Zungen. Katharinas laues Liebesleben ließ Kurt immer noch keine Ruhe.

„Ach Katharina!" jammerte er von Neuem. „Entweder du bist ein Biest und lässt die Männer neben dir verhungern; oder du bist wirklich wie ein schöner Krug ohne Wein! Verschwende doch etwas mehr von deiner Schönheit! Sie ist doch zum Lieben da!" lachte er sie an.

Sie aber antwortete ihm nicht und lachte über seine Spässe.

Nachdem sie viel gelacht und übermütig herumgealbert hatten, wirkte der Wein in der Sonne des Mittags. Sie schliefen ein, berauscht auch vom Meer wie die Robben auf der Sandbank. Genauso, oder gleich schlafenden Kindern nach einem wilden Spiel, lagen sie nebeneinander, kreuz und quer verschlungen. Es gab nichts, was störte!

Das Geräusch der Wellen und das Säuseln des Winds, der sonnenwarme Sand unter ihnen, und…vielleicht auch die

Nähe zum anderen, ließ sie lange schlafen, und beglückte sie mit schönen Fantasie-Geschenken in ihren Träumen, die sie später nach dem Aufwachen in schlaftrunkener Anhänglichkeit verwirrten.

Sie blieben so liegen, einer am anderen, als habe der gemeinsame Schlaf, oder die unschuldigen Träume, aus der Freundschaft etwas anderes gemacht: Etwas Neues und doch Zusammengehörendes, vertraut und schön!

Wenn sie sich in die Augen sahen, versanken sie in eine bodenlose Tiefe. Es lag kein Lachen mehr darin, vielmehr ein fast wehmütiger Blick von Sehnsucht.

Lippen kamen sich näher, sanft und sacht, und öffneten sich wie ergeben, um dem anderen Einlass zu gewähren. Hände begannen zu streicheln, teilten Zärtlichkeiten aus. Und immer wieder die Blicke, die Küsse!

Zeit und Raum wurden bedeutungslos!

Es war schon Abend, als ihnen die allerletzte Fähre einfiel. Aber der Rückweg war weiter als am Morgen, wie immer, wenn man in Zeitdruck war. Abgehetzt erreichten sie den Anlegesteg, an dem schon das Schiff wartete.

Unter einem Sternenhimmel fuhren sie schweigend nach Tallinn zurück.

Und nichts war, wie es mal war!

Der Stammtisch in Finns Restaurant blieb leer. Man wusste nicht mehr, wie man sich begegnen sollte. Das Strickmuster der Gewohnheit war durcheinander geraten, und es war nicht zu entwirren.

Die Studien in Tallinn waren erfolgreich abgeschlossen, und nun mussten die Vorbereitungen für den neuen Abschnitt getroffen werden. Die Arbeit war gut, um etwas Abstand zu gewinnen: von allem, was zum Leben in Tallinn gehört hatte.

In den Tagen vor ihrer Abreise traf Katharina auf dem Wochenmarkt auf Filippo. Für einen Moment überlegte jeder von beiden, ob man aufeinander zugehen sollte, oder nicht mehr. Doch sie taten es und begrüßten sich freundlich. Als sie nach Finn fragte, erzählte er ihr, dass sie die beiden Restaurants verkauft hätten, und mit der nächsten Maschine nach Indonesien fliegen würden.

„Weißt du!", sagte Filippo, „Finn hat mich einmal aufgenommen, und nun kümmere ich mich um ihn. Er ist doch manchmal noch ein wenig hilflos!"

Sie nickte.

„Habt ihr vor, dort etwas Neues aufzubauen? Mit einer estnischen Küche?"

„Nein!" lachte er und winkte ab. „Ich werde bald ein alter Mann sein und nicht mehr stundenlang in der Küche am heißen Herd stehen können. Von dem Geld, was wir haben, können wir dort gut leben!" meinte er.

„Und Finn ist auch gealtert!" bemerkte er beiläufig.

„Die beiden Restaurants am Laufen zu halten, war ja auch anstrengend", fand sie.

„Nein!", sagte Filippo, „Das hat ihm Freude gemacht. Und auch die Sache mit dir! Es war die Plagerei in der armen Kindheit und Jugend, die ihm zuviel abverlangt hat. Seine damaligen Lebensumstände haben ihn schon früh zu einem alternden Mann gemacht.

Weißt du: Eine sorglose, unbeschwerte Kindheit lässt sich nicht mehr nachholen. Ich weiß es von mir selbst!" sagte Filippo. „Da wird man zu ernst, weil man nicht weiß, wie sich Leichtigkeit anfühlt! Es hemmt! Und man lässt sie nicht zu! Sicher weißt du, wovon ich rede!" meinte er.

„Du kennst doch Finn!"

„Ja, ich kenne ihn!" sagte sie traurig und nickte.

Sie ließ ihn herzlich grüßen und ihm sagen, dass die Zeit mit ihm unvergesslich schön war. Er wollte es ihm sagen, wenn sie in Indonesien wären. Dann würde das Vergessen leichter fallen.

Mit einer Umarmung, und einem feuchten Glanz in den Augen, verabschiedeten sie sich zwischen den Marktständen.

Tage später, auf der Fahrt zum Peipussee, fragte Selma: „Bereust du es? Das mit Kurt?

Ihr seid gut füreinander!" meinte sie.

„Ich weiß!" nickte Katharina.

„Und Finn?"

„Rede nicht mehr über Finn!" entgegnete sie barsch.

„Es macht mich traurig!"

Und Selma schwieg!

Damit war die Zeit in Tallinn beendet: in der Stadt, in der sie ihre persönliche Freiheit gefunden hatte.

Und das Glück? Sie war nicht mehr auf der Suche danach, wusste nur, dass man es packen und halten musste, wenn es einem begegnete. Und war es nur für ein paar unvergesslich schöne Stunden!

Wer es versäumte, den bestrafte das Leben, sagte man!

Ob es aber das wahre Glück war, das einem entgangen war, begriff man wohl erst später, viel später, wenn das Leben es gelehrt hätte, hatte die Mutter einmal gesagt, als sie aus St. Petersburg zurückgekommen war.

*

Tonga ist anders:

Das Landgut am Peipussee war von anderer Dimension als das überschaubare, familiäre Tonga. Jeder war eingeteilt in ein Team. Darin arbeitete man zusammen auf Anordnung eines der Betriebsleiter, und erfüllte seinen Job im Sinne vom Profitdenken des Unternehmens. Natürlich auf fortschrittliche Art, aus der man neue Kenntnisse gewinnen sollte. Dazu wurden für die Studierenden Lehrstunden angeboten, in denen über die neuzeitliche Art der Agrarwirtschaft und das Weiterbestehen eines Betriebs unterrichtet wurde.

Darüber wurde es Katharina bewusst, dass sie für das Fortbestehen von Tonga studierte. Inmitten der anderen spürte sie zum ersten Mal, dass sie „Eine von Tonga" war. In ihren Adern floss das Blut von Victor und Anna, die geliebt hatten was sie besaßen, und zusammen mit den anderen dafür gearbeitet hatten, im Gegensatz zu den Meisten hier, die nur für ihren Lohn arbeiteten. Natürlich waren die Menschen froh, eine bezahlte Arbeit zu haben, und auch sie brauchten das Einkommen für ihre Existenz, aber es war ihnen wahrscheinlich egal, für welches Unternehmen sie den Job machten, und was ihre Arbeit für einen eigentlichen Sinn hatte, weil sie das Ursprüngliche daran nicht liebten. Es ging nur ums Geld. Und auch um eine gewisse Stellung. Daher wetteiferten einige mit den anderen in widerlichem Akkordtempo und Besserwisserei.

Auf Katharina wirkte es abstoßend.

Selma störte es nicht.

„So ist es heute!" sagte sie nüchtern und gelassen, und:

„Es soll uns nicht interessieren. Unser Job hier gehört zur Weiterbildung, und er ist nur vorübergehend. Vielleicht

können wir ja später etwas damit anfangen.
Wir müssen ja nicht alles übernehmen!"
Katharina dagegen sah es anders. Selma hatte wohl recht!
Aber sie hatte nicht auf Tonga gelebt und gearbeitet und kannte den Unterschied nicht: den ideellen Wert, den man bei der Verrichtung einer Arbeit empfinden konnte.
Obwohl auch Selma ein schwedisches Naturkind war und einen natürlichen Bezug zu allem hatte, dachte und arbeitete sie weil es sein musste, und es, wie sie sagte: „dazugehörte".
Wahrscheinlich war es die Liebe zum eigenen Land, der persönlichen Heimat, die den Menschen anders empfinden ließ, dachte Katharina.
So wie bei Victor und Anna:
Jedes Fleckchen Erde hatten sie geliebt: den fruchtbaren Boden mit allem, was er hervorbrachte; jede grüne Wiese und das Vieh, das darauf weidete; jedes Fohlen, das übermütig dahin galoppierte, jedes neu dazu geborene Lamm; das Plätschern des Bächleins, die zurückgekehrten Kraniche und das wieder bewohnte Storchennest; jede kleine schöne Blume am Feldweg, den Duft der alten Linde im Sommer mit dem Surren der Bienen darin; die Sonne, den Wind zu allen Jahreszeiten, und, und ...!
In jenen Tagen fühlte sie, dass sie genauso empfand, und dass Tonga auch ihre Heimat war: eine andere!
Und die wollte sie Selma zeigen.

Über ein paar Urlaubstage fuhren sie nach Törva hinunter und nahmen den Bus, der sie bis zur Pappelallee auf Tonga brachte. Es war Sommer und Erntezeit. Alle waren auf den Feldern, nur Mascha war zu Hause geblieben, um das Essen vorzubereiten. Sie hatte sie kommen sehen und kam ihnen lachend in gewohnter Kittelschürze und Kopftuch draußen auf der Treppe entgegen.

Mit Maschas Freudenschrei wurden sie begrüßt und umarmt. Während Katharina die Freundin in das gemeinsame Zimmer führte, hatte Mascha etwas zum Essen und Trinken hergerichtet, und dann saßen sie bei ihr in der Küche.

Aber es gab nicht viel Zeit zum Reden; die Arbeit rief.

Auch das gemeinsame Mittagessen in großer Runde draußen im Hof dauerte nicht lange. Man aß, weil man hungrig war, und beeilte sich, schnell wieder an die Arbeit zu kommen.

„Willst du gleich nach den Pferden sehen, Katharina?" bat Victor sie. „Die jungen Fohlen sind zum ersten Mal mit auf der Koppel und sind zu unbändig! Gestern ist schon eines über die Barriere nach draußen gesprungen und lief im Wald herum, während die Stute schier verrückt wurde und sich heiser wieherte".

„Das kann ich mir vorstellen!" nickte Katharina und machte sich gleich auf, um nachzusehen. Selma begleitete sie.

Auf Fahrrädern fuhren sie die weiten Feldwege hinaus zu der Koppel am Waldrand. Schon als Katharina im Vorbeifahren den Namen ihrer Stute rief, hob eine der schönen Braunen den Kopf, antwortete mit einem kurzen Wiehern und sprengte los auf sie zu.

„Es ist ein Wiedersehen wie zwischen den Menschen, genau so innig!" schwärmte Selma; und sie beschlossen, am Abend gemeinsam auszureiten.

Die wenigen Tage auf Tonga waren mehr als ausgefüllt.

Man arbeitete und aß zusammen; Katharina sprach mit dem Vater über dessen Gesundheit, und er erkundigte sich nach ihrem Leben am Peipussee. Selma diskutierte währenddessen mit León im Hof über die neuesten Erkenntnisse zur Agrarwirtschaft. Das war ein Thema, über das man ausgiebig debattieren konnte.

„Die Regeln sollte jedes Land für sich selbst treffen können!", war León der Meinung.

„Die Vorgaben von übergeordneter, und weit abgelegener Stelle sind manchmal absurd und nicht einhaltbar. Und sie bringen das Altbewährte durcheinander!" schimpfte er.

„Was wissen Theoretiker von praktischer Arbeit!? Und wie man es schaffen muss, bei den Launen der Wetter geschickt zu arbeiten, dass alles wächst und nichts von der Ernte verloren geht? Nur mit diesem Wissen und ihrem unermüdlichen Fleiß haben die Bauern bis heute überlebt.

Und die Menschen in der Stadt mit ernährt!" fügte er hinzu und wettete darauf, dass die, die mit ihren neuen Regeln „alles auf den Kopf stellten, und noch nie in ihrem studierten Leben", wie er sagte, praktisch auf diesem Gebiet gearbeitet hätten.

„Womöglich hat sich noch keiner von ihnen in seinem Leben die Hände schmutzig gemacht! Nur die Köpfe haben sie sich darüber zerbrochen, wie viel besser und effektiver wir hier arbeiten sollen. Und natürlich zukunftsorientiert! Als hätten wir das nicht schon immer getan!" wetterte er.

„Zeige mir einen Bauern, der nicht schon immer alles getan hat, seinen Betrieb für seine Nachkommen zu erhalten. Und keiner von ihnen ist auch heute so dumm, daran zu zweifeln, dass die bisherige Arbeitsweise nicht auch von Erneuerungen profitieren kann. Im Gegenteil: sie bereiten sich doch schon längst auf gewisse Änderungen vor zum Erhalt ihres Besitzes. Aber unter den neuen Vorschriften fühlen sie sich geknechtet. Die Regeln sind wirklichkeitsfremd!"

„Aber es ist nun mal so!" sagte Selma in ihrer pragmatischen Art; „mit einer neuen Generation kommen neue Erkenntnisse und alles hat eine neue Entwicklung. Man muss mit der Zeit gehen!

Das veränderte Klima zwingt uns nun mal zu einem anderen Denken, und das auch bei der Bewirtschaftung! Dabei will man aufklären und helfen!" gab sie zu bedenken.

„Das Klima, das Klima!" höhnte León.

„Wir erleben es doch am deutlichsten in der Natur vor Ort, bei jedem Wetter! In jedem Jahr ist es eben anders! Selten wiederholt sich das gleiche Frühjahr, das die Voraussetzungen schafft für die Ernten im Sommer. Wir kennen das doch und haben von je her gelernt, uns nach den klimatischen Verhältnissen zu richten, um das Beste daraus zu gewinnen. Mit Verstand und harter Arbeit!" betonte León.

„Aber diese individuellen Entschlüsse müssen dann vor Ort getroffen werden, angesichts dessen, wo und wie sich ein Wetter ausgewirkt hat. Und das ist von Region zu Region verschieden, ja sogar innerhalb eines großen Feldes!" erklärte er ihr.

„Höre man doch einmal auf die Alten, die berichten, welch heiße Sommer es damals gab! Und Wetter, über die man sich wunderte: Unwetter mit Überschwemmungen und Schlammlawinen, oder lange Trockenperioden, in denen keine Frucht und kein Gras wuchs, und das Vieh hungerte! Auch dann wurde man mit allem fertig!"

„Ja, das weiß ich auch von meinen Großeltern!" nickte Selma. „Es waren harte Zeiten für die Familien, die ohnehin nicht viel hatten!"

Sie versuchte weiter, ihn zu überzeugen:

„Aber sieh doch, León: Die Welt, und das Leben in der Welt hat sich seitdem verändert! Unsere Länder sind übervölkert, und es gibt so Viele die hungern, weil in ihrem Land schlechtere Verhältnisse herrschen, und oft noch irgendein Krieg. Wir in unseren guten Staaten müssen ihnen helfen!", sagte Selma. „Und so müssen wir über unsere eigenen Verhältnisse hinaus planen und mit für alle wirtschaften."

León nickte zu ihrer Meinung, schüttelte aber gleichzeitig den Kopf. „Dazu gibt es andere Wege", meinte er. „Das muss anders angegangen werden!"

Selma kam auf das aktuelle Thema der Welt zurück: Das Klima!

„Es ist, wie man sagt, nun mal in einer Phase konstant fortschreitender Erwärmung, und wirkt sich in der Natur am deutlichsten aus. Darauf müssen wir uns doch einstellen und überlegen, was wir für das Grundwasser und den Boden, und auch die Luft tun können, um diese schnelle Verpestung zu verlangsamen. Da kann der Landwirt mithelfen. Wir haben es in unseren Studien gelernt.", sagte sie.

Man gab ihr recht und bedachte, dass sie zudem aus einem klimabezogen fortschrittlich denkendem Land kam.

„Und was ist mit dem ganzen Flugbetrieb in der Luft, und den Luxusschiffen auf den Meeren?" rief einer der Männer im Hof.

„Das ist deren Problem, Lösungen zu finden!" sagte Selma. „Wir wollen das unsrige lösen!"

Sie hatten alle Feierabend und sich draußen an dem langen Tisch zusammengesetzt. Man redete noch lange. Es war ein heißes Thema mit verschiedenen Ansichten, und in allen steckte etwas Wahres.

Auch Victor und Katharina, die währenddessen in ihrer Gartenecke saßen, hatten zugehört und die beiden debattieren lassen. Victor selbst dachte nicht daran, sich noch mit einem Thema zu befassen, das auch seine Prinzipien zu einem Umdenken gezwungen hätte. Diese Aufgabe hatte er Katharina übertragen, und León, der ein erfahrener Verwalter war und wusste, was er zu tun hatte. Sobald die Tochter aus ihrem Studium zurück wäre, würde er sich ihren Entschlüssen beugen; das hatte er sich vorgenommen. Dann würde es ihm genügen, lediglich über alle neuen Schritte informiert zu werden um sein offizielles Okay zu geben. Den Stand als Herr des Ganzen musste man behalten!

Die Diskussion im Hof war noch nicht zu Ende. Das Klima, die neuen Regeln, und die Ausbeutung der Natur waren komplexe Themen. Man war auch in Estland über das Vorgehen in der Welt informiert. War das Land auch nicht im Mittelpunkt europäischen Geschehens gelegen, so war es sich mit den eigenen Problemen das Nächste, und Mittelpunkt seiner selbst.

Und León stand dazu:

„Ja, die Natur, die nicht ausgebeutet werden soll! Ich weiß!" sagte er und war der Meinung, dass dies auf dem amerikanischen und afrikanischen Kontinent bereits in großem Umfang geschehen sei.

„Und mit gravierenden Folgen!"

„Ja, aus reinem Materialismus!" nickte Selma.

„Von je her haben sich die Reichen reicher gemacht, indem sie die natürlichen Schätze anderer Länder geraubt haben. Sie haben sich alles genommen, was ihnen wertvoll schien, früher wie heute; Schätze aus dem Boden, ein Stück fruchtbares Land, den Regenwald, und, und ... !" sagte sie aufgebracht. „Und das geschieht heute noch! Auch dann, wenn die übrige Welt es verurteilt. Aber nichts geschieht, um dem ein Ende zu machen! Es ist doch kaum zu glauben! Hört denn diese Habgier nie auf?" fragte sie sich.

„Jeder sieht doch, wohin es geführt hat: in Kriege, in den Hunger jener armen Länder und ins Elend, weil sie sich in ihrer Armut nicht weiterentwickeln konnten.

Ach, dieser Materialismus!" schimpfte sie. „Er ist wie ein gefräßiges Tier! Abscheulich! Das hat mit Selbsterhaltung des eigenen Landes nichts mehr zu tun. Im Gegenteil: Die Hilfe zur Selbsterhaltung brauchen jetzt die Armen jener Länder! Und die, die daher kommen!" fügte sie hinzu.

Selma sah darin fast eine eigene Schuldigkeit, und war der Meinung, dass wir jetzt alle helfen müssten. Als sie sich in der Runde umsah, schaute jeder vor sich hin und schwieg.

Sie wusste, dass es viele Menschen gab, auch in anderen Ländern, die sich in ihrer Hilfsbereitschaft ausgenützt fühlten. Es gab offensichtlich auch genug Fälle, bei denen hauptsächlich das finanzielle Angebot und das materielle Wohlergehen in einem großzügigen Land Grund genug war, die alte Heimat zu verlassen.

„Man müsste nur rechtzeitig in der Lage sein, die wahre Bedürftigkeit des Einzelnen zu prüfen", sagte einer, „bevor es zum globalen Problem wird!"

Ein zustimmendes Nicken ging um, und León brummte:

„Das ist es doch schon!"

„Weißt du", erklärte er Selma:" Ein spendables Land ist wie ein viel von sich gebender Mensch im Einzelnen: Es wird immer und überall soviel genommen, wie du zu geben bereit bist! Darauf stellt sich der Nehmende ein!" war Leóns Folgerung. Er hatte ja recht! Es traf bei allem zu.

„Die Menschen geben ja gern. Aber ungern, wenn das Bitten sich in Forderungen ausdrückt!", sagte León, und alle gaben ihm recht. Sogar Selma!

Um dem Thema die Spitze zu nehmen, kam León auf das Ursprüngliche zurück, das ihm und ihnen allen am Nächsten war, für das sie lebten und arbeiteten: Tonga!

„Wenn jeder seinen Grund und Boden mit Herz und Verstand bewirtschaftet, wird dabei kein Schaden in der Natur entstehen!" meinte man ruhig. „Und auch kein Schaden für andere!"

„Wir achten darauf, den Boden nicht auszulaugen. Was hätten wir davon? Jedes Jahr bepflanzen wir abwechselnd. Darüber kann sich der Boden erholen und gibt auch ohne Überdüngung das her, was er kann!" klärte León auf.

„Das macht man sogar in einem kleinen Garten! In ein Beet mit starkzehrenden Tomaten pflanzt man im nächsten Jahr eben die Strauchbohnen, die es mager lieben!"

Das wusste auch Selma und erinnerte sich dabei an ihre Großmutter in Schweden, während Léon meinte:

„Vielleicht hat auch der Großvater auf seinen Ackerflächen genauso gearbeitet".

„Ja, vielleicht! Sie haben ja nur ein kleines Anwesen!" erzählte sie allen. „Und das soll ich einmal bekommen!"

„Dafür das ganze Studium?" fragte León.

„Ach nein, nicht direkt!" lächelte sie.

„Ich sehe es so: Die Arbeit auf dem Land ist eine schöne Sache, finde ich. Diese Art von Lebensunterhalt ist doch gut und gesund, oder? Sie ist mir lieber als in einem anderen stressigen Beruf zu arbeiten, der mich nicht interessiert. Und in einer Arbeit in der Natur sehe ich persönlich mehr Sinn!"

„Den hat es!" war auch Leóns Meinung.

„Und ganz gewiss für die alten Großeltern!" meinte er.

„Die freuen sich bestimmt, wenn ihr Lebenswerk erhalten und fortgeführt wird,

„Ja, schon! Ich wollte ihnen mit meinem Studium ja auch mein Interesse an ihrem kleinen Betrieb zeigen, weil ich es dort schön fand und mich in der ländlichen Idylle immer wohlfühlte. Ich habe von Kind an gesehen, wie sie sich dafür plagten und sah es als ein lohnender Gedanke, sich des Erhaltenen anzunehmen. Sie sind ja auch schon alt" meinte sie, „und haben sich umsomehr über meinen Entschluss gefreut!"

Sie hätten noch die halbe Nacht reden können. Aber es war schon viel gesagt. Jeder hatte seine Meinungen geäußert, und keiner hatte sich geschlagen geben müssen.

Man musste die schwierigen Dinge eben von mehreren Seiten sehen! Zumindest sehen! Auch wenn sie oft nicht zu begreifen und zu vollziehen waren.

Victor war schon in seinem alten Lehnsessel eingeschlafen. Die Lichter auf dem großen Tisch waren herunter gebrannt, und die Augen derer, die mit aufgestützten Armen daran saßen, glänzten vor Müdigkeit.

Morgen war ein neuer Tag, an dem die Arbeit rief!

Die wenigen Ferientage von Katharina und Selma waren ausgefüllt mit allem, was ihnen Freude machte.

Da es die Zeit der Heidelbeer-Ernte war, gingen sie auch mit den Frauen und Kindern des Guts in die Wälder. Man konnte nicht Hände genug haben, die kleinen schwarzen Beeren zu pflücken. Sie gingen auch am Mittag nicht heim; gegessen und geruht wurde auf einem kahlen Platz zwischen den Sträuchern. Erst gegen Abend kamen sie singend und lachend mit gefüllten Eimern und Kannen zurück.

Das Abendessen gab es mit allen zusammen draußen auf dem Hof. Die Frauen hatten es am Tag zuvor schon vorbereitet, und so war es schnell auf dem Tisch.

Auch diese Tage waren schön, und niemand hätte sie missen wollen, besonders Selma nicht. Sie erinnerten an die Zeit bei den Großeltern in Schweden, außer dass sie auf Tonga in einer großen Familie eingebunden war!

Am Vorabend ihrer Abreise wurde Selma, die im allgemeinen das Leben nicht so schwer nahm, traurig.

„Es ist so schön hier, dass ich am liebsten bleiben möchte!", sagte sie zu Katharina.

„Mir fehlt einfach das Leben in einer familiären Gemeinschaft. Hier sind alle füreinander da, und jeder hilft dem anderen. Niemand wird allein gelassen, ob jung oder alt. Das ist schon fast eine Seltenheit in der heutigen Zeit, wo in einem modern entwickelten Land doch jeder nur an sich selber denkt!", fand Selma, und dachte an ihr eigenes Leben. „Weißt du: das war immer mein Problem. Die Eltern machten Karriere in Stockholm, und ich war zu früh selbstständig, d.h., ich hatte es werden müssen! Man war der Meinung: „die Selma ist ein selbständiges Mädchen.

„Selma, schaffst du das?" - „Ja, natürlich! Macht euch keine Sorgen!", sagte dann das Kind zu den Eltern. Was nützen da die mitgebrachten Geschenke: die Spielsachen und die modernen Klamotten aus der Großstadt? Sie machen Freude, aber sie helfen nicht!

Du spürst die Umarmung nicht am Telefon. Und auch nicht in einer SMS! Die Anwesenheit fehlt! Und die Gemeinschaft!", sagte Selma.

„Die hatte ich in den Ferienzeiten bei den Großeltern auf ihrem kleinen Landsitz. Sie waren für mich da, aber sie hatten soviel Arbeit und waren nicht mehr die Jüngsten, so dass ich Rücksicht nahm und doch viele Probleme mit mir selbst ausmachte."

Selma sah traurig aus. Es überraschte Katharina. Selmas leichte, lockere Art hatte die Schattenseite ihres Gemüts überdeckt.

„Hier bei Euch ist das anders!", urteilte Selma.

„Es wird über alles gesprochen und gemeinsam geholfen. Jeder, der es braucht, wird getröstet, und ihm wird Mut zugesprochen.

Verstehst du, Katharina, was das bedeutet? Auch für dich! Gemeinsam seid ihr stark! Da kann nichts schiefgehen! Erst bei euch spüre ich, was ich alles entbehrt habe!" seufzte sie.

„Was musst du für ein glückliches Leben gelebt haben!"

„Dass du dich nicht täuschst!" widersprach Katharina.

„Der frühe Tod meiner Mutter war ein schwerer Schlag für mich, Ich war noch so jung! Ja, ich war sorglos aufgewachsen und hatte deshalb noch ein fast kindliches Gemüt. Und gerade deshalb dauerte es lange, bis ich im Leben allein zurechtkam."

„Aber Du warst trotzallem kein einsames Kind!" sagte Selma. „Der Vater, und die anderen, haben dich aufgefangen!"

„Ach, Selma! Was weißt du schon?" entgegnete Katharina.

„Der Vater war nach Mutters Tod nicht mehr der, der er einmal war. Niemand, und nichts hier interessierte ihn noch, selbst ich nicht! Es war, als hätte ich beide Elternteile gleichzeitig verloren", klagte sie.

„Natürlich war es gut, dass ich Mascha und die anderen Frauen hatte. Und die tatkräftige Hilfe von León. Ohne sie wäre ich verloren gewesen. Wahrscheinlich hätte ich mir nur Trost auf tagelangen sinnlosen Ausritten mit meinem Pferd gesucht", meinte sie und erinnerte sich:

„Doch das war noch nicht genug: Kurz danach schlug das Schicksal mit dem Schlaganfall und der Verwirrtheit beim

Vater zu. Ich war nicht erwachsen, aber ab da musste ich es sein, Selma! Für ihn und das Gut! Ohne León hätte ich alles nicht geschafft. Wir arbeiteten hart, Tag und Nacht.

Über mein eigenes Leben, ob traurig oder froh, dachte ich nicht mehr nach. Alles musste funktionieren!

Ich musste funktionieren, Selma. Das war „Erwachsensein" in meinen Augen!" sagte sie bitter.

Für eine Weile schwiegen sie. Bis Selma meinte:

„Du warst noch nicht recht erwachsen, als du nach Tallinn kamst. Und so ernst und abgearbeitet für dein Alter. Ich hatte immer das Gefühl, dir ins normale, leichtere Leben eines Erwachsenen helfen zu müssen, obwohl wir im gleichen Alter waren.

So war das mit uns beiden!" lächelte sie.

Sie sahen sich an. Tränen, die plötzlich nach draußen wollten, glänzten aus dem Hintergrund der Augen in ihren halb traurigen, halb lachenden Gesichtern.

„Nein, im Ernst, Katharina: Gehe nie hier weg! Einen besseren Platz findest du nicht!"

Als sie durch die Eingangshalle gingen, um schlafen zu gehen, blieb sie vor Annas großem Gemälde stehen, und meinte:

„Du bist genauso schön wie deine Mutter. Pass bloß auf, dass dich ein Mann nicht nur deiner Schönheit wegen heiratet!"

„Ach Selma!" lachte Katharina. „Ich will doch hoffen, dass er kein Dummkopf ist, und auch meine anderen Qualitäten bemerkt!"

„Ja, hoffentlich! Aber auch Männer können oberflächlich sein. Und da ist das Äußere zunächst am Wichtigsten. Sie sind eitel und wollen eine schöne Frau präsentieren. Es hebt ihr Image, denken sie!"

Der Abschied fiel schwer; denn sie hatten jeden Tag bewusst genossen, im Vergleich zum Peipussee, wo man immer unter einem gewissen Druck stand, der nicht gerade motivierte.

Selma hatte auf Tonga mitgearbeitet, weil es ihr Freude gemacht hatte. Am vorletzten Tag hatte sie noch mit den Frauen die Heidelbeer-Marmeladen gekocht, und von dem Rest eine süße Füllung für die frisch gebackenen Piroggen gemacht, die gemeinsam am großen Küchentisch verzehrt wurden. Im Duft des aufgebrühten Kaffees hatte sie noch mit dem alten Janosch eine Polka in der Küche getanzt, und alle hatten dazu gesungen und geklatscht.

Sogar Victor hatte sich von Mascha zu einem Kaffee überreden lassen, und sich lächelnd für einen Moment zu ihnen gesetzt.

Am anderen Morgen fuhren sie mit Unlust zum Peipussee zurück, und schwiegen in ihren Erinnerungen.

Den Rest der Zeit, die sie noch hatten, nutzten sie an den Wochenenden, um Ausflüge an den Peipussee zu machen. Die Landschaft war sehr schön. Die ganzen Storchennester waren zwar schon leer, aber viele von ihnen stapften noch durch die breiten Schilfränder an den Ufern. Überall roch es nach gewürztem, geräuchertem Fisch. Kilometerweit lag der Geruch in der Luft.

In den Gartenlokalen am See trafen sich an den freien Tagen die Menschen, um gemeinsam zu essen, zu trinken und zu singen. Ihre Lieder klangen in Estnisch oder Russisch durch die letzten warmen Abende des baltischen Sommers.

Mit jedem getrunkenen Wodka, ob mit oder ohne Orangen-Geschmack, wurden sie melancholischer.

Die Narwa, die still am estnischen Ufer des Sees entlang floss, nahm die Sehnsucht Mancher mit hinauf ins andere Land, bevor sie sich in den Finnischen Meerbusen ergoss.

Die estnisch-russische Grenze ging mitten durch den See.

Nur die Fischerboote hielten sich daran. Die Fische selbst hatten es leichter; ihr Wasser war das Gleiche, hier wie auch da, und ihre Brut gedieh überall. Die Störche überflogen die Linie, als wäre sie ein Nichts, und bauten im Osten wie im Westen ihre Nester.

Auch die Menschen waren untereinander verwandt, verschwägert oder befreundet. Das Zusammenleben in früheren Jahren hatte Spuren hinterlassen. So wurden auch orthodoxe Sommerfeste auf estnischem Boden gefeiert, bei denen russische Klänge auf den See hinauszogen, der sie verband.

Selbst St. Petersburg war nicht weit entfernt. Aber sein Charme endete an den Ufern des Peipussees.

Hier lebte man sein eigenes Leben, kulturell und religiös! Entweder auf estnische oder russische Art in einer Verschmelzung von Toleranz und Freiheit.

*

Goldener Schein:

Die Studienjahre in St. Petersburg begannen mit dem Frühjahr. Für Katharina und Selma eröffnete sich ein anderes Leben. Wieder lockte eine Stadt mit allem, was sie zu bieten hatte. Die Fahnen von Freiheit und Glück wehten zwar nicht von den Zwiebeltürmen, aber man spürte den freien Wind der durch die große Stadt wehte.

Die praktische Arbeitskleidung vom Peipussee wurde gegen enge Hosen und legere T-Shirts, oder Röcke mit besser aussehenden Blusen getauscht. Und auch die flachen geschnürten Landschuhe gegen die mit den höheren, dünnen Absätzen. Darin stolzierten sie über die gepflasterten Straßen und kamen sich am Anfang langbeinig vor wie die Störche vom Peipussee.

Aber auch in Petersburg sah man den Frauen nicht nur auf die Beine, sondern ins Gesicht. Mit der Schminke musste man umgehen lernen, wie mit den Frisuren. Aber es war jeden Versuch wert, sich dem Stadtleben anzupassen. Dabei zeigte erst die Resonanz den Erfolg.

Bei allem Spaß fanden sie es jedoch verdammt anstrengend, sich den Frauen der Stadt anzupassen. Es war außerdem zu teuer und zeitaufwendig. Die Miete der gemeinsamen Wohnung war erheblich, und die Fahrt zur Universität nahm viel Zeit in Anspruch.

Nachdem dann der anfängliche Sinnesrausch, in dem die Stadt sie empfangen und zum Konkurrieren animiert hatte, im normalen stressigen Alltag verpufft war, gewannen sie ihre Selbstsicherheit zurück. Sie beschlossen, sich so zu belassen, wie sie von Natur aus waren.

Und das war der Clou: es kam an zu ihrem Vorteil. Sie waren wieder sie selbst!

Ab da eilten sie ebenso selbstbewusst und stolz wie die Frauen von St. Petersburg zwischen ihnen über die lange Einkaufsmeile am Nevsky, shoppten im Warenhaus Gostiny Dwor, das nicht zu übersehen war, und stiegen danach in den feudalen, architektonisch schönsten Metrostationen, die in Stuck und Marmor im Licht prächtiger Kronleuchter lagen, in die preiswerten Untergrundbahnen, um in ihr Wohnviertel auf der Petrograder Seite zu fahren.

In der Uni saßen sie inmitten russischer und internationaler Kommilitonen, und eigneten sich das Wissen an, das sie für das Leben in ihrem Land brauchten. Schließlich gab es ihrem Aufenthalt den eigentlichen Sinn! Russlands St. Petersburg lag zwar nicht im Herzen Europas, aber man wusste, wie die Uhren in der westlichen Welt tickten. Die Ansprüche und Erwartungen, die an die Wirtschaft, gleich welcher Sparte, gestellt waren, verpflichteten auch die Lehranstalten, sie überregional zu vermitteln.

Aber wer schon in dieser wunderbaren Stadt lebte, wäre töricht, nicht auch ihre einmaligen Angebote zu nutzen, die sie für einen abwechslungsreichen Aufenthalt bot, um St. Petersburg zu genießen!
Sie bestaunten die beeindruckenden filigranen Gefäße in der Porzellan-Manufaktur, die in dieser Akademie eine lebende Epoche der Feinsinnigkeit darstellten; erkundeten das kulturelle Leben; suchten nach Tolstoi und Dostojewskis Spuren; besuchten ein Konzert und lauschten den Klängen von Tschaikowsky. Und sie gönnten sich einen besonderen Abend bei einer Aufführung des Bolschoi-Balletts.

Sie bummelten von Museum zu Museum und stellten fest, dass nicht nur die alten namhaften Künstler, sondern auch die der jetzigen Epoche durchaus Attraktionen zu bieten hatten. Russlands Künstler hatten entweder eine aufrührerische, oder eine sensible Seele!

Die Eremitage am Ufer der Newa war die Kaiserin unter den Museen! Nicht nur wegen ihrer schönsten Lage, sondern aufgrund ihrer Größe und des millionengroßen Angebots an weltbekannten Kunstobjekten, übertraf sie gar das Louvre in Paris!
In ihrem alten goldenen Prunk ihrer imposanten Fassade warf sie Abend für Abend den Glanz stolzer Zarenzeiten als ein zauberhaftes Spiegelbild in die Wasser der Newa.

Die Eremitage war ein beeindruckendes Gebäude. Ihre langen dicken Mauern, und ihre Pracht im Innern, sprachen für sich. Jeder wusste um ihre große Geschichte.
Über ein paar Jahrhunderte hinweg hatten die Zaren von St. Petersburg aus das ganze russische Reich regiert, und ihrer Stadt ewig glänzende Paläste und Kirchen hinterlassen.
Bei manchem Russen hatte ihr Anblick vielleicht noch einen bitteren Nachgeschmack des Gewesenen; denn auch zu Prunkzeiten war nicht alles Gold gewesen, was glänzte.
Aber die Revolution hatte dem letzten von Ihnen, ausgerechnet Peter dem Großen, der gerade in seinem Manifest den Bauern eigenes Land, und dem Volk die gleichen Rechte wie dem Adel, versprochen hatte, im Sturm ein Ende bereitet, und ihm mit vielen anderen den Tod gebracht. Wie das Feuer an einer Zündschnur hatte sich der revolutionäre Gedanke heimlich durchs ganze Land gezüngelt, und war zu einem Flächenbrand geworden.

Und wer schon hätte den Brand löschen können, wenn „Freiheit!" die Devise war?

Niemand hätte es können! Der Bazillus zog in einer Pandemie durch die Unterschichten des ganzen Volkes: In St. Petersburg wie seinerzeit in Paris, als sie unter den Rufen nach Liberté, Egalité und Legalité – Freiheit, Gleichheit und Recht, die „Marseillaise" sangen! Vor den Zarenpalästen dagegen sangen sie die „Warschawjanka" und beklagten Tod und Unrecht, das geschehen war.

Die Geschichte von Petersburg hatte die Stadt über jede Ära hinaus berühmt gemacht. Aber man hatte auch die alten Schätze aus glanzvollen Zeiten bewahrt und aufpoliert. Noch heute glänzte das Gold! Und man ließ es glänzen! Es brachte Rubel ins Land!

Wie viel an Veränderungen hatte die Stadt seit jener Zeit erlebt, und von 1914 – 1991 jeweils den Namen annehmen müssen, den man ihr gab: Nach zwei Jahrhunderten war sie plötzlich zu Petrograd und Leningrad geworden. Doch die Einwohner der Stadt hatten dafür gesorgt, dass sie in ihrem alten Namen und Glanz bestehen blieb; und die Welt hatte es vernommen. Man kam, und sah, und staunte!

So blieb die Vorzeige-Stadt Russlands am Finnischen Meerbusen, damals wie heute eine Metropole, in der das Leben im ewigen Fluss war, wie die Newa unter den Brücken!

Schien auch das neue Petersburg noch hin und hergerissen zwischen dem Alten und Neuen, so hatte es sich längst für das gute Geld der jetzigen Zeit entschieden. Das Gold der Zaren leuchtete weiter von den Kuppeln und Palästen, damals wie heute in dieser legendären Stadt und erfüllte seinen Zweck. Es gab eben viele Möglichkeiten, einen Rubel zu verdienen! Unter der Hand aber verdiente er sich leicht! Zu leicht! Und in zu großem Maße!

Damit vergrößerten sich die Gegensätze von Arm und Reich. Der Stadt tat es keinen Abbruch! So war, wie in vielen anderen Großstädten der Welt, auch in St. Petersburg die Armut in einigen Vororten gepaart mit der übrigen Eleganz! Wie zu alten Zeiten! Nur am Nevsky blühte die Geschäftigkeit der Neuzeit. Hier hatte die Zeit ein anderes Tempo. Keine Spur von Vergangenheit! Hier an diesem Boulevard waren Weltoffenheit, Aktivität und Schnelligkeit die Voraussetzungen für gute Geschäfte!

Die große Vergangenheit ruhte währenddessen schweigend in den alten Zaren-Gebäuden. Hinter den dicken monumentalen Mauern glänzte sie nicht wie das äußere Gold, sondern zeugte nur von der Standfestigkeit der Stadt, und daüberhinaus des großen russischen Reiches, das sich nie von einer anderen Macht der Welt bezwingen ließ.

Auch die Kirchen der Stadt mit ihren blau-weiß-goldenen Zwiebeltürmen, waren eine Einkehr wert. Für die vielen tiefgläubigen orthodoxen Russen war es der stille Rückzugsort im Gespräch mit Gott. Die langen dünnen, brennenden Kerzen, von denen jede Einzelne innige Bitten vermittelte, erloschen nie! Der Beistand Gottes war alle Tage von Nöten! Die mächtigste unter ihnen war die schon seit dem achtzehnten Jahrhundert bestehende Isaaks-Kathedrale. Sie thronte über den Dächern der Stadt. In ihrer Größe schien sie einmal für ganz Petersburg gebaut worden zu sein. Mit ihrer großen Kuppel gehörte sie auch zu den größten der Welt. Gold, Edelsteine und Marmor im Innern machten sie auch zu der schönsten.

Katharina und Selma bestaunten die Schönheiten der Stadt. Sie wussten um ihre Geschichte. Nun aber hatten sie sie auch achten und lieben gelernt!

Die hellen Juni-Nächte, in denen die Sonne nicht unterging, hatten einen besonderen Reiz. Dann lag die Stadt in ihrem Halbdunkel in einem Meer von Lichtern. In diesen Nächten schliefen die Menschen von St. Petersburg nicht; im Gegenteil: sie gingen auf die Straßen und an die Ufer der Newa. um im Lichtermeer zu feiern, zu singen und zu tanzen, wenn sich die Brücken in die Luft hoben, alle geschmückten Schiffe durchzulassen, in freie Fahrt zum Finnischen Meer.

Auch Katharina und Selma waren mit einer Gruppe Studierender unter ihnen, als auch Kurt, der an einer anderen Fakultät studierte, ihnen an der Seite einer russischen Schönen begegnete. Man kannte sich gut und wusste; Kurt war kein Mann von Traurigkeit!

„Bist du enttäuscht?" fragte Selma. Katharina schüttelte den Kopf, winkte belanglos ab und zeigte sich verständnisvoll: „Ach nein! Du kennst ihn doch! Auch er ist nur einmal jung in dieser Stadt. Und in der Freiheit liegt sein Glück, bevor er in seinen begrenzten Alltag auf sein Landgut zurückgeht!"

„Wie wir alle!" sagte Selma.

Das Schicksal ging rund in diesen Nächten. Es führte zusammen und trennte. Und so war es auch in einer dieser wunderbaren Nächte zur Stelle, als Alexej mit seinen Freunden ihnen auf einem der belebten Uferwege begegnete.

Ein kurzer Blick im Vorbeigehen zu Katharina genügte, einen Funken zu entfachen, der in der Dämmerung der Nacht aus seinen dunklen Augen in die ihren übersprungen war. Er begann sofort im Innern zu wärmen und zu glühen. In Katharina verströmte er zugleich eine unbeschreibliche Sehnsucht, die so stark und schön war, dass sie am anderen Tag noch wehtat.

Für Katharina war es unbegreiflich; aber Selma hatte dafür eine plausible Erklärung:

„So ist das mit der Liebe auf den ersten Blick, Schätzchen! Die trifft gleich mitten ins Herz!" witzelte sie, und meinte anschließend:

„Du bist aber auch ein Glückskind! Dieser Mann!"

Auch Selma hatte den schönen stattlichen Mann in der letzten Nacht bemerkt und sofort und ohne Umschweife reagiert.

„Nimmst du ihn?" hatte sie Katharina prompt gefragt.

„Sonst tue ich es!"

Typisch Selma!

„Aber er schaut nach mir!" hatte Katharina protestiert.

„Oh, glaub mir: dieser Mann würde auch eine blonde Schwedin lieben!" hatte Selma entgegnet.

Mit einem Lachen, aber einem entschiedenen Ton, hatte Katharina sie zur Zurückhaltung aufgefordert:

„Selma, lass das sein, hörst du! Er will mich, und ich ihn!"

„Schon gut, schon gut! Ich nehme ihn dir nicht weg!" hatte Selma sie beschwichtigt, und bedauernd gemeint:

„Er ist aber auch zu schön! Das Ebenbild eines stolzen russischen Zaren!"

Desillusioniert hatte sie ihr langes strohblondes Haar über die Schultern geworfen und sich selber getröstet:

„Was soll's! Es gibt in dieser Stadt noch genug von seiner Sorte! Einer von ihnen wird mir sicher auch noch über den Weg laufen!"

Wenn ein Funke einmal an verborgener Stelle glühte, war er nicht mehr zu löschen. Und so war es kein Zufall, dass man sich in der nächsten Nacht, und genau dort, wiedersah. Von den großen blumen- und lichtergeschmückten Schiffen, die auf der Newa vor Anker lagen und an Mitternacht auf die Öffnung der Brücken warteten, klang Tanzmusik herüber. Er stand plötzlich vor ihr, legte wortlos seine Hand auf ihren Arm und tanzte mit ihr. Völlig allein zwischen den anderen lagen sie sich in den Armen, fühlten den anderen so nah, als wären sie eins. Ihre Seelen berührten sich: es war ein Tanz in die Liebe!
Worte waren überflüssig, als er sie danach einfach bei der Hand nahm und mit ihr im Zauber der Nacht verschwand.

An den folgenden Abend entführte er sie bis zum Finnischen Meer, weg von dem Trubel der Petersburger „Weißen Nächte"!
Allein sein wollten sie, ganz für sich allein mit ihrer Liebe!
Ungestört wollte die Zärtlichkeit fließen, die aus ihren Herzen kam. Sie fühlten eine Vertrautheit und Innigkeit, als wären sie schon lange zusammen. Es machte die Liebe ernsthaft und tief!
Auch Alexej, der gereifte Mann, wusste, was er in den Armen hielt. Diese junge Frau war, im Gegensatz zu denen, die bisher sein Leben versüßt hatten, keine Liebelei!

In den Monaten, die ihnen noch in St. Petersburg blieben, vergötterte und verwöhnte er sie, führte sie mit dem Stolz eines Mannes an der Seite einer wunderschönen Frau in die besten Petersburger Restaurants und Cafés, und beschenkte sie mit verliebten, bewundernden Blicken für ihre

Schönheit, über die Katharinas Weiblichkeit mehr und mehr erblühte, bis sie ganz und gar Frau war, die das süße Leben mit ihrem Geliebten genoss.

Sie machte ihren Abschluss an der Fakultät, wusste, dass danach Tonga auf sie wartete – aber Alexej war der Mann ihres Lebens! Und Alexej gehörte zu St. Petersburg, und St. Petersburg, die Stadt ihrer Liebe, zu Alexej!

Es machte die Beziehung schwierig.

Das Landgut, das er mittlerweile kannte, beeindruckte ihn sehr. Doch er wusste, dass er dort auf Dauer nicht würde leben können. Und auch nicht ohne Katharina!

Sie hofften beide darauf, eine Lösung zu finden für die Erfüllung von Liebe und Pflicht.

Victor von Tonga hatte sich beim Entschluss der Tochter bemüht, Freundlichkeit zu bewahren. Im Stillen aber war die Enttäuschung riesengroß.

Trotzallem wurde die Hochzeit vorbereitet. Alles war in Bewegung und Jeder bemühte sich, seine Ideen einzubringen und zu helfen, damit es für ihre zukünftige Herrin ein schönes Fest werde.

Auch Paul wurde eingeladen. Er nahm die Fahrt von der Küste herunter ins Land auf sich, obwohl ihn auch die Altersgebrechen plagten. Als alter Freund des Hauses und Pate von Katharina, war es für ihn eine Selbstverständlichkeit und Freude gewesen, an ihrer Hochzeit teilzunehmen.

Mit Victor, seinem lebenslangen Freund, machte er lange Spaziergänge über die Feldwege, während auf dem Gutshof die letzten hektischen Vorbereitungen liefen.

„Du siehst nicht glücklich aus, Victor!" meinte er, und sah seinen Freund fragend an.

„Bin ich auch nicht!" entgegnete dieser knapp.

Das genügte fürs Erste.

Im Weitergehen versuchte Paul ihn etwas umzustimmen.

„Aber du siehst, wie sie sich lieben!"

„Ich stehe ihrer Heirat ja auch nicht im Weg!" meinte Victor.

„Ja, und? Passt er dir nicht?" fragte ihn Paul.

„Er ist der Falsche!" sagte Victor. Mehr nicht!

„Du meinst, der Falsche für Tonga?"

Paul blieb stehen und sah ihn an. Victor kannte seinen Blick. Unverständnis lag darin. Und Paul wäre nicht Paul, wenn er seine Kritik nicht zuweilen vorwurfsvoll äußern würde!

„Hast du etwa einen Bräutigam für das Landgut gesucht, Victor? Eine Heirat gibt es nur zwischen zwei Menschen, und das soll eine Liebesheirat sein! Und die ist es! Katharina ist glücklich! Was willst du mehr!?"

Victor brummte griesgrämig vor sich hin und schüttelte den Kopf.

„Aber es muss doch zusammenpassen!" widersprach er.

„Die Heirat und Tonga! Was nützt ihr ein unbrauchbarer Mann auf dem Gut? Dieser Bolschewik ist an sein bürokratisches Petersburger Leben gewöhnt! Du siehst doch, dass er zwei linke Hände hat, die noch nie im Leben gearbeitet haben! Er wird ihr, und uns allen, nie eine Stütze sein! Und das Landgut nie mit seinen wahren Problemen und harter Arbeit kennenlernen wollen!" rief er erbost.

„Im Gegenteil: Er wird es als Erholungsort zur Stadt ansehen, und sich hier ausruhen wollen, Paul!"

„Muss er denn beruflich in St. Petersburg bleiben? Du weißt aber auch, dass man aus staatlichen Verpflichtungen nicht einfach aussteigen kann!", gab Paul zu bedenken.

„Das muss ihr doch von Anfang an klar gewesen sein!" entgegnete Victor barsch.

Als sie in den Hof einbogen, schloss er die Unterhaltung mit den Worten:
„Ich werde nicht dagegen wirken. Soll sie glücklich werden! Aber glaube mir: So etwas ist auf Dauer keine stabile Sache!
„Es wird so kommen, wie ich sage!"

Am Tag vor dem Fest kam Selma aus Schweden. Als Trauzeugin durfte sie nicht fehlen!
Sie hatte den schnellsten Flieger ins lettische Riga genommen. Katharina holte sie im Nachbarland ab; über die Autobahn war es nicht so umständlich wie nach Tallinn.
Alexej selbst würde erst gegen Abend mit ein paar Freunden anreisen. Einer von ihnen sollte der Trauzeuge sein.

So hatten die Freundinnen noch ein paar Stunden Zeit für sich. Unterwegs hielten sie an einem Rastplatz und machten noch einen Spaziergang, um sich ungestört zu unterhalten.
Sie sprachen offen miteinander, wie immer.
„Hast du dir diese Ehe gut überlegt?" fragte Selma und blickte ernst, als habe sie Bedenken.
„Wieso fragst du? Du weißt doch, wie wir uns lieben!"
Katharina war erstaunt.
„Ja, das weiß ich! Aber in deiner Lage?"
„Du meinst Tonga? Das werden wir sehen! Alexej gefällt es dort, und er wird an den Wochenenden kommen!"
„Aber Katharina: Du kannst ihm doch nicht abverlangen, oder erwarten, dass er jedes Wochenende die weite Fahrt von Petersburg bis Tonga macht! Das wird auf die Dauer nicht möglich sein!" sagte Selma.
„Dann werden wir uns sowohl auf Tonga, wie auch in St. Petersburg sehen! Ich fahre genauso gern dorthin!" meinte

Katharina völlig unbekümmert, als sei es das Einfachste der Welt.

Selma aber schüttelte den Kopf. Was gab es dazu zu sagen? Die Liebe hatte den Verstand verdrängt.

„Ihr wollt euch also eine freie Ehe gönnen?", meinte sie.

„Ja, warum nicht!?" sagte Katharina leichthin.

„Mit Vertrauen geht es!" nickte Selma. „Aber das muss dann sehr groß sein!"

Ihre Bedenken waren nicht zu überhören.

„Hättest du das nicht in den Mann, den du heiraten willst?" wollte Katharina wissen.

„Nicht so ohne Weiteres!" winkte Selma ab. „Blind vertrauen würde ich Niemandem! Mann bleibt Mann!"

Katharina sah sie erstaunt an. Aber Selma blieb dabei: „Besonders keinem Mann, der an jeder Ecke Chancen hat! Die Schönheit der Männer hat auch ihren Preis, meine Liebe. Und den bezahlen meist nur die Frauen!" wusste sie.

„Ich möchte nur nicht, dass du einmal eine von ihnen bist!" sagte sie besorgt.

Schweigend gingen sie zurück zum Wagen. Bevor sie einstiegen, meinte Katharina lächelnd:

„Ach, Selma, nun lass dein Unken! Ich bin doch so glücklich!"

Die Trauung des Paares fand im geschmückten Innenhof des Landguts statt. Der einberufene Standesbeamte waltete seines Amtes. Aufgrund der unterschiedlichen Konfessionen des Paares wurde es nur eine staatlich bestätigte Ehe; und alle waren Zeuge des gegenseitigen Versprechens und des Glücks dieses schönen Brautpaars

Katharina hatte sich entschieden, das landestypische Brautkleid ihrer Mutter Anna zu tragen, und einen Blumenkranz aus dem Garten von Tonga im Haar.

Sie sah so schön aus!

Auch Alexej hatte wählen dürfen. Er erschien in seiner russischen Garde-Uniform: stolz wie ein Zar!

Es gab wohl keine unter den Frauen des Landguts, die sich nicht mit einem Leuchten in den Augen, und einem stillen Lächeln im Gesicht, im Stillen ein Glück mit diesem Mann gewünscht hätten!

Selma aber machte es eher traurig als froh. Er war einfach zu schön! Und das wusste er genau - und schwor dabei Katharina die Treue auf Lebenszeit! Fast absurd! Dieser Mann war doch nicht zum absoluten Pakt einer Ehe geschaffen! Das fühlte sie. Aber sie lächelte dazu, Katharina zuliebe!

Die Frauen im Hof, die ebenfalls in ihrer Landestracht sauber herausgeputzt dastanden und lächelten, dachten vielleicht ebenso. Wie hatte Mascha noch gestern bei den großen Vorbereitungen in der Küche gesagt:

„Wenn das mal gut geht! Die sind wie zwei glänzende Edelstahl-Töpfe ohne passenden Deckel!"

Und Henni hatte geantwortet:

„Bei unserem gnädigen Herrn und seiner Anna war das anders: Da hat ein Deckel gepasst auf beide Töpfe!"

Auch die Kinder der Hofleute waren von ihren Müttern in passender Festtagskleidung ausgestattet worden: Die Mädchen mit Blumenkränzen im Haar und kleinen Körbchen voller Blüten; die Buben trugen einen Stab mit einem oben aufgebundenen Blumenbuschen, von dem bunte Schleifenbänder herunterhingen.

Es war ein liebliches Bild, als sie die Braut umringten und sie mit ihren Blumen bestreuten.

Mascha war von den Frauen ausgewählt worden, der Braut auf einem blanken Silbertablett das selbstgebackene Brot mit einer Schale Salz zu überreichen, um die Gutsherrin auch an ihre zukünftige Sorgepflicht auf Tonga zu erinnern.

Die Männer des Betriebes hatten ihren Vorgesetzten, den Verwalter León, auserkoren, ihr Brautgeschenk zu überbringen. Doch das war nicht so einfach, als León mit einem nur zwei Tage alten tapsenden kleinen Fohlen ankam, während drüben in der Stallbox die Mutter nach ihm rief.

Es war ein Enkelfohlen von Annas Stute. Sie hatten es auf den Namen „Katharina" getauft, und sogar an sein schmales elastisches Halsband eine rote Rose gebunden.

Es rührte die Braut zu Tränen, als sie ihm über das zarte Fell strich, und erinnerte sie noch mehr daran, dass sie zu Tonga gehörte.

Es wurde ein schönes Fest! So hell und schön, wie der Tag war! Draußen an den langen, schön gedeckten Tischen unter der mächtigen alten Linde wurde das Beste verspeist, was die Frauen der Küche zu bieten hatten. Victor selbst hatte sich in den Weinkeller des Hofguts begeben, und den Wein bestimmt. Für Katharinas Fest sollte es der Beste sein!

Nach dem reichhaltigen Mahl am Abend spielte dann die Musik zum Tanz auf dem Podium. Sogar der alte Janosch ließ es sich nicht nehmen, auf seiner Mundharmonika zur Polka „Rosamunde ..." aufzuspielen.

Es war Freude da! Auch bei Victor und Paul!

„Ach, wäre ich doch noch etwas jünger!" bedauerte Paul, als er etwas neidisch auf die flotten tanzenden Beine unter den fliegenden Röcken sah und sich mit einem Schluck guten Weins tröstete. Nur mit der Braut hatte er einen Ehrentanz gewagt.

Bei der leichten Stimmung, und im Genuss des Weines, war auch Alexej dem Schwiegervater etwas näher gekommen.

Katharina war zufrieden.

„Ist unser Fest nicht wunderbar!" schwärmte sie bei ihrem Liebsten, was er ihr immer wieder bestätigte.

„Ja, so eine Bauernhochzeit ist etwas ganz anderes!" meinte er. „Einfach schön! Gut, dass wir hier auf dem Land geheiratet haben, und nicht woanders! Schöner hätte es nirgendwo sonst sein können!"

Es wurde getanzt, gesungen und gelacht bis spät in die Nacht.

Auch Selma amüsierte sich köstlich mit ihrem russischen Brautführer Jurij. An ihm schien sie den passenden Unterhalter und guten Tänzer gefunden zu haben. Die lebenslustige, ungezwungene Blonde aus Schweden schien ihm zu gefallen. Aber Selma wusste was sie bei allem Spaß von schönen Petersburger Männern zu halten hatte.

Sie hatte auch die fragenden Blicke von León wahrgenommen. Später in der Nacht, als die anderen schon nach und nach gegangen waren und es still geworden war, saß sie noch lange mit León draußen beim Wein.

Ein paar Tage später beim Abschiednehmen war es auch León, der darauf bestand, Selma zum Flughafen nach Riga zu fahren.

Katharina foppte ihn:

„Du wirst uns doch nicht noch eines Tages abhanden kommen, León?"

Er schmunzelte und schwieg. Auch Schweden war ein schönes Land, und nicht am Ende der Welt!

Schöne Feste gehen überall einmal zu Ende. Jeder kehrt an seinen Ort und an seine Arbeit zurück.

Auch auf Tonga ging der Alltag weiter, egal wohin noch die Gedanken schweiften! Zärtliche Worte zogen über Funk von Tonga nach St. Petersburg, und umgekehrt. Die Wochenenden, an denen man sie sich in fühlbaren Umarmungen sagen konnte, gingen schnell vorbei.

Es gab sie auch nicht immer. Die Liebe musste sich mehr und mehr an ein sparsames Leben gewöhnen. Der Ablauf auf Tonga beanspruchte sehr und schenkte nicht viele freie Urlaubstage.

Katharina und León waren damit beschäftigt, aus ihrem Wissen ein umsetzbares Konzept für den Betrieb zu erstellen. Da galt es, Manches aus den neuen Studien zu übernehmen, vielmehr zu versuchen, und Anderes nicht, das den eigenen wirtschaftlichen Erfolg gefährden würde. Es musste gut überlegt sein, altbewährte Methoden fallen zu lassen. Doch erst die Zeit würde zeigen, welcher Weg sich lohnte zu gehen, und welcher nicht.

Mit Victor besprachen sie zwar ihre Pläne. Noch war er der Gutsherr und bestand darauf, auch wenn die neuen Verordnungen und das Umdenken ihn überforderten und verwirrten. Im Allgemeinen aber vertraute er seiner studierten Tochter und dem erfahrenen Verwalter. Die Hauptsache war, dass auf Tonga alles weiterging, ob nach alten oder neuen Richtlinien! Man musste wohl mit der Zeit gehen.

León war ein kluger Verwalter. Er hatte sich rechtzeitig über die neuen Anforderungen, die europaweit an die Betriebe gestellt wurden, informiert. Und so war er Katharinas neuen Plänen gegenüber aufgeschlossen. Darüber wurden sie zu einem guten Team.

Wenn Alexej an manchen Wochenenden kam, war es hauptsächlich der Liebe wegen. Von der Arbeit und den Plänen auf Tonga verstand er nichts. Er hatte eine Frau, die sich für das Gut einsetzte, das ihr sehr am Herzen lag, und das ihr eines Tages allein gehören würde. Das musste genügen! Schließlich brachte auch er seine Opfer für den Betrieb über die Trennung mit den immer seltener werdenden Wiedersehen!

Dennoch trug das Liebesleben Früchte: Katharina wurde schwanger! Das neue Gefühl in ihr überwältigte und überforderte sie zunächst; es brachte das bisherige Denken durcheinander. Alexej sah es anders! Für ihn werde sich nichts verändern, außer, bald Vater zu werden. Das eingespielte Leben der Ehe würde so weitergehen müssen.
Die Notwendigkeit des Berufslebens verlangte es und stützte zudem seine bequeme Einstellung. Denn er konnte es sich nicht vorstellen, mit einem kleinen Kind seinen Alltag zu teilen. Es war etwas Ungewohntes, fast Fremdes, das da in sein Leben eindrang und es auf den Kopf zu stellen drohte.
Außerdem war es Müttersache! An den anderen auf dem Landgut werde sie und das Kind, wenn es dort aufwuchs, eine gute Unterstützung haben. Insofern beschäftigte es ihn nicht weiter. Die Freude, die Katharina am Wochenende von ihm erwartet hatte, blieb verhalten. Ihr wichtigstes

Thema wurde nebensächlich behandelt, und musste Belanglosigkeiten weichen: Wohin ging man heute Abend zum Essen; ein berufsbezogener Lehrgang stand an, über das nächste Wochenende hinaus; oder es hatte einen Beinah-Autounfall gegeben, an dem andere schuld waren; und ein Freund hatte sich neu verliebt.

Statt gestärkt, fuhr sie enttäuscht und grübelnd von St. Petersburg nach Hause. Sie hatte gehofft, mit Alexej einen konkreten Plan für das anstehende Problem finden und besprechen zu können. Die Ängste hatte er ihr nicht genommen, nicht einmal geteilt, und sich ebenso wenig über die besondere Neuigkeit gefreut!

Gedämpft und in Gedanken fuhr sie am Peipussee vorbei nach Törva hinunter, und wusste, dass dies der Weg in die Zukunft war: Tonga würde, wie immer, ihr Stützpunkt sein, auf den sie sich verlassen konnte!

Alexej behielt recht: die Freude und Unterstützung von den Menschen auf Tonga war groß, als die Kleine geboren wurde. Julia sollte sie heißen! Das kleine Mädchen war zart; aber es brachte eine große Freude mit sich für die Menschen auf dem Gut.

Victor und die anderen Frauen hatten es schon in den Armen gehalten, als Alexej kam. Vorsichtig und unbeholfen hielt er seine kleine süße Tochter im Arm und schaute, wie sie selig schlief. Unbeweglich stand er da, um sie nicht aufzuwecken, und konnte seine Augen nicht von ihr lassen.

Ein seltsamer Zauber ging von dem kleinen Wesen aus, das ein Teil seiner selbst sein sollte, und erzeugte in ihm ein Gefühl von Schwäche und Ehrfurcht. Tränen der Ergriffenheit stiegen in seine Augen, die ihn verwirrten. Zitternd und flüsternd reichte er die Kleine an Katharina zurück.

Dieses kleine zerbrechliche Kind hatte an sein Herz gerührt, lautlos angeklopft, sich eingenistet, und still nach seiner Fürsorge und Liebe verlangt.

„Du bist Vater geworden!" sagte Katharina und lächelte, als er etwas unsicher zum Fenster trat und hinaussah.

„Das ist schon ein großes Gefühl, Alexej!

Von da an machte er alles möglich, an jedem Wochenende nach Tonga zu kommen. Er staunte, wie die Kleine sich von Woche zu Woche veränderte, kräftiger, größer und wacher wurde. Immer mehr nahm sie wahr, was um sie geschah. Bald kannte sie ihre Mutter sehr genau. Ihre Nähe beruhigte sie sofort. Und eines Tages spürte sie auch, dass dieser Mann, den sie nicht täglich sah, ihr nahestand. Ab da lächelte sie ihn an, wenn er kam, und er schmolz dahin wie erwärmter Wachs.

Waren Victor die ganzen ersten Aufregungen über die Geburt der kleinen Enkeltochter auch zu groß gewesen, so trieb es ihn doch jeden Tag zu ihr hin. Auch in ihm hatte die Kleine neue Lebensfreude ausgelöst. Glücklich lächelnd stand er oft an ihrem Himmelbettchen, um zuzusehen wenn sie selig schlief. Dann dachte er an Anna und wünschte sich sehnlichst, dass sie dabei sein könnte, um dieses Glück mit ihm zu teilen.

Wie bei ihrem Vater Alexej, hatte sich das kleine Wesen auch in sein Herz geschlichen, und es weicher und gefühlvoller gemacht. Seine im fortgeschrittenen Alter immer noch bestehende Härte, mit der er seit Annas Tod eine Mauer um sich gebaut hatte, begann zu bröckeln. Jeder spürte es: Das Kind war dabei, den Herrscher von Tonga zu entmachten!

Er fühlte es selbst und bedauerte es nicht. Bald werde Katharina eigenständig die Geschicke des Guts leiten. Sie war ohnehin schon der Dreh- und Angelpunkt bei allen wichtigen Entscheidungen, die ihn überforderten. Das Kind hatte eine neue Generation mit sich gebracht. Victor begriff, dass eine andere Zeit auf ihn zugekommen war, die neuer Ideen und Pläne bedurfte, und damit auch neuen Auseinandersetzungen. Diesen wollte er sich nicht mehr stellen. Das Leben im Alter hatte auch noch andere Aufgaben bereit, die er schön fand. Nun galt es, die Rolle eines Großvaters anzunehmen. Es war kein Verzicht auf das Bisherige, sondern trug auch zum Weiterbestehen von Tonga bei, das nun in seiner dritten Generation war.

Und nicht nur das war der Grund: Er fühlte, dass die Liebe in seinem Herzen wiedergeboren worden war! Und sie tat ihm gut auf seine alten Tage.

Die kleine Julia gedieh gut und schnell in soviel liebevoller Obhut, und wurde bald zum Sonnenschein für alle. Alexej kam sooft es möglich war, von Petersburg herunter, und staunte über die Fortschritte, die sie wieder gemacht hatte. Schon mit dem Lächeln, das sie ihm zur Begrüßung schenkte, machte sie ihn glücklich. Er war sichtlich stolz darauf, nun Vater zu sein und eine eigene Familie zu haben. Es stand ihm gut und machte ihn noch liebenswerter.

An den Wochenenden, wo er nicht kommen konnte, fuhr Katharina nach St. Petersburg. Die beiden Liebenden konnten sich nicht entbehren.

Sie hatte Mascha ausgewählt, sich an jenen Tagen um das Kind zu kümmern, denn sie verstand sich gut darauf. Es war auch der Grund, weshalb Katharina sie als Patin für Julia bestimmt hatte.

„Eine Magd?" hatten Alexej und Victor gefragt.

Sie aber hatte es entschieden. Das Kind sollte vertraut mit ihr sein, und im Notfall einen lieben, treusorgenden Menschen in der Nähe haben, der sich um sie kümmerte. Bei Mascha hatte sie da keine Zweifel. Sie war eine gute Seele! Das hatte sie schon bei Katharina bewiesen, als ihre Mutter Anna starb. Wie sehr hatte Katharina sie damals gebraucht! Seitdem war Mascha ihr eine mütterliche Freundin geblieben.

Mascha zeigte sich tief berührt, als Katharina sie um die Patenschaft für ihr Kind bat. Unter glücklichen Tränen versprach sie, bis zu ihrem Tod für sie da zu sein. Und wenn Mascha ihr Wort gab, hielt sie es, auf Biegen und Brechen, ganz zum Wohl der kleinen Julia.

Es war praktisch, eine Ersatzmutter zu haben. Sie hielt das Nest warm, wenn die Wochenenden in St. Petersburg anstanden. Und auch sonst, wenn auf Tonga die Arbeit rief. Kinder begriffen die Vorzüge schnell, die sie bei einem liebevollen Menschen genossen; und so wusste die Kleine bald genau, nach wem sie rufen konnte, wenn die Mutter nicht anwesend war. Bei Mascha gab es immer einen Platz für sie: entweder in der großen Küche im Hof draußen, oder irgendwo in ihrem Garten.

Schon mit den ersten Zähnen lernte sie das probieren, was Mascha gern aß. Wenn es nicht so gut bekam, gab es einen Tee mit Honig; der schmeckte süß, und alles war gut!

Das Urvertrauen wuchs. Schon in den ersten Jahren stopften die beiden alles in sich hinein, was nach Maschas Meinung gesund war. Und es schadete niemanden!

Die vielen Gesundheits-Tipps und Ratschläge der verstorbenen Olga, von denen damals jeder auf Tonga profitiert

hatte, lebten in Mascha weiter und kamen bei allen Weh-
wehchen und Krankheitssymptomen zur Anwendung.

Auch bei Julia! Sie sträubte sich, mit ihrer Mutter zu einem
Arzt nach Törga zu fahren.

„Gehen wir zu Mascha!" bat sie dann. „Die macht auch alles
heile!"

Zu den Kindern in der Kita in Törga wollte sie auch bald
nicht mehr. „Warum denn? Es ist so weit, und ich fahre
nicht gern Auto. Das macht mir immer Bauchweh. Ich spiele
lieber mit unseren Kindern hier im Hof. Wir sind doch ein
Kindergarten!" meinte sie.

„Wir singen und tanzen, und wir malen schöne Bilder zusammen, genau wie die in der Kita. Und hier gibt es auch
Kakao in der Pause!"

Bittend schaute sie zu ihrer Mutter hoch. Ihren bettelnden
Augen war schwer zu widerstehen. Keiner schaffte es. Am
wenigsten der Großvater. Wenn eine Bitte nicht gleich in
Erfüllung ging, war er der nächste Anlaufpunkt, dem sie so
flehentlich vorgetragen wurde, als würde die Welt untergehen, wenn ... Dabei konnte man sogar weinen!

Bei ihrem Vater Alexej verstand sie es besonders gut, ihn
auf ihre Seite zu ziehen. Er erhielt schon zärtliches Ge-
schmuse im Voraus, bis sie ihn überzeugt hatte.

So gern wie er seine kleine Tochter hatte, und sich jedesmal
auf das Wochenende mit ihr freute, so sehr schätzte er auch
sein eigenes Leben in St. Petersburg. Die Seminare, an denen er teilnahm, beanspruchten ihn jedoch immer mehr,
und die Fahrten bis in den estnischen Süden wurden daher
seltener. Die Pflicht erfüllte den Tag, wie bei Katharina, und
verlieh dem Liebesleben eine zunehmende Nüchternheit.

Die spärlichen Wiedersehen festigten zwar das Gefühl der Zusammengehörigkeit, aber der Liebe genügte es nicht!

Es fehlte die Nähe des anderen!

Katharina erinnerte sich mehr und mehr an die Worte von Selma: an ihre Bedenken bezüglich einer solchen Ehe aus der Ferne, und auch an ihre Zweifel Alexej gegenüber.

Doch eine Liebe über die Ferne ließ entweder zweifeln, oder machte die Sehnsucht groß und die Augen der Gefühle blind. Von Zeit zu Zeit ließ sie zu Hause alles hinter sich und machte sich auf die Reise nach St. Petersburg.

Sie liebte Alexej und seine Stadt, und genoss die Wochenenden zu zweit, die alles vergessen ließen, was belastete.

Es war jedesmal wie ein unbekümmertes, aufregendes Rendezvous mit ihrem Liebsten in früherer Zeit.

Bis zu dem Tag, an dem sie vergeblich auf ihn wartete!

Bis zu der Stunde, als sie sich an der Treppe zur Metro begegneten - nicht allein!

Und bis zu dem Moment, als er ihre Liebe verleugnete als ein „Nichts von Bedeutung!", und sie mit zitternden Knien zurückließ.

Selmas Worte hatten sich mit einem Paukenschlag bewahrheitet, und danach im Lärm der Metrostation laut um sie herum geschallt wie ein sich wiederholendes Echo.

Der süße russische Zopfkuchen auf der Heimfahrt hatte bitter geschmeckt. Und das schöne Rot und Grün der Zwiebeltürme über der Stadt war im Nebel ihrer Tränen verblasst.

Der Reiz war dahin!

Der schöne Traum „St. Petersburg" ausgeträumt!

Neue Perspektiven:

Mit jeder Generation änderte sich das Leben. Die Alten starben und nahmen ihr Wissen und ihre bewährten Traditionen mit, und die Jungen schufen sich nach ihren Gesichtspunkten eine neue Welt. Sie sollte besser sein, effektiver für alles, und bequemer, damit die Freizeit mehr Raum gewann. Die Technik, die sie dafür entwickelten, ermöglichte es. Sie beschleunigte die Abwicklungen, forderte aber zugleich auch eine schnellere Präzisionsarbeit, die keinen Fehler verzieh.

Und immer drängte die Zeit, besser und schneller zu werden; denn ein internationales Konkurrenzdenken war angefacht. Die menschlichen Gehirne erarbeiteten an ihren Denkmaschinen Konzepte im Akkord. Sie sparten im Arbeitsleben Muskelkraft und Zeit ein und führten soweit, den körperlich arbeitenden Menschen oft zu ersetzen. Mit der Zeit bewegten sich ferngesteuerte große und kleine Monster in technischen Werken, als preiswertere, präzise und schnell arbeitende Kräfte. Es erhöhte den Profit des Unternehmens und machte Menschen arbeitslos.

Die, die sich der neuen Arbeitswelt anpassen konnten, gewannen darüber. Aber Gnade den Arbteitnehmern, die nicht fähig dazu waren, oder den Mechanismus ablehnten! Manche dieser Existenzen blieben auf der Strecke, oder ergaben sich dem in untergeordneten Arbeiten. Es wurde hingenommen; denn ein Betriebsleben musste weitergehen!

Mit der neuen Technik ging es weiter, aber nicht minder stressig, wie erhofft.

Im Gegenteil: Der Verdacht kam auf, dass das neue Leben über die Anforderungen der stetig gewachsenen Ansprüche im Konsum der neuen Zeit den Menschen nicht entlaste, sondern auslauge. Bei vielen wurde es zur Krankheit.

Burnout nannte man sie - ausgebrannt! Sie wurde chronisch, und die Genesung dauerte lange.

Sie war der Grund, weshalb der Mensch wieder nach dem Einfachen, Langweiligen suchte, das die ständige Provokation aus den Köpfen nahm und die Nerven beruhigte: die Auszeit in der Einsamkeit!

Es war der Spaziergang im Wald, eine Wanderung in menschenleerer unberührter Natur, ein Urlaub im stillen Bergdorf und auf einsamen Hütten, oder urig bewohnten Inseln, sofern es sie noch irgendwo gab!

Das wünschten sich die Einen! Während andere mit den guten, oder auch überstrapazierten Nerven, noch größere Anstrengungen suchten, das Spannende, das Abenteuer in irgendeiner Form bis zum Extremen zu erleben. Es verlieh den Kick, der gut tat, weil er sich scheinbar im vielfältigen globalen Angebot der neuen Zeit, in der Rasanz des Alltags, nicht mehr erfüllen ließ. Er erforderte Kraft, aber er machte glücklich!

Die Lust im abenteuerlichen Menschen, sie dafür aufzubringen, hatte es jedoch zu allen Zeiten gegeben. Und so

galten die großen Vorgänger als Idole. Doch unter deren unbequemen Bedingungen hätten sie keinen Reiz mehr.
Da war es auch wieder der neue Fortschritt im Detail, dem man sich bedienen konnte in seiner positiven Entwicklung der neuen Zeit!

Die Anforderungen an die Wirtschaftsbetriebe, und damit auch an die Menschen, zogen in der technisierten Welt wie ein Lauffeuer umher. Sie erreichten jedes Land, und jeden Betrieb, der bestehen wollte. Auch Tonga!
Katharina und León waren darauf vorbereitet und stellten sich den Anforderungen. Victors Ratschläge jedoch wurden bedeutungslos und waren nicht mehr umsetzbar. Er spürte sein scheinbar überflüssiges Dasein, dass er nichts mehr für den Erhalt von Tonga tun konnte, was sein Lebenswerk war, und ihm im Stillen aber immer noch eine Sorgepflicht auferlegte, die er nicht mehr erfüllen konnte, und eigentlich auch nicht mehr wollte.
Hilflosigkeit und Lustlosigkeit hatten sich längst in ihm eingenistet: zwei Eigenschaften, die ihm ein ganzes Leben lang fremd gewesen waren. Doch irgendwann hatte er sie zugelassen, und trotzdem ging alles seinen Gang. Die Menschen und das Gut hatten sich ohne ihn verselbständigt. Sogar die kleine Julia, der er noch so viel vermitteln wollte, war nebenher erwachsen geworden. Wie war nur die Zeit vergangen!
Die Freunde seiner Generation lebten nicht mehr. Auch Paul war ihm schon vorausgegangen. Nur er, Victor, „die zähe Natur", wie Paul ihn einmal genannt hatte, war trotz seiner Leiden noch übrig. Mit seinem schleppenden, hinkenden Gang hatte er sich hartnäckig gehalten, um dem Vergehen zu trotzen.

Aber seit in diesem Sommer oben bei den Gräbern die große Linde wieder blühte, zog ihn der Hügel mächtig an. Er
schaffte es schon lange nicht mehr, hinaufzugehen, und
stand deshalb umso sehnsüchtiger am Fenster und sah hinauf. Die Momente, in denen er ahnte, dass das Geläut des
Glöckleins der Kapelle ihn als Nächsten begleiten würde,
kamen immer öfter. Es werde auch dann seinen Dienst tun,
wenn sein Herr und Erbauer seinen letzten Weg zu ihm
hinauf machen müsste.

In Gedanken ging er ihm schon seit geraumer Zeit entgegen.
Als es soweit war, begruben sie ihn noch im Duft der Lin-
denblüten auf seinem Ehrenplatz neben Anna, von wo er
hinabschauen konnte auf das, was er geschaffen hatte. Vom
Hügel bis hinunter zum Gutshof standen die Menschen, die
ihm das letzte Geleit gaben. Die Gutsbesitzer und Genossen-
schaftsvertreter aus dem Süden Estlands, und sogar die aus
dem Norden des angrenzenden Nachbarlandes Lettland
waren gekommen, um dem ehrwürdigen Mitstreiter, Victor
von Tonga, Ehre zu erweisen. Sogar Alexej, der uner-
wünschte Schwiegersohn, war erschienen. Arm in Arm mit
seiner Tochter Julia, ging er neben Katharina, als sei in den
zwanzig Jahren nichts geschehen, was ihm das verwehrte.

Die Zeit der neuen Generation war gekommen!
Da sich der Fortschritt nicht nur in den Wirtschaftsbetrie-
ben, sondern auch in der veränderten Denkweise junger
Menschen äußerte, suchten sie in ihrer Ausbildung nach
neuen Wegen, die ihnen ein lukratives Arbeiten in der modernen Welt ermöglichten.
Julia von Tonga sah es anders:

Der moderne junge Mensch, vorallem der, der es sich leisten konnte, nutzte die Freiheit des fortschrittlichen Denkens, um sich einen Beruf nach persönlicher Lust und Liebhaberei zu suchen. Nach ihrer Meinung konnte man sich nur richtig einbringen und etwas leisten, wenn man genug Liebe für das empfand, was man tat.

„Und was liebst du"? fragten ihre Eltern.

Sie wusste es nicht. Nur soviel, dass sie etwas anderes machen wollte, was nicht nur aus dem Kopf, sondern auch aus dem Herzen kommen sollte.

„Aber wir sind in einer Zeit, in der sich das Geld nicht nur mit dem Herzen verdienen lässt", gab Katharina ihr zu bedenken.

„Ja, das Geld"! höhnte sie. „Für Euch mag es das Wichtigste im Leben sein; aber nicht für mich"!

„Weil es Dir mit unserem Geld gut geht! Aber ohne unseren Wohlstand würdest du anders empfinden, und anders reden!" reagierte die Mutter aufgebracht:

„Nur derjenige, für den das Leben nicht so einfach war wie für dich, und der fürs Geld hart gearbeitet hat, weiß den Wert zu schätzen. Und versteht auch den Sinn eines guten Berufes!" fügte sie hinzu.

Alexej, der still dabeigesessen und geschwiegen hatte, weil er beide verstand, gab Katharina recht.

„Schau, Julia: ein einträglicher Beruf erlaubt auch noch eine zusätzliche Beschäftigung aus Liebhaberei. Aber er allein ist die Gewähr für ein existenziell abgesichertes Leben! Das ist doch nicht schwer zu verstehen", meinte Alexej.

Sie diskutierten hin und her. Julia vertrat hartnäckig ihre Meinung, das auch mit wenig Einkommen ein einfaches, zufriedenes Leben möglich sei. Ausbrechen aus dem übermäßig großen Konsum, wie aus dem krankmachenden Stress, hin zur Einfachheit, sei die Devise der Zukunft!

Mit ihrer starren Haltung brachte sie die Diskussion vorerst zum Schweigen.

Auf langen Spaziergängen zu den Koppeln der Pferde, und während der Ausritte, kamen Katharina und Alexej zu dem Entschluss, die berufliche Entwicklung der Tochter mitbestimmen zu müssen. Aufgrund von Julias guten Schulabschlüssen, ihrer beider Unterstützung und Referenzen, standen ihr viele Türen offen. Zumindest versuchen sollte sie das eine oder andere Studium, um darüber eine Neigung zu entdecken. Mit familiärer Großzügigkeit könnte sie sich auf verschiedenen Gebieten informieren und das Richtige für sich finden, gleich, wie sie denn entscheiden würde.

Es bedurfte noch einiger Diskussionen, um die Tochter von dieser Art Kompromiss zu überzeugen, bevor Alexej in Gedanken zurück nach St. Petersburg fuhr.

Er war zufrieden, die Pflicht als Vater zunächst erfüllt zu haben. Und er war froh, darin im Einvernehmen mit Katharina gehandelt zu haben. Es war in der Tat nicht einfach, einem gemeinsamen Kind die Richtung anzuzeigen, wenn man sich als Elternpaar uneinig, oder gar zerstritten war. Zum Glück hatten sich über die Jahre bei ihnen die Wogen geglättet! Auch, und besonders Julia hatte dabei mitgewirkt.

Katharina hatte von klein an ihre Erziehung übernommen, aber wichtige Fragen und Entscheidungen hatten sie zum Wohle des Kindes miteinander abgestimmt.

Auch Julia selbst hatte ihn als Vater nicht aus der Pflicht entlassen. Immer wieder hatte sie nach einem Beisammensein mit ihm verlangt. Und so hatten sie als Eltern von Zeit zu Zeit eine Zusammenkunft über ein Wochenende organisieren müssen. Fand es in St. Petersburg statt, kam sie natürlich in Begleitung ihrer Mutter, und damit hatten sich meist Wochenenden zu dritt ergeben, die sie anfangs etwas widerwillig hingenommen hatten. Mit der Zeit aber hatten sie bei jedem ein illusorisches Gefühl von Familie hinterlassen, besonders bei der Kleinen, deren Glück ihnen das Wichtigste war.

Nachdem Julias Werdegang vorbereitet war, und sie seit einiger Zeit ihren Weg beschritten hatte, schienen ihr, wie erhofft, die Schnupper-Studien recht interessant. Es war aber auch die neue Umgebung und das freie Leben, was gefiel. Sie hatte fremde Ansichten und Belehrungen, und neue Freunde kennengelernt, und sich in einer anderen Welt eingefunden, so wie Katharina einst in Tallin.
Nur mit dem Unterschied, dass Katharina für Tonga hatte lernen wollte, und Julia heute für einen Beruf nach Lust und Liebe.
Ihre Ausgeglichenheit erweckte nach außen hin den Eindruck, dass sie zufrieden sei. Das war sie auch bei der angenehmen Art und Weise, in absoluter Freiheit zu leben.
Sie erkannte die Gefahren nicht, die ein allzu gutes Leben in Bequemlichkeit mit sich brachte. Es machte träge gegenüber den Pflichten, die der Verstand auferlegte. Und mit der Zeit verwirrte es, und ließ nebensächliche Dinge wichtiger scheinen als das Notwendige.
Derjenige aber, der genug Verstand besaß, und dessen Faust eines Tages vernehmlich laut auf den Tisch schlug, erwachte aus seinen Trugschlüssen, bevor er auf Dauer darin versackte und das reale Leben an ihm vorbeiging.

Julia erinnerte sich nicht zu spät daran. Eine Weile hatte sie es zwar bei den üblichen Besuchen der Eltern verstanden, über ihre ungute Entwicklung hinwegzutäuschen; doch eines Tages wollte sie den Irrweg beenden.

Dies war nicht das Leben, das sie sich vorgestellt hatte. Und sie strebte damit nicht den Beruf an, den man nur mit Lust und Liebe erfüllen würde.

Beim nächsten Treffen mit ihren Eltern, zu dem sie beide bat, zu kommen, entschloss sie sich, den Vater um ein Studium in St. Petersburg zu bitten. Zum Einen aus Sorge, eh den Anschluss wegen der vernachlässigten Studien verloren zu haben, und zum Andern aus Sorge um sich selbst. Offenbar brauchte sie eine strenge Obhut, um nicht wieder einem legeren Leben zu verfallen. Nicht nur die Stadt, sondern auch die Richtung zu wechseln, schien ihr sinnvoll. Sie begründete ihr Anliegen damit, dass das bisherige Erlernte sie nicht genug überzeugt habe, den richtigen Berufszweig für sich zu finden.

Alexejs und Katharinas Pläne waren nicht aufgegangen, und es galt, die Enttäuschung ohne Streitigkeiten zu überwinden. Wahrscheinlich hatte Julia Recht, wenn sie es aus ihrer Unsicherheit heraus für besser hielt, in die Nähe des Vaters nach St. Petersburg zu gehen. Es schien auch den Eltern bei den geringen Erfolgen und der zu legeren Haltung ihrer Tochter notwendig. Damit übernahm Alexej die Bürde väterlicher Erziehung, und bot ihr ein Studium an einer Fakultät für Agrarwirtschaft und Gartenbau an, was nach den bisherigen missglückten Versuchen über eine moderne Betriebswirtschaftslehre mit gutem Marketing, dem Leben auf Tonga und auch ihren Neigungen, näher kam.

Zusammen ermöglichten sie ihr ein gutes Leben in St. Petersburg. Die Bedingung dazu wurde zwar nicht ausgesprochen, aber sie stand fest: Großzügigkeit gegen Leistung sollten sich ab jetzt die Waage halten!

Kontrollbesuche werde es nicht geben; Tonga, im Süden Estlands, war weit entfernt. Man setzte auf die nunmehr ernsten Absichten der Tochter und ihre Vernunft. Es war an der Zeit, sich zu bewähren!

Auch Alexej, als alleiniges Elternteil vor Ort, musste sich bewähren, die väterlichen Anforderungen zu erfüllen. Das Wohl der Tochter stand im Mittelpunkt, nicht mehr die zerbrochene Ehe mit Katharina. Trotzallem hatte Julia sie beide über die Jahre weiter verbunden; und diese Verbindung hatte auch ein wenig Vertrautes zueinander aufrecht erhalten und weiterleben lassen.

Mit den Jahren war sogar wieder soviel Sympathie entstanden, die es allen dreien leichter machte, ungezwungener miteinander umzugehen.

Die Pflichten auf Tonga hielten Katharina zwar gefangen, doch so oft es ging, fuhr sie nach St. Petersburg hinauf. Fast wie in früheren Zeiten. Damals hatte die Sehnsucht nach Alexej sie getrieben; heute war es die nach Julia.

Es hatte gewisse Parallele.

Auch nun, wo Julia in der russischen Stadt lebte, traf man sich hin und wieder im Severyanin, um gemeinsam zu essen und alles zu besprechen.

Katharina fand es seltsam. Man saß zusammen und speiste wie immer, und so wie damals, wenn sie kam – und doch war es ganz anders! Hier im Severyanin lag immer noch etwas von dem wehmütigen Schmerz einstiger Liebe und dem der großen Enttäuschung in der Luft. Es waren Jahre darüber vergangen, sie waren um zwei Jahrzehnte gealtert, und aus ihrem Kind am Tisch war eine erwachsene Frau geworden, schön wie Katharina damals; und dennoch ...

131

Wenn sie die Gläser hoben und sich in die Augen sahen, flogen immer noch Funken aus Alexejs dunklen Augen in die von Katharina: Funken aus einem inneren Herd, die das Herz wärmten.

Sie lächelte. Alexej blieb eben Alexej!

Doch ihr Herz war nur mehr von Julia bewohnt. Und so spürte er, dass er nur über sie, und mit Julia zusammen vielleicht einmal wieder Einlass darin finden könnte.

Alles bekam einen neuen Anfang.

Julia ihrerseits bemühte sich ernsthaft, mehr Leistung zu erbringen, und auch unter anderer Promesse. Die Themen interessierten sie, und in ihrem neuen Freundeskreis hatte sie ehrgeizige Vorbilder, die ihr Ziel erreichen wollten.

Es war ausgerechnet Maschas Anpflanz- und Kräuterkunde zur rechten Jahreszeit, die Mondphasen und das Klima, was die Gute ihr zu Hause auf Tonga vermittelt hatte, womit sie, wie eine Brücke ins Neuland, einen Anfang nahm. Als Kennerin der Regeln, die es im Praktischen zu berücksichtigen gab, gewann sie gleich an Beachtung und Anerkennung. Das Feuer der Wissbegierde war geweckt. Die Eltern, und auch Mascha, würden über ihre neuen Kenntnisse staunen. Im Stillen machte sie schon Pläne für die Zukunft. Tonga war ein großes Gut, auf dem sich auch viele neue Ideen verwirklichen ließen.

Katharina war zufrieden, und Alexej klopfte sich schon stolz auf die Brust. Über die Nähe des Vaters reiften offenbar die Früchte.

Es war Mai in St. Petersburg. Endlich Mai! Der nordische Winter hatte sich lang und hartnäckig gehalten, und erst nach stürmischen Kämpfen gegen die anstehende Jahreszeit seine Widerspenstigkeit aufgegeben, obwohl der Frühling ein milder Gegner war. Aber er war mächtig in sich: ließ die Eisschollen an den Ufern des Finnischen Meeres bersten und in seinen ersten Sonnenstrahlen schmelzen; und er brachte in Stadt und Land jedes Jahr die knorrigen, kahlen Äste der Bäume zum Grünen, und waren sie noch so alt. Er ließ die Bäume und Blumen wieder blühen und Vögel singen. Seine Lüfte waren lind und erweckten alles zu neuem Leben.

Eine aufhellende Frühlingsstimmung ging durch die Stadt. Sie erweckte alles zu neuem Leben, was sich während der langen kalten, lustlosen Monate zu lange unter einer dunklen Decke verkrochen hatte.

Die Menschen eilten auf dem Nevsky zum großen Kaufhaus Gostiny Dwor, und zu den kleinen Boutiqen, um ihre Garderobe mit etwas Frühlingshaftem aufzufrischen.

Man trank seinen Kaffee und aß sein Törtchen draußen an den Tischen vor den Cafès, anstatt drinnen, und genoss dabei die ersten warmen Sonnenstrahlen. Auch die heiße würzige Soljanka-Suppe, und eine Borschtsch, wurde draußen serviert, die man bisher nur in den warmen dunstigen Suppenküchen verzehrt hatte.

Aber unten an der Newa war es noch kühl. Die Sonnenstrahlen glitzerten zwar auf dem Wasser; aber sie zitterten noch vor der Kälte ihres Untergrunds. Die Bäume am Ufer aber begannen zu blühen, und die Vögel waren eifrig dabei, ihre Nester fertig zu bauen, und zu beziehen, bevor sich andere darin einnisteten. Ein Wettkampf war im Gange, überall, in der Luft und am Boden. Auch bei den Schwänen am Ufer. Mit starken langen Ästen schwammen sie herbei, um eine gegen die vorbeiströmenden Wellen stabile Brutstätte an den Rand zu bauen. Die kleinen schwarzen Wasserhühner und die Haubentaucher waren leichtsinniger. Sie begnügten sich dagegen mit winzigen, schwimmenden Nestern, selbst auf die Gefahr hin, dass sie die Newa davontrug. Aber der Fluss war geduldig und ließ Jahr für Jahr neues Leben an seinen Ufern entstehen.

Alles wiederholte sich.

Auch die „Biely Nochi", die weißen Nächte von St. Petersburg, wenn von Ende Mai bis in den warmen Juli hinein die Sonne nicht mehr unterging, und die nächtliche Dämmerung im fahlen Licht des Morgengrauens versank:

Dann war sie da, die schöne Zeit, auf die sie alle warteten: Sommersonnenwende!

An der Newa waren es Nächte der Freude und Geselligkeit, der Fröhlichkeit und des Angenehmen. Aber auch Nächte der Versuchung. Nicht alle sahen nur auf die Brücken, die sich vor den Schiffen erhoben, sondern sich auch zu tief in die Augen, so wie einst Alexej und Katharina.

Zusammen mit seinen Studienfreunden war auch Kolja in diesen Nächten unterwegs, obwohl die Vorbereitungen fürs medizinische Examen kaum eine Abwechslung erlaubten. Er hatte sich auch eigentlich nur dazu überreden lassen. Die weißen Nächte an der Newa bildeten eine Ausnahme. Für einen russischen Studenten in dieser Stadt gehörte es fast zur Pflicht, daran teilzunehmen. Dieses Ereignis gehörte zu ihrer Stadt, wie die Brücken über den Fluss, und die Kirchenkuppeln über den Dächern.

Obwohl sie mehr oder weniger in fachlichen Diskussionen mit sich selbst beschäftigt waren, folgten sie dem Spektakel an der Newa, und waren auch nicht abgeneigt, einer schönen Frau zu begegnen. Kolja war es, den der Blick von Julia traf, die mit ihren Freundinnen in der Nähe stand. Bald schon zogen sie zusammen lachend und diskutierend am

Ufer der Newa entlang. Sie waren jung; und die Sommernächte waren auch zum Verlieben da.

Während einige sich näherkamen, führten Julia und Kolja ernste, nüchterne Gespräche, die nicht in diese romantischen Nächte hineinpassten. Koljas Pläne, in ein fernes armes Land zu gehen und dort zu praktizieren, interessierten Julia. Nicht nur die Idee, sondern auch der Entschluss, das eigene Leben allein in die Hand zu nehmen und ihm einen anderen Sinn zu geben, imponierten ihr. Bisher war es ihr verwehrt geblieben, rein das zu tun, was sie wollte.

Kolja tat es.

„Und wie willst du dort leben?" fragte sie ihn.

„Wie die anderen", sagte er.

„Genau so arm"? Er nickte und meinte: „Wie sonst?

„Unser komfortables Leben ist doch nicht nötig!" sagte Kolja. Wichtig ist das, was wir zu bieten haben: unser Wissen, unsere Kraft und unser Herz!" fügte er hinzu.

Es zeigte Julia, dass er eines hatte. Sie war beeindruckt von all seinen Idealen, und verglich mit sich selbst. Welch selbstsüchtiges Leben führte sie, verwöhnt seit der Kindheit! Alles was belastet hatte, war ihr von irgendwem abgenommen worden. Koljas zukünftiges Leben würde kein verwöhntes, einfaches werden, sondern ein vollkommen selbstloses.

Sie bewunderte ihn! Tage- und Nächtelang ging es ihr nicht mehr aus dem Kopf. Soviel sie dabei über ihr Leben nachdachte, schämte sie sich einer gewissen Nutzlosigkeit, die sie vergleichsweise empfand. Gewiss würde ihr künftiger Beruf auch von Nutzen sein. Ja, von Nutzen für Tonga! Immer nur Tonga! Und ob, war noch die Frage? Dort würde es nicht gebraucht aus Bedürftigkeit und Not. Tonga ginge auch ohne ihre Hilfe nicht unter.

Aber die Menschen irgendeines armen Landes! Zusammen mit Kolja könnte auch sie Gutes bewirken, „Jeder mit seinem Wissen", hatte er gesagt. Mittlerweile besaß sie soviel davon, dass es möglich war, armen Menschen zeigen zu können, wie sie ein Stück Land urbar machen und nutzen konnten. Ihr Leben würde sich verbessern, wenn sie sich selbst ernähren könnten. Das genau war der Sinn aller Hilfe. Und sie, Julia, wäre imstande, ihren Beitrag dazu zu leisten.

Der Gedanke daran ließ sie Tag und Nacht nicht mehr los. Beim nächsten Treffen musste sie mit Kolja darüber reden. Seine Meinung dazu war ihr wichtig. Er hatte sich vorab schon die nötigen Unterlagen besorgt und kannte die Bedingungen, die auch von den behördlichen Stellen jener Gebiete gestellt wurden. So wie Kolja wollte auch sie mit abgeschlossenen Prüfungen gehen, und so war es an der Zeit, sich darauf vorzubereiten.

Kolja sah sie lange prüfend an, als sie ihm von ihren Ideen berichtete. Man kannte sich noch nicht gut genug, um einander richtig einzuschätzen. Aber der Gedanke gefiel ihm, eine Mitstreiterin im Kampf ums Überleben der Armen gefunden zu haben. Die Argumente, auch ihr Wissen dort einbringen zu können, schienen einleuchtend und gut.

So wurde gemeinsam weiter an dem Faden gesponnen, bis auch Julia den Entschluss getroffen hatte. Wie die Pläne zu verwirklichen waren, werde man sehen. Wo ein Wille war, gab es auch einen Weg!

Nach einem Besuch in der Marinevsky-Concert-Hall mit ihrem Vater, ergriff Julia die Gelegenheit, mit ihm darüber zu reden. Sie glaubte, er würde es ihr, im Vergleich zu ihrer Mutter, etwas leichter machen.

Doch sie hatte sich geirrt! Er war von der Nachricht ge-
schockt, und es machte ihn stumm. Bisher hatte er viel Verständnis für seine Tochter aufgebracht, weil er sie liebte. Er
und Katharina hatten alles für sie getan, um sie auf einen
richtigen Weg zu bringen, damit es ihr gut ging. Ihre neue
Idee jedoch brachte alle bisherigen Erfolge und Pläne zu
Fall. Besonders Katharina hatte große Hoffnungen in sie
gesetzt, auch im Hinblick auf das Gut. Julia war die einzige,
die es erben und weiterführen sollte. An Tonga hatte sie ein
gutes Zuhause und eine gesicherte Zukunft, komme was
wolle.

Ein beklemmendes Gefühl überkam ihn, als er daran dachte, es Katharina beibringen zu müssen, dass die Tochter sie
verlassen wollte, um in ein fernes Land zu gehen. Es würde
unsagbar schwer für sie werden, Abschied von ihr zu nehmen, und von allem, was sie sich von ihr erhofft hatte. Statt
sich mit Julia zu begeistern, enttäuschte es auch ihn selbst,
und er konnte es nicht verbergen.

Während sie noch einen abschließenden Drink in einem
Nachtcafè nahmen, sprudelten die neuen Ideen mit einer
Begeisterung aus Julia heraus, dass er sich wunderte, wie
weit sie schon in einzelnen Schritten zu festen Plänen gereift waren. Es schien ihr wirklich ernst zu sein. Schweigend ließ er ihren Wortschwall über sich ergehen.

Am Ende meinte er:

„Wir müssen mit deiner Mutter darüber reden!"

Sie gingen auseinander, jeder in Gedanken und auf seine
Weise enttäuscht.

Die Zeit mochte die erregten Gemüter dämpfen. Und vielleicht einen Rat bringen.

Die Weizenfelder standen schon im warmen, leuchtenden Gelb, als sie in der langen Pappel-Allee auf das große Haus zuging. Der Gedanke, bald weit davon entfernt zu sein, bedrückte sie plötzlich; ebenso wie die Sorge, auf welche Weise die Mutter ihre Nachricht auffassen würde.

Es tat gut, dass sie beim Einbiegen in den Hof Maschas Lieder aus dem Garten hörte. Sie tat ihren üblichen Freudenschrei, als Julia unerwartet zwischen den Beeten auf sie zukam.

„Wie geht es Dir, meine Kleine?" fragte Mascha gleich besorgt. „Du siehst sehr angespannt aus! Ich muss dir wohl gleich wieder einen Grießbrei kochen mit frischem Himbeer-Mus. Schau, ich habe heute schon eine Schüssel voll geerntet!"

Julia lächelte und nickte. Aber es lag Wehmut darin.

„Ach Mascha! Meine gute Mascha!"

Sie setzten sich auf die alte Bank hinter den Sonnenblumen, und Mascha wartete geduldig auf das, was kommen musste. Denn da gab es etwas Größeres, dass ihr Patenkind bedrückte. Fürsorglich nahm sie ihre Hände in die ihren, und mit wenigen Sätzen war das Geheimnis offenbart.

Mascha schwieg dazu. Was sollte sie ihr sagen? Es stand ihr nicht zu; es war Sache der Eltern. Was sie selbst im Herzen fühlte, war ihr eigenes Problem.

„Sag doch was! Mascha!" drängte Julia.

Mascha nahm einen tiefen Atemzug und sagte das, was sie dachte: Julia musste mit ihren Eltern reden.

Es war an der Zeit, in die Küche zu gehen.

Als sie über den Hof zum Eingang gingen, meinte Mascha:

„Dabei sollte es ein besonderer Tag werden! Wir haben nämlich Besuch!"

„Wer ist gekommen?"

„Erstens: dein Vater, und zweitens: ein netter junger Herr!"

„Kenne ich ihn?"

„Ich weiß nicht? Ich glaube nicht!"

Es dämmerte schon, als sie von den Koppeln kamen, auch Alexej und Michail. Katharina begrüßte ihre Tochter überschwänglich und herzlich. Julia war erleichtert. Die Mutter schien ahnungslos zu sein. Oder etwa doch verständnisvoll, nachdem der Vater sie vorbereitet hatte?

Der Abend war schön und lang. Sie saßen mit ihrem Gast draußen am Tisch unter der Kastanie und führten interessante Gespräche. Den anderen war alles wichtig; Julia nur das, was ihr auf dem Herzen lag. Doch hier und heute war nicht die Gelegenheit, darüber zu sprechen; denn der Gast stand im Mittelpunkt.

Sie fragte sich, warum er wohl da war? Gerade jetzt? Wer hatte es arrangiert? Sie war ihm nie hier begegnet. Sein Vorteil war, dass er ein angenehmer Mensch war, und intelligent. Man langweilte sich nicht mit ihm.

Er war Veterinär mit eigener Praxis, speziell für Pferde, und hatte in den letzten Jahren von Julias Abwesenheit auch immer wieder auf dem Gut zu tun. Katharina lag das Wohl ihrer Pferde besonders am Herzen; und so hatte sie ihn zum Wochenende eingeladen, an dem auch die Tochter anwesend war. Man hätte es so sehen können. Aber Julia kannte die Schachzüge der Mutter.

Als die Eltern zu später Stunde die Müdigkeit überfiel, sah sie sich plötzlich allein mit ihm.

Michail zeigte sich von seiner glänzenden Seite. Er war ein studierter Mann mit guter Existenz, hatte eine umgängliche Art und ein nettes, angenehmes Äußere. Und er war ungebunden! Es gab nichts, was gegen ihn sprach. Wenn da nicht Kolja mit seiner Idee gewesen wäre!

Sie saßen und redeten bis spät in die Nacht. Es war kaum zu übersehen, dass er mit deutlichen Annäherungs-Versuchen daran interessiert war, die Tochter des Guts kennenzulernen. Es schmeichelte zwar; aber Koljas disziplinierte Art mit ihr umzugehen, und ihre gemeinsamen Pläne, standen zwischen ihnen.

Am anderen Morgen verabschiedete sich Michail von ihr in der Hoffnung auf ein baldiges Wiedersehen.

Der Rest des Tages gehörte der Familie. Auf langen Spaziergängen wurde der Grund von Michails Einladung offenkundig. Die Mutter hatte von ihren Plänen gewusst und sie geschickt verdrängt und übergangen. Doch nun führte kein Weg mehr daran vorbei, das Problem zu besprechen.

Die Natur war lieblich, und es war warm: ein schöner Tag für einen harmonischen Familienausflug ins Freie. Doch sie wurden begleitet von einer bedrückenden Spannung, die sich zu entladen drohte.

„Julia, was willst du eigentlich? Jetzt, wo du einen so guten Weg eingeschlagen hast?" fragte Katharina und sah sie an.

„Das sind wahnwitzige Pläne! Zu waghalsig für die verwöhnte Tochter eines Gutsbetriebes, die zu Hause eine gesicherte Zukunft hat!" war die klare Antwort der Mutter.

Alexej mischte sich ein:

„Deine Mutter hat recht, Julia! Es wird Zeit, dass du deinen klugen Verstand einschaltest, und nicht wieder nur nach deinen Neigungen leben willst, die jeden Tag anders sind!"

Eine harte Stellungnahme nun auch vom Vater. Es forderte sie geradezu heraus, auf ihrem Standpunkt zu bestehen.

„Versteh doch, Papa", bat sie ihn; „Es ist mir ein Bedürfnis, das zu tun. Nicht nur, weil es etwas anderes ist, sondern aus demselben Grund wie Kolja. Sieh doch das Gute daran!" Verzweifelt unterdrückte sie ihre Tränen.

„Und wo bleibt das Gute, das du für Tonga tun willst?" fragte Katharina unbeeindruckt. „Wir brauchen dich hier!"

„Ich verstehe dich ja, Mama. Du siehst in mir die Erbin für Tonga, genauso wie es Opa Victor immer getan hat. Warum muss ich denn in diese Erbschaftsrolle hineingezwungen werden, wenn ich es nicht will? Nur weil ich hier geboren bin? Weil es eure Vorstellung ist?

Aber eure Pläne sind nicht meine Pläne! Ich denke und fühle anders!" gab sie zu bedenken.

„Die Welt ist groß und weit. Sie hat für mich zwar auf Tonga und in St. Petersburg begonnen, aber sie hört nicht dort auf. Wenn ich in die Fremde gehe, würde ich gerne Eltern haben, die mich verstehen und damit einverstanden sind", bat sie. „Ihr beide seid doch aufgeschlossene und weltoffene Menschen, im Vergleich zu denen, die nicht über ihren Tellerrand hinausblicken. Heute in unserer globalen offenen Welt, in der wir um das Schicksal der Armen wissen, sollten wir ihnen doch helfen, oder?"

Julia kämpfte mit allen Argumenten für ihr Vorhaben. Sie verstand es, in allen Problemen stets das Einverständnis der Eltern zu erhalten. Selbstbewusst, wie sie war, sah sie dann den Erfolg in ihrer Überzeugungsarbeit.

Doch immer geschah es aus Liebe.

Sie gingen und schwiegen, waren müde geworden von den vielen vorausgegangen Bemühungen um die Zukunft der Tochter und ihrer neuen Ideen. Auch heute kreisten die Gedanken wieder im Kopf; doch es war wie immer: Sie fühlten sich geschlagen!

„Wenn es nur nicht am Ende der Welt wäre!" stöhnte Katharina. „Ich werde krank werden über den Kummer um Dich!"

Sie stolperte über eine Wurzel, und Alexej fing sie auf. Für einen Moment fühlte sie sich in seinen Armen geborgen, und ließ im Weitergehen seine Hand nicht mehr los.

Julia bemerkte es kaum. Aber für die beiden war es wieder einer der kleinen Schritte in ein gemeinsames Leben.

Mit ihren Plänen verteidigte sie auch Kolja.

„Er wird sich für die Gesundheit der Armen opfern. Ohne Bezahlung! Das ist doch reiner Idealismus! Wo gibt es ihn noch in einem gutsituierten Land auf der Welt, in dem sich letztendlich alles nur ums Eigenwohl und ums Geld dreht?"

„Und wie willst du leben mit einem Mann als Idealisten, dem das Geld nichts bedeutet?" fragte Alexej.

„Wir sind nur Freunde und verwirklichen unsere gemeinsamen Ideen!" entgegnete sie.

„Aber du bist eine junge Frau und unsere Tochter. Wir werden uns um dich sorgen, wenn du allein dastehst irgendwo in einem fernen unzivilisierten Land, wo Not herrscht", gab er ihr zu bedenken.

„Ich kann selbst für mich sorgen!" sagte sie lachend.

„Und Kolja ist da!"

„Ach Julia! Du gehst zu unbekümmert und naiv in dein ungewisses Leben", sagte Katharina. „Sei dir bewusst, dass wir dir so weit entfernt nicht helfen können! Du bist doch keine Romantikerin! Warum willst du nicht, dass es dir gut geht?"

„Es geht mir gut, wenn ihr mich mein Leben leben lasst! Springt doch einfach nur über euren Schatten des Gewohnten! Und denkt darüber nach, dass die junge Generation auch andere Pläne hat. Und dass es sie heutzutage in ferne

Länder treibt! Eure Tochter ist ein Kind der modernen Zeit und will anders leben und arbeiten, sonst nichts!"
Als sie zu Hause die Treppen zum Portal hochstiegen, nahm sie es noch leichter und meinte lachend:
„Nehmt's leicht! Eure Tochter ist eine Nomadin der Neuzeit! Und Nomaden kann man nicht aufhalten!"

Ein Stein war vom Herzen gerollt, auch wenn es zu ihrem Vorhaben keine Zustimmung gegeben hatte. Sie war volljährig und mündig, und voll von Hoffnungen und Selbstvertrauen. Die Eltern waren darüber informiert und würden es noch verstehen lernen. Eltern verstanden doch immer; und Eltern waren stark!
Anders war es jedoch mit Mascha. Sie war gealtert, und größere Probleme bewältigte sie nicht mehr. Ihr Patenkind Julia lag ihr sehr am Herzen. Sie schien das kurze Gespräch im Garten nicht ganz wahrgenommen zu haben, oder sie verdrängte es, weil es ihr zu unbegreiflich war.
Es würde Mühe kosten, sie schonungslos aufzuklären.
Die Gelegenheit ergab sich, wie schon immer, in der Gutsküche bei einem frisch gebackenen Reiskuchen und Maschas süßem Himbeer-Mus.
Julia versuchte es noch einmal. Sie konnte Mascha nicht verlassen, ohne wiederzukommen. Sie würde endlos warten und es nicht verstehen.
Mascha ließ sie reden und hörte zu, als ob sie es verstünde. Dann sah sie sie an und fragte:
„Julia, träumst du?"
„Nein, Mascha!"
Doch Mascha war der Meinung. „Du lebst in der großen weiten Welt oben in St. Petersburg, und hast viel zu lernen

und zu denken. Das hat dich ganz wirr gemacht, meine arme Kleine!"

„Ach Mascha! Versteh mich doch. Ich will doch nicht weggehen, ohne dass du begriffen hast, warum!" bettelte sie.

„Weißt du", sagte Mascha, „Träume passen nicht in meine Welt. Sie sind etwas für Menschen, die unzufrieden sind mit ihrem Leben. Und das bin ich nicht!

Dein Problem ist groß, zu groß für mich. Ich denke nur mehr im Kleinen. Hier in meiner Küche ist mein Reich, und im Garten. Das genügt mir!"

Julia berührten ihre einfachen Worte und ihre Zufriedenheit. Sie fand sie beneidenswert.

„Jetzt muss ich mich der Himbeer-Marmelade annehmen; sonst brennt sie noch an!" entschuldigte sich Mascha und ging zum Herd. Heiß dampfte es aus ihrem großen blauen Emailletopf, und der Himbeerduft zog durch die Küche.

Während sie die Marmelade rührte, überlegte sie, um doch noch einen Rat geben zu können:

„Hör auf dein Herz, Julia! Aber du musst auch deinen Verstand gebrauchen!" mahnte sie. „Und lass dir Zeit! Schwere Entscheidungen trifft man nicht so schnell, sonst bereut man sie!" sagte Mascha. Dann rührte sie weiter in ihrer Marmelade, die gerade das Wichtigste war, und mit der sie wohl zufrieden war.

Mascha würde weiter zufrieden in Haus und Hof ihre Arbeit tun, bis sie tot umfallen würde, und ihr Leben erfüllt war.

Oben auf dem Hügel neben den anderen wollte sie begraben werden, hatte sie einmal gesagt, weil man von dort einen weiten Blick habe, fast bis zum Finnischen Meer.

Julia hatte sich zu einer schnellen Abreise entschlossen. Sie vermied es, Abschied von Tonga zu nehmen, vorallem nicht von den Menschen, die sie liebte. Es tat auch ihr plötzlich weh.

Zusammen mit Alexej verließ sie das Haus in der Früh.

Unter den Augen von Anna und Viktor in der Eingangshalle umarmte Katharina ihre Tochter zum letzten Mal, bevor sie ging.

Der frühe Morgen war dunstig und neblig, und in seiner Stille schallte jeder Schritt. Laut wie ein Widerhall, und schmerzlich, pochte es auch im Herzen Katharinas. Draußen auf den steinernen Treppenstufen sah sie den dunklen Silhouetten nach und lauschte ihren dahineilenden Schritten, bis eine weiße Nebelwolke sie am Ende der Pappel-Allee verschluckte.

Mit schweren Schritten ging sie zurück in das stille Haus, das ihr so groß und kalt vorkam wie noch nie. Mit zitternder Hand zündete sie das Licht an in der Laterne, die unter der Galerie stand. Traurig blickten Victor und Anna sie an: Die Erbin von Tonga, mit der alles weitergehen sollte, hatte sie verlassen!

Das Kerzenlicht flackerte über die stillen Gesichter.

Durch den nassen Schleier vor Katharinas Augen schienen sie mit ihr zu weinen.

Nachdem Julia und Kolja St. Petersburg verlassen hatten, war für Alexej die Zeit der Staatspension gekommen, und sein Leben änderte sich wie seine Bedürfnisse.

Mit der Pensionierung und Julias Weggang aus der Stadt gab keine Verpflichtung mehr, und sein Alltag wurde still und leer. In den vertrauten Räumen seiner Wohnung nistete sich ein Gefühl von Einsamkeit ein, das er nie zuvor gespürt hatte. Bewegte er sich in den belebten Straßen inmitten der Menschen, in den Metrostationen, und selbst wenn er allein an einem Tisch zwischen anderen Gästen saß, um etwas zu essen oder zu trinken, war ihm alles zu unruhig und unpersönlich. Und was viel schlimmer war: es ließ ihn seine Einsamkeit spüren. Er war auch vorher oft allein zum Essen gegangen und hatte sich überall in der Stadt bewegt, aber souverän mit einem guten Selbstbewusstsein. Nun, wo es bröckelte, machte es ihn zum einsamen Mann, der langsam vor sich hin alterte.

Das was früher seinen Reiz hatte an Vergnügungen und Abwechslungen, lockte ihn nicht mehr. Ein ganzes Leben lang hatte er alles genossen, was die Stadt geboten hatte, auch an kulturellen Dingen. Das Leben in St. Petersburg hatte ihm viel Freude geschenkt. Und manche Liebe! Alles hatte er zur Genüge genossen.

Doch nun war er plötzlich mit Wenigem zufrieden. Die alltäglichen Beschäftigungen genügten ihm, und sie füllten die Stunden des Tages. Er versuchte sich in den üblichen Einkäufen zum Kochen einfacher Mahlzeiten, seit die gewohnte Wirtschafterin ihn aus Altersgründen verlassen hatte. Mit ihr hatte er seinen verwöhnten Status verloren, und im Alter seine Hilflosigkeit erkennen müssen. An eine neue Kraft mochte er sich nicht mehr gewöhnen und sich ihren Bedingungen anpassen. Das Alter und die Gewohnheit machten eigensinnig. Sooft er bei der Ausübung seiner neuen Arbeiten an seine Grenzen stieß, fühlte er seine Abhängigkeit von Menschen, die bisher für ihn da waren und für sein Wohlergehen gesorgt hatten; und das Selbstbewusstsein litt erneut.

An den Abenden sah er fern oder las, und in den zunehmend schlaflosen Nächten grübelte er über Schönes und Ungutes in seinem Leben, und über die Menschen, die einmal mit ihm zusammen waren.

Dazu hatte auch Lara gehört, die viele Jahre sein Petersburger Leben versüßt hatte. Eines Tages hatte sie ihn wegen eines reichen Oligarchen verlassen, und war mit ihm nach Moskau gezogen. Karina, seiner Jugendliebe, mit der er währenddessen zwei Jahrzehnte lang in einem eheähnlichen Zustand lebte, hatte das Verhältnis nichts ausgemacht, weil sie sich in einem eigenen Freundeskreis vergnügte. Man lebte frei in St. Petersburg. Nur so konnte sich jeder entwickeln. Das Leben blieb darüber reizvoll und angenehm, und die Beziehungen zufrieden.

Die estnischen Frauen schienen ihm dagegen nicht so großzügig zu sein. Sie setzten mehr auf das reale, normale Leben und auf Stetigkeit im Beisammensein. Die Zufriedenheit, die sich daraus ergab, war ihr Glück.

Die Ehe mit Katharina war über sein Petersburger Leben zerbrochen. Sie als Frau hatte er ungern verlieren wollen, und er hatte sie vermisst; aber das angestrebte Familienleben hatte ihm wenig bedeutet. Nach Jahren hatte er erst über das Heranwachsen von Julia Gefallen daran gefunden und war mehr und mehr stolz geworden, eine so große, schöne Tochter zu haben, die äußerlich ein Ebenbild ihrer wunderbaren Mutter war.

Heute sehnte er sich fast danach, in einer familiären Atmosphäre zu leben, so wie es sie auf Tonga gab. Wenn er dort mittlerweile zusammen mit Katharina über die Feldwege zu den Koppeln ging, oder durch die Wälder, um nach dem Wild zu sehen, und auch bei den gemeinschaftlichen Essen mit allen in der Gutshof-Küche, oder draußen unterm Kas-

tanienbaum saß, fühlte er sich eingebunden und zugehörig.
Dann gab es keine Einsamkeit, die am gesunden Leben nagte, und den Sinn für die Freuden nahm.
Solange Victor gelebt hatte, hatte er Abstand halten müssen, und war nur ein geduldeter Gast gewesen. Aber seitdem behandelte man ihn mit der gebührenden Achtung, die
ihm als Immer-Noch-Ehemann der Herrin zustand, und einige sogar recht entgegenkommend und freundlich.

Katharina tolerierte es, so wie es war.
Sie hatte nichts mehr gegen seine Besuche einzuwenden,
die er von Zeit zu Zeit auf Tonga machte. Die gemeinsame
Tochter hatte oft für einen Grund zu Gesprächen und Über-
legungen gesorgt. Selbst nun wo sie fort war, und gerade
deshalb, war die Lücke, die sie bei ihnen hinterlassen hatte,
groß und leer, und sorgte weiter für einen Zusammenhalt.
Es hatte für beide etwas Vertrautes, Beruhigendes, und
vermittelte das Gefühl, nicht allein zu sein.
Sie kannten sich gut genug und lange, um auf einer Ver-
trauensbasis über alles reden zu können, und sich offen zu
geben, ohne dass der eine dem anderen etwas vormachte.
Alexej begriff, dass auch dies eine Freiheit war: eine andere
als gewohnt, und von besonderem Wert! Es war wohl die
Erstrebenswerte, die die gewissen Frauen aus dem Leben,
wie Katharina eine war, in einer dauerhaften Beziehung
erhofften. Er, Alexej, hatte diesen Wert leider erst aus seiner einsamen und unzufriedenstellenden Lage heraus erkannt, und das war beschämend.
Über seine Frage an Katharina, ob er auf Dauer dableiben
könne, legte er seinen ganzen Stolz ab, der sein Selbst-
bewußtsein bisher getragen hatte.
Sie sah ihm zweifelnd in die Augen:

„Bist du dir sicher?" wollte sie wissen.

„Für launische Entschlüsse und Abwechslungen bin ich nicht mehr zu haben!" sagte sie ernst und bestimmt.

„Ja! Es ist mein Ernst, Katharina! Ich möchte bei dir sein, jetzt wo Julia nicht mehr da ist! Es ist nicht gut, wenn wir beide im Alter allein sind!"

Sie richteten ihm einen kleinen Wohnbereich im Gutshaus ein, dem er mit einigen seiner Petersburger Möbelstücken eine vertraute Atmosphäre gab.

Als er zur Ruhe kam, fühlte er sich in einem normalen Leben angekommen.

Zwischen zwei Welten

Kathmandu lag schon im Lichtermeer unter ihnen, als sie in der Dämmerung landeten. In den Ebenen von Nepal ging die Sonne früher unter. Wenn sich die Täler zwischen den Bergen schon mit Dunkelheit gefüllt hatten, lag die Vorgebirgskette des Himalaya noch lange in einem rosaroten Schein der sinkenden Sonne, ruhig und still. Nur ihre weißen Gipfel ragten erhaben aus dem roten Schleier. So hoch und weiß wie sie waren, schienen sie nah, als würden sie die Stadt eingrenzen, obwohl sie noch ein paar Meilen entfernt waren.

Nordwestlich der Stadt überragten die beiden himmelhohen Gipfel der Annapurna die der anderen. Und nordöstlich war es der des Mount Everest mit seinem 8850 m hohen Königsthron, als der Höchste von allen. Wie ein Wächter zwischen Himmel und Erde stand er da, majestätisch und mächtig in seinem unvergänglichen frostigen Weiß, das nicht einmal die Sonne zum Schmelzen brachte.

Voller Ehrfurcht schauten die Menschen zu ihm hinauf.

Er war es gewohnt, bewundert und bestaunt zu werden. In seiner Unnahbarkeit ließ er sie Sehnsucht und Furcht empfinden. Aus seiner kalten weißen Welt sah er auf sie herab, und auf die, die da kamen, ihn zu bezwingen.

Bezwingen? Er war der Größte, den man nicht bezwang, sondern seine Kräfte an ihm erprobte, weil man ein Abenteuer suchte. Er ließ sie alle gewähren; seinem Eispanzer machten die Einschläge der spitzen Eispickel nichts aus. Er sah, wie langsam und keuchend sie sich die steilen Schneeflanken hinauf mühten, und durch die Eisrinnen kletterten, in bisher größter Kraftanstrengung ihres Bergsports.

Sie waren allemal mutig und stark; aber sie machten an ihm existenzielle Erfahrungen zur Selbsterkenntnis. In jeder Minute wurde ihnen klar, dass sie nicht Bezwinger, sondern geduldete Gäste des Berges waren. Das spürten die einen!

Es waren die, die wussten, dass ein bezwungener Berg am Ende nicht allein ihr Verdienst war, sondern dass es ihnen vom Schicksal vergönnt worden war, und vom Berg selbst.

Der Grat zwischen Grab und Gipfel war schmal, wie eine Brücke zwischen dem Dies- und Jenseits.

Der Everest war ein gütiger Herr. Die Geschicktesten und Stärksten unter ihnen ließ er ein Gipfelglück erleben.

Aber nur kurz! Sein Gipfelhaupt war nicht für einen längeren Aufenthalt von Menschenkindern geschaffen. Sie hatten zwar die Todeszonen durchschritten; aber die Atmosphäre auf seinem Gipfel vertrugen sie nicht! Sie nahm ihnen die

Luft zum Atmen und verwirrte ihren Geist: die Dinge, die sie beim Abstieg brauchten!

In verschiedenen Bewusstseinsstufen ließ er sie das empfinden, was es dort unten nicht gab: ein seltsames Glücksgefühl unter Tränen, eine Erhabenheit über den Alltag, und einen klaren Blick auf die Bedeutung des eigenen Lebens aus übergeordneten Sphären. Ebenso war er imstande, den Geist in Halluzinationen aus der Wirklichkeit zu entführen, – war er doch dem Himmel so nah!

Doch es gab da auch noch die anderen: die ihn aus reiner Abenteuerlust bezwingen wollten. Die, die sich überschätzten. Und ihn unterschätzten! Es waren die, die in ihrem Ehrgeiz wieder einen persönlichen Sieg in einem sportlichen Wettkampf erleben wollten: der Erste zu sein, oder gar der Einzige. Er lehrte sie das Fürchten und verlangte einen hohen Preis für den Sieg. Doch der war manchmal zu hoch, auch für die armen Sherpas, die sich mit den Lasten der Anderen das Geld für ihre Familien verdienten. Verlor der Eine oder Andere von ihnen sein Leben, stand die Familie in irgendeinem abgelegenen Bergdorf vor dem Nichts.

Es war überall dasselbe, wie zu allen Zeiten. Die Erfolge am Berg wurden auch auf den Rücken der Ärmeren erzielt: am Everest, in den Anden und am Kilimandscharo! In den Bergsteigerzeiten war es eine Verdienstmöglichkeit für die armen Sherpas, die sie gerne nutzten; denn sie waren die Menschen, die an ein Höhenklima und an die Gefahren der Berge gewöhnt waren; und sie wussten normalerweise, wie man seine Kraft am Berg einteilen musste. Doch immer war es der Berg selbst, der willkürlich über Steinschlag, Lawinenabgänge und Wetterkapriolen Opfer forderte, oder gar beim Queren seiner Gletscher die Schneebrücke über einer verdeckten Spalte einbrechen ließ. Gewiss: man konnte die Wetter einschätzen; aber sie waren launenhaft. Eine gewagte Bergtour in gewaltige Höhen war überall eine unberechenbare Sache, besonders wenn die Wildheit der Naturgewalten sich auslebte, auf dem Berg wie auf dem Meer!

Für die meisten Fluggäste, die in Kathmandu landeten, war der Berg das Ziel. Nicht für Julia und Kolja!
Sie hatten keine Pläne, die hoch hinauf bis an den Rand des Himmels führten. Die kleinen Bergdörfer auf der Vorgebirgskette des Himalaya mit ihren armen Menschen an den Hängen über der Sun Khosi-Schlucht, interessierten sie. Bis auf 2000 m hinauf erstreckten sich die ärmlichen Streusiedlungen, fast abgeschnitten von der zivilisierten Welt. Oberhalb waren sie begrenzt durchs Gebirge, und unten durch den Sun Khosi, der durch die Schlucht rauschte, um später im großen Ganga zu landen, dem heiligen Ganges!
Zusammen mit ihm würden seine Wasser am Ende ihrer Reise bei Calcutta, vielverzweigt in den Golf von Bengalen fließen. Die Meere der Erde hatten einen großen Schoß.

Wie von einer Agentur zugesagt, wurden Julia und Kolja am nächsten Morgen abgeholt. Der Weg in die Bergdörfer war bei Dunkelheit nicht möglich. Tilak, der Organisator in den Dörfern, hatte einen jungen freundlichen Nepalesen mit einem Geländewagen losgeschickt, sie zu holen.
Die Fahrt war eindrucksvoll, spannend und holprig. Das schwere Erdbeben vor einigen Jahren hatte erhebliche Schäden hinterlassen, die Fahr-und Fußwege teilweise behinderten, oder gar streckenweise blockierten. Erdrutsche und Steinquader hatten wohl auch an verschiedenen Stellen den Fluss gestaut. In seiner Schlucht hatte er nicht allzu

viel Platz, auszuweichen. Aber seine Wasserströmung hatte es geschafft, sich einen Weg hindurch zu bahnen. Wilde Wasser ließen sich nicht aufhalten, um an ihr Ziel kommen.

Die beiden Reisenden waren in einer anderen Welt gelandet. Die Sonne schien auf die ärmlichen Berghäuser, als sie ankamen und machte die Armut etwas freundlicher. Ein freundliches Willkommenslächeln lag auf den braunen Gesichtern der Menschen, die nach draußen gekommen waren, sie zu begrüßen: Alte, Junge und viele Kinder.
„Namastè!" sagte man zur Begrüßung. Julia und Kolja konnten den Gruß nur freundlich nickend erwidern. Es würde lange brauchen, die Sprache zu erlernen.
Die Blicke der Menschen waren einladend; vielleicht auch zweifelnd und fragend, ob und wie diese beiden jungen Menschen aus einer anderen Welt helfen könnten, ihr Leben zu verbessern.
Man führte sie zu einem der kleinen Häuser, die sie für sie herrichten wollten. Frauen und Kinder waren noch dabei, aus Lehmstücken Ziegelsteine zu schlagen, um sie fertigzustellen. Doch es würde noch dauern. Vorübergehend hatte man für jeden von ihnen beiden einen Schlafplatz in einer Familie vorgesehen.
Julias Gastfamilie bestand aus Großeltern, der Schwiegertochter Shari und ihren Kindern, und in der Nacht auch aus Hühnern, jungen Ziegen, dem Schwein und einem Hund: alle in einem Raum, hatte man ihr gesagt.
Es würde Überwindung kosten.
Beim Auspacken der wenigen persönlichen Sachen auf eine Ecke der Schlafstelle sahen ihr die Kinder zu, ob nicht irgend etwas Essbares zum Vorschein kam. Ein paar Süßig-

keiten waren dabei, die sie den kleinen ausgestreckten Händen geben konnte.

Kolja und Julia sahen, dass es die Frauen mit ihren Kindern waren, die die Männerarbeit verrichteten. Die Väter hatten saisonbedingte, oder auch feste Jobs in Kathmandu und in den Tälern. In den Bergdörfern ließ sich kein Geld verdienen.

Solange sie bei ihren Gastgeber-Familien wohnten, und alles Weitere ihres Einsatzes organisiert war, unterstützten sie diese bei der täglichen Arbeit. Sie gingen mit ihnen Brennmaterial sammeln und schlugen Maisbüschel mit Sicheln, um die Körner mit schweren runden Steinen mehlig zu machen für die dünnen Brotfladen, die sie daraus buken. Zusammen mit ihnen zogen sie auch die vollen Wassereimer aus einem gestauten Bach und schleppten sie nach Hause. Die schmutzige Wäsche aber wurde im einem Gebirgsbach gebürstet, geschwenkt und gewrungen bis sie frisch und sauber war, und über kahlen Stangen zum Trocknen hing.

Shari, die Mutter der Kinder sagte, dass europäische Freunde ihnen eine Wasserstelle auf dem Dorfplatz bauen würden. „Daraus wird dann das Wasser laufen, und wir können dort waschen!" erklärte sie stolz.

Um etwas Essbares zu besorgen, nahm sie Julia mit auf ihren Acker. Er schien ihr ganzer Stolz zu sein. Sie zeigte ihr die gelben Rüben, die sie angepflanzt hatte, schnitt ein Bündel hirseähnliches Getreide mit der Sichel, und rupfte noch ein paar Kräuter und Nesseln dazu.

„Das wird für uns alle ein gesundes Essen!" meinte sie.

Shari machte ihr alles auf eine Art verständlich, die Julia verstand. Sie entwickelten eine eigene Sprache.

Auf einer offenen Feuerstelle des Hauses zündete Shari mit einem Blasrohr das Feuer an. In einer großen Pfanne wurde Reis und Gemüse gekocht. Sie hatte auch ein Huhn geschlachtet, und die Kinder hatten zugesehen als sie es vor dem Köpfen ein paar Mal durch die Luft geschleudert hatte, um es zu benebeln. Später, nachdem es im heißen Wasser gelegen hatte, war es von der Großmutter gerupft worden. Seine braunen Federn waren durch die Luft geflogen und die Kinder hatten sie aufgefangen, um sich damit als Vögel zu schmücken.

Es war ein kleines mageres Huhn, als es nackt im Kochtopf über dem Feuer lag. Aber es war genug für alle. Die Menschen waren nicht an üppige große Mahlzeiten gewöhnt. Man aß etwas gegen den großen Hunger, und war zufrieden. Es genügte zu überleben.

Heute mit dem Huhn gab es ein Festmahl, Julia zu Ehren! Darauf hatten sich alle gefreut.

Shari würzte gut! Neben ihrer Feuerstelle stand ein Salztopf und verschiedene indische Gewürze: Ein Pfeffer, Curry, Kardamon und viele andere. Im Dunst des Huhns und im dunklen Rauch des offenen Feuers ohne Abzug, saßen sie auf dem Boden und aßen mit den Fingern, bis kein Krümel und kein grünes Blättchen übrig war.

Shari war zufrieden!

Vor dem Schlafengehen gab es noch einen Becher warme Yakmilch, die Shandor, der größere der Kinder, mit den Ziegen aus der Umgebung nach Hause gebracht hatte.

„Sie macht stark!" meinte Shari, als sie Julia den Becher Milch in die Hand drückte. „Unsere beiden Yaks sind stark. Gute Tiere! Ihre Milch macht auch die Kinder stark, und ist gut für alte Menschen!" sagte sie überzeugt, und ermunterte Julia zum Trinken. Als sie einen Schluck aus dem Becher nahm, verzog sie das Gesicht. Darauf hatten die Kinder gewartet und lachten in ihrer Freude.

Zusammen wuschen sie die Teller in einer großen Schüssel mit heißem Wasser, und spülten sie danach kalt ab. Draußen an der Hauswand aufgestellt, trockneten sie in der Abendsonne.

Mußestunden eines Feierabends gab es nicht. Wozu? Man war auch so zufrieden. Die Arbeit war getan, und alle waren satt für den Tag, besonders, wenn das Mahl so üppig war!

„So ist es nicht immer!" sagte Shari. „Die Maissuppe ist am Abend für die Kinder verdünnt, und wir Erwachsene brauchen nichts!"

Bald nach dem reichhaltigen Essen nickten schon die Alten ein, und auch die Kleinsten auf ihrem Schoß. Das Schwein und die Hühner, die Familienmitglieder waren, hatten sich den Gewohnheiten der Gemeinschaft angepasst. Auch sie schliefen bereits auf ihrem Stroh in der Ecke.

Mit dem Untergang des letzten Sonnenstrahls war Schlafenszeit für alle. Die Kinder lagen aneinander gekuschelt auf ihrem Strohlager, zusammen mit dem jungen Hund. Alle brauchten einander mit ihrer Wärme.

Die Öllampe verbrauchte in einem spärlichen Flämmchen ihren letzten Rest, und auch das bereits verkohlte Holz in der Kochmulde knisterte noch; ansonsten wurde es still.

Doch nicht lange! Die Erlebnisse und Aufregungen des Tages mussten in den Träumen verarbeitet werden, bei den Kindern und dem Hund. Die Alten auf ihrer Schlafstatt erlitten die Schmerzen des Tages noch einmal in schweren Träumen. Selbst das Schwein war noch nicht ganz zufrieden. Es grunzte und quiekte immerzu, als führe es noch eine Unterhaltung. Nur die Hühner gaben Ruh!

Eingebettet in die müde Gesellschaft hätte auch Julia einschlafen können. Doch der Kopf war wach. Alles war unwirklich. In welch anderer Welt war sie gelandet? Was hatte sie sich gedacht, was sie erwartete? War sie am richtigen Ort gelandet? Sie grübelte, aber die Gedanken waren wirr. Vielleicht das Höhenklima?

Shari spürte was in ihr vorging. Leise stand sie auf und stellte den Wasserkessel in den noch nachglühenden Holzrest, zupfte ein paar Blätter von einem an der Wand hängenden Pflanzenbündel, und übergoss sie in einem Trinkgefäß mit dem heißen Wasser.

Leise reichte sie Julia den aufgebrühten bitteren Tee, der müde machte, und der auch sie die Aufregungen des Tages vergessen lassen sollte. Er schmeckte wie der von Mascha, den sie ihr noch am letzten Abend auf Tonga ans Bett gebracht hatte. Ach Mascha!

Nur nicht an Tonga denken! Ans bequeme Bett in ihrem Zimmer, ganz für sich allein!

Nicht vom guten Leben auf Tonga träumen, das reiner Luxus war gegen dieses hier! Wie weit war sie davon entfernt! Nein, sie wollte nicht daran denken!

Nur schlafen, schlafen ...!

Wenn sie am Morgen erwachte, blickte sie stets in die vielen Augen der Kinder über ihr, die auf diesen Augenblick warteten. Sie freuten sich jedesmal und berichteten es gleich ihrer Mutter, die meist schon mit einem Bündel Äste ins Haus zurückkam. Shari musste wohl schon in der Dämmerung losgehen, sie zu sammeln.

Auch heute lächelte sie Julia an und begann in der Kochecke mit dem Blasrohr das Feuer anzuzünden. Die Großeltern der Kinder hatten die Hühner und das Schwein nach draußen gelassen, und warteten schon auf das Frühstück. Vorrang aber hatten zwei der Kinder: Der achtjährige Bantur und seine siebenjährige Schwester Noma hatten noch einen weiten Schulweg vor sich.

Schnell tranken sie ihren Becher warme Yakmilch, steckten das Brot mit der nahrhaften Yakbutter und ein gelbes Rübchen, das die Mutter ihnen reichte, in ihren Schulrucksack, und aßen ihr Frühstücksbrot winkend im Davoneilen.

„Ist es weit zur Schule"? fragte Julia. Und die anderen nickten. Am Abend würden sie wieder zurück sein, erklärte man ihr.

„Werden sie begleitet?" wollte sie wissen.

„Nein!" schüttelten sie den Kopf.

Als Tilak, der allgemeine Organisator, der gute Englisch- und Deutsch-Sprachkenntnisse besaß, im Laufe des Tages vorbeikam, sprach er von den gefährlichen Schulwegen der Kinder:

„Hier aus diesen Bergdörfern müssen sie in die Sun Khosi-Schlucht absteigen. Dort unten führt der Pfad am Wasser entlang und an den steilen Geröllhängen über dem Fluss. Im Winter, und zur Zeit des Monsuns, ist es gefährlich dort. Die Hänge rutschen unter den Füßen weg, und die Wege sind oft verschüttet. Es geht auf und ab, und ist streckenweise eine Tortur für die Kleinen.!" sagte Tilak.

Auf dem Dorfplatz berichtete er den Bewohnern vom Plan und baldigem Baubeginn eines Schulgebäudes für die umliegenden Bergdörfer.

„Eine Gruppe freundlicher Menschen aus Europa, Männer und Frauen, sind gekommen, die uns dabei helfen wollen. Sie haben ein Herz für unsere Kinder und kommen mehr-

mals im Jahr aus Deutschland und Österreich, um uns hilf-
reich beizustehen. Wir in unseren Bolde-Dörfern allein
können es ohne ihre finanzielle Hilfe nicht schaffen!" sagte
er und berichtete das, was er wusste:
„Diese unsere Freunde werden uns immer wieder besuchen
und in ihrem Urlaub mit uns zusammen arbeiten. Früher
sind sie während der Zeit im Himalaya gewandert und auf
die Berge gestiegen." Er erzählte die Geschichte von einer
deutschen Frau, die fast an einem Höhenrausch gestorben
wäre, wenn nicht die Sherpas aus diesem Bergdorf sie hin-
untergebracht hätten. „Zum Dank dafür wollen sie unseren
Kindern eine größere Schule bauen. Dazu werden viele Ziegelsteine gebraucht, und darum lasst uns alle mithelfen!"

Tilak sprach auch von den anderen Plänen, die zusammen
mit den europäischen Freunden schon besprochen wurden:
Von sanitären Einrichtungen und dem Bau von Wasser-
tanks und raucharmen Öfen, damit sie nicht beim Kochen
am Rauch ihrer offenen Feuer erstickten, und, und ...
Die Liste der Bedürfnisse war lang.
Dann wandte er sich an Kolja und Julia, sie zu begrüßen.
„Wir freuen uns, dass auch ihr beide auf eigenen Wunsch
aus Euren fernen Ländern gekommen seid, uns zu helfen!
Wir nehmen auch eure Hilfe dankbar an!"
Er stellte sie den anderen vor, sagte was sie gelernt hatten
um damit den Menschen auch hier helfen zu können.

Über die Arbeit vergingen die Tage, die Wochen. Während
der Zeit mit den anderen auf den Feldern und in den Häusern, lernten Julia und Kolja sich ein wenig zu verständigen.
Es war eine zwangsweise erfolgte Unterrichtung, wie ein
Sprung in ein Wasser, aus dem man nicht herauskam, ohne

dabei schwimmen gelernt zu haben. Ein sprachliches Entgegenkommen war von den Menschen kaum zu erwarten, außer von Tilak. Viele Erwachsene hatten in ihrem Leben noch keine Schule besucht. Und Touristen, von denen man etwas für den umgänglichen Gebrauch hätte lernen können, gab es wenige. Die kleinen Bergdörfer waren zu arm, den zahlenden Gästen etwas Komfort zu bieten. Wer hier leben wollte, musste sich den Gegebenheiten anpassen.

Kolja und Julia blieben bei den Familien wohnen, an die sie sich gewöhnt hatten. Die Fertigstellung ihrer eigenen kleinen Häuser sollten den anderen Arbeiten nicht vorgezogen werden. Und erst recht nicht dem Schulhaus!
Mit Mitleid sah Julia jeden Morgen, wie Bantur und die kleine Noma auf ihren Schulweg gingen. Als sie die beiden begleiten wollte, schüttelte ihre Mutter energisch den Kopf, und wehrte ab. Um aber das freundliche Angebot zu respektieren, schloss sie Julia in die Arme. Mit einem Hand-Handzeichen sagte sie ihr:
„Sie kennen den Weg und die Gefahren. Sie schaffen das allein!"
Auf die Frage Julias, warum Shandor nicht zur Schule gehe, antwortete Shari:
„Er war schon dort, drei Jahre lang, bis er lesen und schreiben gelernt hat, und seinem kleinen Bruder Bantur im ersten Jahr den Schulweg mit allen Gefahren zeigen konnte.
Aber nun ist er schon zehn und wird zu Hause gebraucht, wo der Vater weg ist. Das ist seine Pflicht!"
Shari hatte nicht lesen und schreiben gelernt, wie so viele Mädchen. Umso stolzer war sie, dass es ihre Tochter Noma lernte. All ihren Kindern wollte sie es ermöglichen; sie fühlte sich als eine moderne Frau.

Die Situation der Kinder im Allgemeinen war eindeutig:
Ein Kind sollte gemäß heutiger Zeit die Schule besuchen.
Aber sobald es lesen und schreiben gelernt hatte, war die
Arbeit zur Unterstützung der Familie das Wichtigste. Mehr
schulisches Wissen war nach Ansicht mancher Eltern nicht
nötig, besonders dann, wenn der Vater auswärts arbeitete
und nicht präsent war. Der Erhalt der landwirtschaftlichen
Erwerbsquelle über den Zusammenhalt bedeutete die Exis-
tenz für die Familie. Auf dem Acker vollzog sich die wahre
Praxis im Leben, ohne die Theorie, die über Jahre in den
Schulen gelehrt wurde.
So hatte das lernfähige Kind oftmals nicht die Wahl, und
Manchem blieb die lebenslange Sehnsucht nach dem
Traumberuf im Herzen.

Später bei der gemeinsamen Feldarbeit erzählte Shari, dass
der gute Geist ihres verstorbenen Vaters die Kinder auf ihrem gefährlichen Schulweg begleiten würde. Sie habe ihn
darum gebeten. Er sei ein guter Vater gewesen, aber seine
Enkelkinder habe er nicht mehr erlebt. Ihre Mutter lebe
noch zu Hause bei ihrem Bruder und seiner Familie.
„Aber es ist sehr weit entfernt!", sagte Shari, und seufzte.
„Willst du sie nicht mal besuchen?" fragte Julia. „Ich bin
doch da und helfe mit"!
Doch sie wehrte ab.
„Du bist eine liebe Freundin, Julia! Aber ich darf nicht weggehen!" erklärte ihr Shari. „Als ich mit sechszehn Jahren ins
Haus meiner Schwiegereltern verheiratet wurde, habe ich
mich verpflichtet, hier zu bleiben, Kinder zu bekommen
und zu erziehen, für alle zu arbeiten und für die Eltern mei-
nes Mannes zu sorgen. Mit der Heirat bin ich die Magd. Da
hat man zu arbeiten und für die anderen zu sorgen.

Ich darf nicht weglaufen, Julia. Auch mein Mann arbeitet hart unten in Kathmandu. Warum soll ich es nicht tun? Meine Eltern haben mich verkauft, so wie es üblich ist. Die Mutter braucht mich nicht mehr. Warum soll ich heimfahren? Sie hat einen Sohn und eine Schwiegertochter, die für sie sorgen. Die meisten Mädchen werden an eine andere Familie und ihren Sohn verkauft, sobald sie keine Kinder mehr sind. Die Tradition bestimmt es so! Schon seit Urzeiten! Die Eltern meinen es gut! Damit hat ihre Tochter einen bleibenden Platz gefunden, und ihr Leben bekommt den Sinn, wofür sie geboren wurde", erklärte sie.

Nein, ich geh nicht weg! Mein Platz ist nun hier!" sagte sie und hackte schweißgebadet wie wild in dem staubigen Boden, als könne sie ihn damit heute noch fruchtbarer machen.

Shari gab ihr dabei auch zu bedenken:

„Und wie sollte ich sonst vor meinem Gott dastehen, der von mir erwartet, dass ich meiner Familie gegenüber meine Pflicht tue?" fragte sie.

„Kennst du das denn nicht?"

Es klang ein wenig verwundert, fast vorwurfsvoll Julia gegenüber. „Du weißt doch, dass man sich mit einem guten Leben ein gutes Karma erarbeitet. Jeder Glaube verspricht das, und auch eine Belohnung im Nirwana."

„Ja", nickte Julia. Ein empfindliches Thema war berührt. Nach einer Weile fragte Shari weiter:

„Und du, Julia? Wirst du nicht zu Hause von deiner Familie gebraucht?"

Sie sahen sich an.

Sharis direkte Frage traf wie ein Stachel ins Herz. Was sollte sie dieser überaus pflichtbewussten Frau antworten?

Zu dieser Frage hatten sie verschiedene Ansichten. Sie, Julia, war nicht Shari, die sich als Magd verkaufen ließ! Und auf Tonga wurde sie noch nicht gebraucht! Natürlich wusste auch sie um die Belohnung im Himmel nach einem gutgeführten Leben. Aber daran dachte sie noch nicht! Sie war noch jung und ihr Leben gehörte ihr!
Egal was sie sagen würde; Shari würde es nicht verstehen!

Sie arbeiteten bis zum Sonnenuntergang. Seit Tagen hatten sie gehackt, gegraben und geharkt, und die vielen vom letzten Monsun angetriebenen, und von der Erde ausgesprengten Steine gesammelt und an den Rand des Ackers geschleppt. Damit hatten sich unterhalb der terrassenförmig angelegten Felder mauerähnliche Reihen aufgetürmt, die das Feld vor den Überschwemmungen des nahegelegenen Bergbaches, und auch vor einigen Wildtieren, schützen sollten. Es waren vorwiegend Mais- und Gemüsefelder, und an den feuchten Stellen wuchs auch der Reis.
Während der Arbeit hatten Sharis Schicksal und ihre Worte in Julias Ohr geklungen. Auf dem Heimweg fragte sie die Freundin: „Bist du denn glücklich mit deinem Leben?"
Shari sah sie überrascht und verwundert an.
„Aber ja! Warum sollte ich es nicht sein? Ich habe einen Mann, viele gesunde Kinder, und ein Zuhause. Das ist eingroßes Geschenk! Ich weiß wofür ich da bin!"
„Ja, aber du must schwerer arbeiten als ein Mann!"
„Das ist das Los der Frauen in Nepal!", sagte Shari, und meinte, dass es sicher Einiges zu verbessern gäbe.
„Früher war es noch schlechter für die Frauen. Und ungerechter! Meine Mutter wurde zur Zeit ihrer Periode in den Stall gesperrt und musste dort schlafen, damit sie nicht zum

Kochen in die Küche ging. Es verderbe das Essen und bringe Krankheiten in die Familie!" sagte man.

„Es geschieht auch heute noch in vielen Familien. Leider! Aber ich bin eine moderne Frau!" sagte Shari. „Mir passiert das nicht!"

„Und was sagt dein Ehemann?"

„Das was ich sage!"

Lachend gingen sie nach Hause. Shari war mit sich und dem Tag zufrieden; die Arbeit auf dem Acker war getan. Zu Hause berichtete sie den Schwiegereltern voller Stolz, dass ihr Feld nun mit einer Steinmauer rundum eine deutliche Grenze zu den anderen erhalten habe, als das Ihrige. Mit einem anerkennenden Kopfnicken wurde es belohnt.

Die Kinder waren wohlbehalten zurück und erzählten von den Überraschungen, die sie heute auf ihrem Schulweg erfahren hatten. Eine Mure hatte den Geröllpfad über dem Fluss versperrt, auf dem vor ihnen eine Lama-Mutter mit ihrem Jungen gegangen war. Sie seien dann dem Instinkt des vorausgehenden Lamas gefolgt und wären seinen Spuren nachgegangen, und so wieder auf den richtigen Pfad zurückgekommen.

„Zu spät gekommen sind wir deshalb nicht!" sagte die kleine Noma stolz.

Der Großvater lobte den klugen Entschluss des Enkels:

„Das war eine gute Entscheidung, Bantur! Die Tiere der Natur wissen Manches besser als wir Menschen. Darauf kann man vertrauen!"

Es stärkte wieder Sharis Vertrauen in die Kinder.

Im Stillen aber dankte sie dem Geist ihres Vaters, der sie begleitet hatte.

Der Tee am Abend erfüllte wieder seinen Zweck, und bald war Ruhe. Nur das laute Schnarchen des Schweins, zusammen mit dem der Großeltern, tönte noch wie eine dumpfe, schwere Melodie mit abrupt abgehackten Schreck-Lauten, durch die Stille. Es störte niemanden mehr; denn es waren die gewohnten Geräusche ihrer Nächte.

In dieser Nacht waren es die Gedanken um Shari, die Julia nicht schlafen ließen.

Der Mond stand hell am Himmel und warf einen blassen Schein durch den mit einer Plane abgedeckten Spalt am Rande des Daches, direkt auf Shari. Friedlich schlafend lag sie da mit einem ihrer müden Kinder im Arm.

Shari! Diese junge Frau und ihr Schicksal, dem sie brav ergeben war! Sie war kaum älter als Julia und schon seit zehn Jahren Ehefrau und Mutter all dieser Kinder, und Magd ihrer Schwiegereltern!

Sie, Julia von Tonga, hätte dieses Schicksal nicht auf sich genommen und ertragen!

„Nein, du nicht!" sagte ihr eine innere Stimme.

„Du bist freiwillig hergekommen! Aber aus dem gleichen Grund: Um zu dienen!"

Sie dachte die halbe Nacht über Sharis Worte nach und hörte immer noch ihre letzte Frage: „Wirst du nicht zu Hause gebraucht"?

Sie hatte damit den wunden Punkt in ihr getroffen, der ihr plötzlich zu schaffen machte. Ein wenig Wahrheit lag schon in ihrer Frage. Könnte es sogar sein, dass Shari sie verurteilte, dass sie hergekommen war, ihr zu helfen, anstatt der eigenen Familie, wie es sich für eine Tochter gehörte?

So, wie Shari die Aufgabe einer jungen gesunden Frau sah, wäre es begreiflich. Ihre eigene Armut empfand sie nicht als Notlage, sondern nahm sie hin als eine Gegebenheit, die zu ihrem Leben gehörte. Im Besitz ihrer großen Familie und der Haustiere fühlte sie sich gut situiert und war stolz darauf, viel dafür arbeiten zu müssen, oder gar zu dürfen.

Für sie als Frau war es wichtig, dass sie dafür gut behandelt wurde, von den Schwiegereltern und vom Ehemann, der keinen Alkohol trank wie die anderen, die ihre Frauen schlugen.

Shari sah in ihren gesunden Kindern und der intakten Familie genug an Reichtum, um zufrieden zu sein. Mehr verlangte sie nicht als Frau. Und mehr eigene Bedürfnisse hatte sie nicht.

Sie wusste nicht, wie schön und wie praktisch es war, eine Waschmaschine zu haben, ein elektrisches Licht statt einer Öllampe, eine Wasserleitung im Haus, aus der zu jeder Zeit kaltes und warmes Wasser kam, beheizte Räume zu haben, und eine schöne, komplett eingerichtete Küche statt einer Feuerstelle ohne Abzug, aus der der Rauch sie fast erstickte und krank machte.

Julia fragte sich, ob es möglich wäre, solch bescheidene Menschen über eine Veränderung in einen komfortableren Zustand zufrieden zu stellen? So wie der verwöhnte Mensch in der Gewohnheit seines Komforts lebte und nicht mehr anders leben wollte, so waren diese Menschen gefangen in ihren gewohnten Traditionen und Gebräuchen, wie auch in den Regeln ihrer Religion.

Würden sie in einem komfortablen Leben auch zufrieden bleiben? Würden sie nicht genau wie die übrige verwöhnte Welt auch diesem Sog, diesem Rausch nach noch Mehr verfallen? Es würde den Frieden ihrer Genügsamkeit stören. Das wäre schade!

Grübelnd lag sie zwischen den zufrieden schlafenden Menschen, und beneidete sie fast. Sie schliefen in einen neuen

Tag, an dem ihr Gott die Sonne für sie aufgehen ließ, oder ihnen den Regen schickte, damit sie leben konnten.

Dann war es gut!

Natürlich sollte Jeder helfen, der die Möglichkeit hätte, ihr Leben etwas zu erleichtern. Shari und ihre Kinder, wie all die anderen, Frauen verdienten ein besseres und leichteres Leben. Es wäre nicht nur eine humane Idee aller Religionen, sondern in vielen Fällen auch eine barmherzige Aktion des einzelnen Menschen, der dazu imstande war.

Und eine der Zeit angemessenere, fand Julia.

Um zu helfen waren auch sie und Kolja hergekommen. Es sollte keine Urlaubsreise werden.

Die halbe Nacht dachte sie über den Grund ihrer Reise nach. Die eintönige Arbeit draußen auf dem heißen Acker ließ bisher keinen klaren Gedanken zu. wie sie nach europäischen Erkenntnissen etwas ändern und verbessern könnte. Das Erlernte ihrer Studien hier anzuwenden, kam ihr plötzlich absurd vor. Fast eine illusorisch lächerliche Idee! Hier, schien es ihr, musste man ganz von vorn beginnen, um aus diesem kargen Boden und den traditionell angewandten Methoden etwas mehr, und vielleicht etwas anderes, zu gewinnen.

Die gelehrte Wissenschaft aus den Hochschulen in Tallinn und St. Petersburg bezog sich vornehmlich auf die besser dastehende Agrarlandschaft ihrer Länder.

Aber hier? Um hier etwas zu bewirken, hätte es eines anderen Studiums bedurft. Ein karger Acker im Himalaya war nicht der von Tonga! Und die Anforderungen an ihn unterlagen nicht dem Wettbewerb westlicher Agrarstaaten. Sie dienten lediglich dazu, eine Familie mit dem Nötigsten zu versorgen, um satt zu werden.

Die Eltern hatten sie für den Erhalt ihres heimatlichen Guts studieren lassen, und nicht um sich allein in der Fremde einer Aufgabe zu stellen, die nach westlichen Studien nicht zu lösen war. Eigenwillig und verwöhnt war sie stattdessen ihrer illusorischen Idee gefolgt, auch weil sie ihr ehrenwert erschienen war. Ein edler oder überheblicher Gedanke?

Für Kolja sicher nicht; aber für sie!

Im Prinzip hatte Shari recht mit ihrer Frage, und damit einen sensiblen Punkt getroffen. Über Verpflichtungen Eltern gegenüber hatte sie in egoistischem Denken bisher nicht nachgedacht.

Doch nun war sie hier, und damit beschäftigt, sich mit den Steinen der Berge herumzuplagen und zu sehen, was zwischen ihnen wuchs. Ihr Feld bot spärliche Aussichten auf Erfolg, sich selbst damit zu ernähren. Sie musste erst das Klima kennenlernen und sich darauf einstellen. Dann werde man sehen!

Eine Julia von Tonga hatte einen hartnäckigen Willen, der nicht so leicht über die Steine des Himalaya stolperte! In ihren Adern floss das gute bäuerliche Blut ihrer Ahnen. Es befähigte zum Überleben! Vielleicht auch hier!

Sie beschloss, schon Shari zuliebe dazubleiben. Aber es dürfte nicht alles sein! Sie und Kolja waren gekommen, allen mit ihrem Wissen zu helfen, jeder auf seine Art. Dazu standen sie in den Startlöchern.

Doch nun brauchten sie selbst Hilfe. Beim nächsten Treffen mit Tilak würden sie mit ihm darüber sprechen müssen, ob und wie er ihnen raten könne, den rechten Anfang zu finden. Er war hier aufgewachsen und kannte das Land und das Klima. Er wusste, was Sinn machte oder zwecklos war. Sicher würde er ihre Ungeduld verstehen; denn auch er war ein Mensch, der die Mission hatte, für das Wohl aller da zu

sein. Sie wusste jetzt schon, was er sagen würde, um ihnen Mut zu machen:
„Ihr habt den Anfang schon gemacht!"

Tilak kam zum Dorfplatz mit neuen Nachrichten für alle:
Der Brunnen, aus dem das Wasser fließen sollte, werde gebaut. Dank der europäischen Freunde würde es noch vor dem Winter eine Verbesserung der Trinkwasserversorgung geben. Und weiter:
Das größere Schulgebäude für alle Kinder der Umgebung stehe demnächst vor der Fertigstellung. Bald könnte es besichtigt werden. Es löste Jubel aus bei den Eltern und ihren Kindern. Eine Lehrkraft stehe auch schon zur Verfügung, die in der amtlichen Sprache und der der Bergdörfer unterrichten werde.
Und noch etwas ganz Wichtiges: Die Hängebrücke über den Sun Khosi-Fluss unten im Tal sei soweit fertig. Man hörte und staunte! Auch sie war ein wertvolles Geschenk der Freunde! Denn es werde eine wesentliche Erleichterung sein, über sie zu der gegenüberliegenden Bergseite zu gelangen, anstatt, wie bisher auf großen gefahrvollen Umwegen. Tilak berichtete weiter:
„Über unsere neue Brücke werden wir auch zu einem Kinderkrankanhaus gelangen, das mit der Hilfe unserer Freunde für unsere Dörfer gebaut wird. Später soll es sogar eine große Klinik werden!" verkündete er ihnen stolz.
Aufmerksam hörte man Tilaks Worten zu und glaubte kaum, was er sagte.
„Es sind bereits große Anstrengungen im Gange!" berichtete er. „Auch eine kleine Krankenstation in unserem Dorf soll noch vor dem Winter fertig werden!"

„Eine Krankenstation? Und ein Kinderkrankenhaus? Für uns und unsere Kinder?"

„Ja!" sagte Tilak, und er zeigte auf Kolja.

„Unser neuer Freund Kolja ist ein junger Kinderarzt. Er wird beim Aufbau mithelfen und dann dort tätig sein. Die Kinder kennen ihn ja schon!"

„Diese guten Menschen muss man ehren!" rief einer und erhielt Beifall.

Kolja stand bereit für alle. Er wurde von Joseph und der starken Neela in die Luft gehoben und von allen beklatscht. Kolja war aufgenommen!

Begeistert wurde auch noch auf dem Heimweg miteinander diskutiert. Tagelang traf man sich abends am Dorfbrunnen und redete über die Ereignisse, und über alle Wenn und Aber. Die Objekte waren es wert, besprochen zu werden.

Die wenigen Männer des Dorfes und ihre größeren, noch kindlichen Söhne, planten sich beim Aufbau mit ein; schließlich werde jede Arbeitskraft gebraucht!

Die Brüder Samoraj sagten, dass sie noch ein paar Wochen für einige touristischen Trecking-Touren verplant seien. Daher würden an ihrer Stelle die Söhne Rhamas und Krishna helfen, die noch Kinder waren. Selbst die starke Neela bot sich für irgendwelche Arbeiten an. Auch für Kolja sah man Möglichkeiten, mitzuwirken. Damit werde er sich einen Platz verdienen, danach auf medizinischem Gebiet zu praktizieren. Bisher hatte er nur Schürfwunden auf den Knien der Kinder heilen können, hier und da kleine Splitter aus Händen und Füßen gezogen, eine verstauchte Hand bandagiert, und Nasenbluten gestillt.

Kolja, der Doktor, bekam als Erster seine eigene Unterkunft. Mit Hilfe aller Bewohner hatte man in einem umgebauten Stall einen bewohnbaren Raum geschaffen, und den anderen als vorläufige Krankenstation eingerichtet. Es war nicht gerade komfortabel, aber machbar. Nach langen Wochen in der Enge des bescheidenen kleinen Hauses seiner Gastfamilie, war der eigene Raum schon Komfort genug. Er war ein Rückzugsort für ihn, aber auch ein Anlaufpunkt für den, der medizinische Hilfe brauchte.

Nach dem plötzlichen Tod der alten Shantia erhielt Julia deren kleines leerstehendes Haus. Die Söhne arbeiteten und lebten im fernen Oman, wo es gute Verdienstmöglichkeiten gab. In das ärmliche Elternhaus im Himalaya mochten sie nicht mehr zurückkehren.
Zum Haus gehörte ein Grundstück außerhalb des Ortes. Shantia hatte es schon lange nicht mehr bewirtschaften können, und so war es mittlerweile ein wild zugewachsener und steiniger Ort. Sharis Feld war ein gepflegter Acker dagegen.
Zusammen mit Kolja stand sie ratlos und frustriert davor.
„An dieser Wildnis wirst du dich auslassen können!" lachte er und schüttelte den Kopf.
„Hier wirst du beweisen müssen, was du kannst! Das wird nicht so einfach sein!"
Als sie über die Fläche gingen, stellten sie fest, dass sie stellenweise feucht war. Kleine Quellen gab es vereinzelt auf den Feldern, und es flossen auch Wasserrinnsale von den Bergen herunter. Zu gewissen Zeiten wurden sie zu schnell herabfließenden Bächen, die die Anbauflächen überschwemmten. Hier mochte es ähnlich zugehen.

Die Ausläufer des Grundstücks zogen sich noch ein Stück weit den Berghang hinunter. Für den Ablauf des Wassers war es ideal; aber nicht für die Bewirtschaftung. Nicht einmal die Erde würde sich halten, wenn die inzwischen verwurzelten Sträucher weggeschwemmt wären, zumal nicht, wenn das Wasser kam.

„Reis könnte wachsen", meine Kolja.

„Aber du bist die Expertin! Lass dir etwas einfallen, was du damit anstellen kannst. Vielleicht beginnst du in diesem Herbst erst mit einer kleinen Ecke. Die ganze Fläche wirst du vor dem Schnee nicht mehr schaffen, sonst muss ich dir danach deinen wehen Rücken behandeln!

Das Krankenhaus ist noch nicht fertig, worin du dich auskurieren kannst!" gab er ihr lachend zu bedenken.

„Dann werde ich wohl auf diesem schrägen, steinigen Acker meine ersten Versuche machen müssen, ob außer dem Üblichen noch etwas anderes hier gedeiht!" meinte sie desillusioniert.

„Ja, aber erst muss es ein Acker werden", sagte Kolja.

Täglich ging sie zu ihrem Grundstück, um einen Anfang zu finden. Auch Shari wollte es sehen. Wie Julia stand auch sie ratlos davor. Doch als Julia eines Morgens kam, war Shari schon damit beschäftigt, die Sträucher und das verwurzelte Kraut zu rupfen. Wie verloren stand sie dazwischen, erhob sich von der schweren Arbeit und strahlte Julia an. Die aber brachte kein lobendes Wort über ihre Lippen. Stattdessen sprach sie sie vorwurfsvoll an:

„Shari, was machst du in der Früh schon da? Das geht so nicht! Du wirst krank darüber werden!"

Doch Shari schüttelte den Kopf und lachte:

„Doch, es geht, Julia! Mein Feld war genauso. Als ich damit anfing war es wild und krautig und voller Steine. Zusammen schaffen wir das", Sie rupfte weiter an den langen Wurzeln, die tief und weit verzweigt im Boden waren, als kämen sie aus tiefen Erdschichten. Stellenweise ließen sie sich meterlang herausziehen.

„Schau, das lockert den Boden!" sagte Shari, und war zufrieden mit dem, was sie tat.

„Aber dein Rücken, Shari! Es wird dich krank machen! Du hast genug Arbeit für deine Familie; ich schaffe es allein!" Shari ließ sich nicht davon abhalten.

„Du hast mir geholfen, und ich helfe dir! Mein Rücken ist stark!"

Damit war das Thema beendet.

An den noch anhaltend schönen Herbsttagen wurde das wilde Feld in gemeinsamer Arbeit entkrautet, und zu einem anbaufähigen Acker gemacht. Die Steine waren weggeräumt und, wie bei Sharis Grundstück, rundum zu einer Art Mauer aufgeschichtet. Nur am Hang machte es keinen Sinn. Das Wasser würde auch eine Steinmauer mit hinunter nehmen, und damit die gute Erde.

Mit gebeugten Rücken standen sie am Abend davor und waren stolz und enttäuscht zugleich, dass ihre Arbeit zwar erfolgreich war, aber der Acker immer noch nicht genutzt werden konnte.

Bei den abendlichen Treffen mit den anderen am Dorfbrunnen sprachen sie darüber. Die Männer kannten derlei Probleme am Hang. Julias Idee, den Hangboden mit Pfählen, einem engmaschigen Draht daran vorbei, und tiefwurzelndem Gebüsch vor dem Abrutschen zu schützen, fand Zustimmung. An einem der nächsten Tage erschienen einige von ihnen mit Werkzeug und Holzpfählen, um sie in den

Boden am Hang zu rammen. Kolja war auch mitgekommen, um zu helfen. Aber sie schickten ihn weg.

„Du nicht!" sagten sie. „Deine Hände müssen heilen, nicht arbeiten!"

Man merkte es schon den Tieren an, dass der Herbst zu Ende ging und der Winter schon oben in den Himalaya-Bergen darauf wartete, zu den Dörfern abzusteigen. Noch rupften Maulesel, Schafe und Kühe an den letzten grünen Grashalmen an den Hängen.

Julia beeilte sich, ihren getrockneten Dung einzusammeln und auf ihrem kargen Acker auszustreuen. Unter dem Schnee würde seine Kraft in den Boden ziehen. Auch auf Tonga hatte man es vorgezogen, einen ausgemergelten Boden auf natürliche Weise zu düngen. Die alte Vorgehensweise hatte alles fruchtbar gemacht.

Sie dachte dabei an die Belehrungen im Studium, wo man auch einen Sinn in den alten Gebräuchen gesehen hatte, aber andernteils des neuzeitlichen Klimas wegen davon abgeraten hatte, da es das Grundwasser verunreinige. Dem künstlichen Überdüngen stand man noch skeptischer gegenüber. Gut: Es ergab eine reiche Ernte, vorausgesetzt, dass man gleichzeitig mit Pestiziden das Ungeziefer bekämpfte. Und damit widersprach sich die Lehre höherer Erträge zu der Umweltfrage.

Immer wieder kam ihr Tonga in den Sinn: Victor, der weise Großvater, den es nicht mehr gab, und die Mutter, die auch Agrar- und Betriebswirtschaft studiert hatte und das Gut leitete. Was würde sie wohl zu ihrem bescheidenen Feld sagen? Wahrscheinlich: „Lass sie mal machen! Sie wird darüber Tonga schätzen lernen und begreifen, was sie hat!"

Sie dachte auch an die Lebensklugheit von Mascha, und an

Leòn, den betriebserfahrenen Verwalter. Der Großvater hatte von den neuen agrarwissenschaftlichen Beschlüssen nichts wissen wollen, und Leòn, der sich mit Katharina bemühte, einen Mittelweg zu gehen, hatte diesem und jenem skeptisch gegenüber gestanden, und war der Meinung, dass die modernen Erkenntnisse zu einer etwas zweifelhaften Wissenschaft geworden seien.

Mascha hatte ganz auf die Kräfte der Natur gesetzt.

„Die Natur lässt an dem Platz wachsen und gedeihen, wo es hingehört!" war ihre Meinung. „Da braucht man nur ein wenig mitzuhelfen".

Ein wenig? In Maschas Garten mochte es so sein; aber nicht auf diesem verdammt schwierigen Acker an einem abschüssigen Hang im Himalaya, auf dem man den anderen etwas vormachen wollte!

Ach, was sollte sie sich ärgern! Sie wollte es handhaben wie in einem Naturschutzgebiet, in dem etwas Künstliches keinen Platz hatte. Ihre Bewirtschaftung sollte, wie auch bei den anderen Bergbewohnern, die aus Erfahrung wussten, was in ihrem Klima gedieh, ähnlich erfolgen. Auch sie ernteten auf kleinen Parzellen Mais und Hirse. Und in ihren Gärten Rüben, Spinat und sogar Gurken. Alles naturgedüngt! Natur zur Natur war das Beste!

Sie, Julia, war nicht die erste und nicht die letzte in der Knobelei dieser Frage, die es auf natürliche Weise versuchte. Auf ihrem Feld sollten Bio-Produkte entstehen, die sie bei guter Ernte auf den Märkten von Pokhara oder unten im Tal von Kathmandu verkaufen würde. Bei den fortschrittlicheren Frauen waren sie sicher ebenso gefragt wie in der westlichen Welt. Über die Medien war das Bewusstsein für eine gesunde Ernährung, die vielleicht Krankheiten vermeiden ließ, wohl auch dort verbreitet. Sie würde ihr Gemüse und ihre würzigen Bergkräuter von den Berghängen unter dem Aspekt verkaufen.

Schon im Voraus sah sie sich an ihrem Marktstand stehen und ihr Angebot anbieten. Der Kontakt zu den Kundinnen und Köchen, die frische und besondere Zutaten bevorzugten, wäre sicher auch anregend, es mit dem Anbau bestimmter Gemüse- und Gewürzarten zu versuchen.

Mit Tilak wollte sie über die Genehmigung sprechen, und über eine Möglichkeit des wöchentlichen Transports. Er kannte sich aus mit allem.

Ab jetzt ging sie mit einem anderen Gefühl zu ihrem Feld hinaus. Es gab nicht mehr viel zu tun; denn der frühe Winter kündigte sich an. Die Pfähle unter dem Netz mit den Steinen hatten dem Monsunregen standgehalten, und die Erde auf dem Acker war geblieben. Die mühsamen Vorbereitungen hatten sich gelohnt! Der Regen war in der von den Männern gegrabenen Rinne abgelaufen, und hatte sich nicht auf dem Grundstück gesammelt. Selbst die Wassermassen des Monsuns hatten darin ihren Weg hinunter in den Sun Khosi gefunden!

Dieses ihr anvertraute Stück Erde nahm Julias ganzes Denken in Anspruch. Immer wieder entwickelten sich neue Ideen. Auf ihren Wegen zu den Kuhweiden hatte sie gesehen, was überall wuchs. Zum Kochen und Heilen verwendete Kräuter hatte sie ausgegraben und in ihren Boden verpflanzt. Noch in der Kindheit hatte Mascha sie auch belehrt, welche Blüten wilder Blumen man essen konnte. Hier gab es genug davon, und all die anderen, typischen Bergblumen, die es auf Tonga nicht gab. Sie hatten geblüht und ihren Zweck für das weidende Vieh und für die Bienen und Schmetterlinge erfüllt. So ging sie hin und grub welche aus, und pflanzte sie vor dem Winter an einen geschützten Platz am Mauerrand ihres Feldes.

Der neue Dorfbrunnen mit Wasseranschluss war fertig. Es war eine Erleichterung für die Frauen, nun dort, statt unten am Fluss ihre Wäsche zu waschen. Auch Julia und Shari spülten und schwenkten alle Teile durch den kleinen Wasserstrom, und trugen die gewrungenen Teile im ersten Schneetreiben nach Hause. Mit dem Waschen ging es besser; aber das Trocknen im Winter war ein Problem.

Doch Sharis Mann Pradeep war aus Kathmandu herauf gekommen und hatte Material mitgebracht, um vor das kleine Haus eine Art Pergola zu bauen, die er mit einer Plane überspannen und befestigen wollte. Es würde ein guter Platz werden für die Wäsche und für die Kinder, wenn sie außerhalb spielten. Im Sommer könnte die Familie, mit den Kindern und den Alten, vor der Sonne geschützt, darunter sitzen. Sie lobten seine Idee.

Pradeep war ein kluger Mann, und aufgeschlossen für alles Neue. Er stammte aus dem Bergdorf und war arm an schulischer Bildung. Von Kind an hatte er hart gearbeitet, und mit dem Vater den Familienunterhalt verdienen müssen. Doch schon bald war er nach Kathmandu gegangen und hatte die Gelegenheit genutzt, verschiedene Schulen zu besuchen. Das Erlernte, und das Leben in der Stadt, hatten ihn Vieles gelehrt. Mit Julia konnte er sich sogar in Englisch unterhalten; Shari und die Kinder waren stolz auf ihn.

Während seiner Anwesenheit verbesserte er bei seinen Kindern die im Dorf genutzte Ausdrucksweise der Sprache.

Er unterrichtete auch Julia in Nepali, als er von ihren Plänen für einen eigenen Marktstand erfuhr.

„Damit dich die Kundinnen und Köche auf den Märkten besser verstehen!" sagte er, und meinte: „Obwohl das Dialekt ganz gut zu deinen Natur-Produkten aus der Bergregion passt und es noch glaubwürdiger macht!

Aber du musst schon etwas zu bieten haben. Ein Käse aus unseren Dörfern wäre gut, mit oder ohne WildKräuter. Auch eine Ziegenbutter oder einen Honig solltest du dir besorgen. Selbst ein weißes sauberes Lammfell ließe sich verkaufen! Und auch eine Handarbeit, ein bunt gefärbtes Tuch! Ihr Frauen versteht euch doch auf solche Arbeiten!"

Pradeep hatte viele Ideen. „Auch selbstgefertigter Schmuck aus Bändern und kleinen schönen Steinen ist als Souvenir von den Touristen gefragt. Die Kinder könnten die Steinchen sammeln gehen!" meinte er. Sie staunten, was ihm alles einfiel.

„Ja, Frauen kaufen solche Dinge. Und vorallem die Touristen!" wusste Pradeep und war auch der Meinung, dass die Köche im Tal anders kochten als hier.

„Anspruchsvoller!" sagte er.

„Ich werde mit Julia gehen!" sagte Shari plötzlich. „Mein Gemüse ist auch Bio! Und alles andere machen wir so, wie du sagst!"

Sie lachten; und die kleine Noma rief spontan:

„Ja, prima, Mama! Da kannst du Geld verdienen. Ich hätte nochmal gern ein neues Kleid für die Schule. Und Bantur braucht neue Schuhe; die alten aufgetragenen von Shandor haben schon Löcher!"

„Ja, so ist es!" sagte Shari. „Ihr werdet schon wissen, wofür mein Geld gebraucht wird!"

„Aber im Winter werdet ihr nichts verdienen!" gab die Schwiegermutter zu bedenken.

Sie hatte auch Julia etwas zu sagen:

„Ich hörte, du streust Dung auf deinen Acker. Aber du bist noch keine verheiratete Frau, und daher kann es nichts werden. Dein Acker wird unfruchtbar bleiben. Mädchen sollten das nicht tun!"

„In meiner Heimat ist es nicht so!" entgegnete Julia, und blieb davon überzeugt, dass es Sinn machte.

Noma sorgte dafür, dass der Vater einmal in der neuen Schule am Unterricht teilnehmen konnte. Pradeep freute sich sehr über den Fortschritt, dass es endlich eine große Schule für die Kinder der Bergdörfer gab, und ihnen der gefährliche weite Schulweg nicht mehr zugemutet werden musste.

Es erleichterte auch ihm das Herz; denn ihm war noch jeder Schritt durch die steilen Hänge in der Sun Khosi-Schlucht in der Erinnerung, der schuld an vielen Albträumen gewesen war. Erst im bequemen Leben unten in der Stadt waren ihm die Strapazen, die eine Kindheit und das Leben in den Bergen mit sich führt, richtig bewusst geworden.

Der guten Spende und tatkräftigen Mithilfe der ausländischen Freunde konnte man nicht genug danken, dass sie den Bewohnern dieser Dörfer das Leben erleichterten.

Gerne hätte auch er etwas dazu beigetragen, aber sein geringer Verdienst wurde von der großen Familie, und ihm selbst über das Leben in Kathmandu, aufgebraucht.

In Dubai verdienten sie mehr; doch so weit weg mochte er nicht sein. Manche, die dort waren, kamen kraftlos und krank zurück. Das Geld, das sie mitbrachten, brauchten sie dann für ärztliche Behandlungen. Geld allein bedeutete nichts, wenn man nicht mehr fähig war, davon zu leben. Nein, er würde nicht in die Fremde gehen. Bis Kathmandu war es weit genug. Zudem waren er und Shari sich darin einig gewesen, dass weniger an Geld auch genug wäre, um leben zu können.

Tilak war noch einmal mit Kolja über die neue Hängebrücke hinüber zur anderen Bergseite gegangen, um den Bau des neuen Klinikgebäudes anzusehen. Die erste Versorgungsstation könnte noch vor Beginn des Winters fertig werden, in der auch Kolja arbeiten würde.

„Das Kinderkrankenhaus wird ein großes Projekt für die nächsten Jahre", erklärte Tilak und meinte:

„Du wirst den Weg zur Arbeit über die Hängebrücke noch oft gehen, bis du eines Tages in der Klinik wohnen kannst.

„Schau immer geradeaus, und nicht nach unten!" riet er.

Trotzdem zitterten Kolja die Beine, und das Schwanken lag nicht nur an der Brücke, sondern auch in seinem Kopf. Das Rauschen des Sun Khosi tief unten in der Schlucht ging einher mit dem Rauschen des Blutes in seinen Adern. Ach, die Brücke war endlos!

Tilak gegenüber ließ er sich nichts anmerken, weil er sich seiner Furcht schämte. Julia hatte schon recht, wenn sie sagte, dass das Leben in den Bergdörfern des Himalaya für verwöhnte Menschen wie sie, nicht das Richtige wäre.

Trotzdem würde er bleiben wollen, schon allein seiner ärztlichen Grundeinstellung zufolge, helfen zu müssen, wo es nötig war. Bisher ging noch fast alles an ihm vorbei, was sich in den Dörfern ereignete, und wo ärztliche Hilfe gebraucht wurde. Aber in einer Krankenstation und in einer Klinik würde es auch ihm offenbar werden.

Auch wenn im Moment noch der Weg über die Hängebrücke für ihn nicht der ideale war: Er werde ihn gehen!

Und so ging Kolja jeden Tag, und immer wieder über die schwankende Brücke, weil sie zu seinem künftigen Leben dazugehören würde. Er ging auf Anraten Tilaks sogar nochmal den früheren langen und beschwerlichen Weg durch die Schlucht auf die andere Seite hinüber, um den Wert der Brücke zu begreifen, welche Erleichterung sie war, und ein Grund, sich beim Überqueren zu freuen, anstatt mit Misstrauen und zittrigen Knien darüber zu gehen.

„Kolja, deine Gedanken passen nicht zu deinem ärztlichen Beruf! hatte Tilak zu ihm gesagt, und:

„Sie sind zu negativ! Angst hat in einem Mediziner-Leben nichts zu suchen. Da muss man mutig sein und sich über Risiken hinwegsetzen können!" meinte Tilak und erzählte, wie er als Kind beim Überqueren der Schlucht einmal in den Sun Khosi gerutscht und ertrunken wäre, hätte ihm nicht ein Wanderer auf die eigene Gefahr hin das Leben gerettet!

„Er war Arzt; wusste, wie wichtig sein Leben für viele andere war, und dass er es schützen musste. Aber mein Leben war ihm wichtiger als seines! Er glaubte nur an seinen Erfolg, ein kleines Menschenleben retten zu können. Das machte ihn mutig und stark im Kampf gegen die Wucht des wilden Wassers. Was wäre gewesen, wenn er so voller Ängste und negativer Gedanken gewesen wäre, wie du, mein Freund?" hatte Tilak gefragt und ihm in die Augen gesehen.

„Du wirst noch Mut bekommen in diesem Land!" hatte er gemeint, und ihm ermunternd auf die Schultern geklopft.

Die Worte seines Freundes und die Beispiele all der mutigen Menschen hier, die diese Hängebrücke überqueren würden, beschämten Kolja zutiefst. Er sah sie schon darüber schwanken: die Alten mit ihren vom harten Leben gekrümmten Rücken, die noch ein wenig ohne Schmerzen leben wollten. Und die Frauen mit ihren kranken Kindern im umgebundenen Tuch, die einfach losgingen, mutig und hoffnungsvoll, um seine, Koljas ärztliche Hilfe für ein Leben ohne Leiden zu erhalten.

Für sie musste er stark sein und Mut haben, ungewohnte schwierige Wege zu gehen, und nicht nur diese Hängebrücke zu bewältigen! Er musste auch, genauso wie sie, auf ein gutes Ende hoffen und glauben lernen!

Die Brücke werde ihm Beweis seines Mutes und seiner Willensstärke sein, den er sich abverlangte, um sein Leben hier zu leben.

Und so schwor er sich, sie alle Tage zu gehen, schwankend bis aufrecht, solange, bis er seine letzten Ängste in die Teufelsschlucht des Sun Khosi geworfen, und diese in seiner wilden Flut dahin geschwommen wären.

Alles im Leben, auch das Unangenehme, war doch eine Sache der Gewöhnung, Und letztendlich eine Frage der Zeit!

Der Winter war mit ersten Frösten und Schneeschauern von den Bergen hinunter an die Hänge gezogen. Mit ihm zusammen trafen auch die letzten Sherpas der Dörfer ein, die sich in den Monaten bis Ende November, wo die Sicht klar und gut war, ihren Lohn am Everest, am K2 oder am Nanga Parbat verdient hatten.

Ruhe kehrte ein in den Himalaya!

Die Expeditionen hatten aufgehört, und die Bergsteiger aller Länder waren abgereist. Die Straße der Achttausender-Gipfel war leer geworden. Für Manchen hatte alles enttäuscht geendet: die witterungs- und auch krankheitsbedingt abgebrochene Tour, oder gar wegen einer Überschätzung der eigenen Kräfte.

Die Erfolgreichen aber kehrten heim mit gebührendem Stolz, aber auch mit viel Bewunderung und Respekt gegenüber dem bezwungenen Berg. An die Leistung der Sherpas, die es ihnen mit ihrer Kraft und Erfahrung ermöglicht hatten, dachte zunächst niemand mehr. Die Bergmenschen waren dort geblieben; doch in ihren Träumen und Gedanken würden sie noch oft an ihrer Seite gehen!

In den kleinen Dörfern an den Hängen richtete man sich auf den Winter ein. Die Frauen verlagerten ihre Tätigkeiten ins neuerbaute Laxmi-House, das ebenfalls als Treffpunkt für alle über die Hilfe der europäischen Freunde entstanden war. Sooft es ging trafen sie sich, um gemeinsam die Wolle der Schafe zu spinnen und einzufärben, und sie zu Teppichen, Decken, Wandbehängen und warmen Röcken zu verweben und zu verknüpfen. Ihre Kinder waren dabei in ihrer Obhut und vergnügten sich miteinander in einer Ecke des großen Raumes.

Die Idee von Julia und Shari, manches auf den Märkten zu verkaufen, hatte die Frauen begeistert. Sie machten Pläne, nach denen sie arbeiteten. Jede von ihnen sollte den Erlös ihrer verkauften Arbeit bekommen. Das motivierte.

Ein wenig eigenes Geld konnten sie alle brauchen, ob in Rupien, Dollar, Euro oder Rubel! Auf den Touristen-Märkten gab es internationales Geld. Und die Banken von Kathmandu wechselten alles!

Für die Frauen war es, im Gegenteil zu ihrem Alltag, eine leichte und erholsame Arbeit, die ihnen Freude machte. Während ihre fleißigen Hände arbeiteten, sangen sie ihre leierhaften Lieder:

> „Wir sind Töchter Nepals.
> Über uns der Everest
> und über allem Shiva.
> Um zu dienen
> wurden wir geboren

in den Bergen zwischen Bäumen
und blühenden Rhododendren.
Unsere Herzen lieben.
Wir machen schöne Dinge
aber unsere Hände sind müde."

Julia hörte ihnen gerne zu. Auch in Estland sangen die Menschen. Und zu Hause auf Tonga hatten ihre Lieder zur Erntezeit über die Felder geklungen.

Man verstand sich gut darauf, aus kleinen geschliffenen Steinen, Perlen und buntgefärbten Schnüren richtige Schmuckstücke zu basteln. Auch Shari hatte, trotz ihres Sinns für die alltäglich notwendige grobe Arbeit, ein Gefühl für die schönen Dinge. Sie und Julia, und auch die anderen, überboten sich in ihrem Eifer an Ideen und Geschick bei der filigranen Arbeit. Die Dinge mussten schön werden und den Kundinnen der Stadt auf den ersten Blick gefallen. Dann hatte man sie gewonnen.
Was man nicht auf den Märkten verkaufte, würde man den Touristen anbieten, die in der nächsten Saison wieder durch ihre Bergdörfer kämen. Männer wie Frauen suchten das Typische aus dem Land, das Besondere, das es woanders nicht gab. Die Frauen wussten genau, was gefragt war. Ihre handwerklichen Stücke aus Natur-Materialien besaßen, im Vergleich zu den fabrikgefertigten, eine natürliche Schönheit. Und sie waren Unikate!
Jedes einzelne Teil sprach für den Kreativitätssinn seiner Schöpferin und widerspiegelte auch deren Schönheit.
Schon die Tatsache, dass fremde Menschen sich an ihren Schmuckstücken begeisterten, und sie als Erinnerung an

den Himalaya mit in ihre weit entfernte Heimat nahmen, war für die Herstellerinnen eine Belohnung.

Für die Fremden waren die kleinen Dinge bleibende Erinnerungen an ihre Reise in ein fernes Land.

Den Bergsteigern bedeuteten sie noch mehr. Das schmal geflochtene bunte Band mit ein paar wenigen Perlen ihrer Berge, fast unscheinbar, das sie von nun an um den Hals oder das Handgelenk trugen, verband sie mit ihrem großen Abenteuer wie ein Ring, der den Traum von Sehnsucht wahrgemacht hatte.

In den kalten Monaten des Jahres rückten die Bergbewohner enger zusammen. Die Männer, die aus dem Nachbarland und dem weit entfernten Dubai zurückgekehrt waren, wurden von ihren Frauen umsorgt, und die Väter genossen das unbeschwerte Beisammensein mit ihren Kindern. Zu lange hatte man getrennt voneinander leben müssen, hatte hart gearbeitet, karg gelebt, und die Liebe fürs Herz entbehrt. Das Geld in der Fremde hatte sich schwer verdient. Aber nun reichte es im Winter für das Notwendige, und vielleicht noch zur Erfüllung einiger kleiner Wünsche. Der größte Lohn aber war, dass die Familie wieder gesund beisammen war. Dazu dankte man für Schutz und Gnade!

Gesund nach Hause zu kommen, war auch für die Sherpas nicht selbstverständlich. Bei aller Kenntnis und der eigenen Kraft waren auch sie auf den Beistand ihres Gottes angewiesen. Jahr für Jahr bestiegen sie den Everest, das Annapurna-Massiv, den K2 und den Nanga Parbat im Vertrauen auf den guten Geist des Berges; denn auf ihnen thronten die Götter, die belohnten oder bestraften.

Auch Rajan war unter den Zurückgekehrten. Die Sherpas hatten den jungen Bergkameraden mitgebracht.

Rajans Familie stammte aus einem nahgelegenen Berggebiet, das zu Indien gehörte. Über den Umgang mit seinen nepalesischen Freunden fühlte er sich selbst als Nepalese, und sprach deren Sprache besser als seine eigene.

Auch in den Dörfern seiner Region war die Armut groß. Die jungen Männer zogen aus, um das Geld für die Familie zu verdienen, die einen in den Oman, und die anderen in den Himalaya. Rajan hatte sich den Bergen näher gefühlt, und sich als Lastenträger im Everest-Gebiet verdingt.

Überall war die Arbeit gleich schwer, und das Geld verdiente sich hart. Auch an das Leben in einem Camp musste man sich gewöhnen, ob hier oder dort, und dass die Heimat fern war. Die Männer ertrugen es überall, solange es zuhause Menschen gab, die liebevoll auf sie warteten.

Auf Rajan wartete niemand mehr. Der letzte Monsun hatte die Hänge über seinem kleinen Bergdorf aufgeweicht. Vollgesaugt mit Wasser waren sie in Bruchstücken wie Ungeheuer auf die Häuser abgesackt, und hatten innerhalb von Minuten alles unter ihren schweren Massen begraben. Sie hatten Niemandem, und keinem Gegenstand, eine Chance gelassen, zu entkommen und zu überleben. Eine Verwüstung war zurückgeblieben: Erd- und Geröllhaufen, aus denen mitgerissene Bäume, Balken und Mauerreste in der aufkommenden Dunkelheit gespenstig herausschauten.

Als Rajan ankam, war kein Laut war mehr zu hören gewesen, kein Jammern, kein erschöpftes Rufen! Nur ab und zu ein Rumoren unter den schlammigen Schutthaufen, wo etwas nachsackte und eventuell noch darunter liegendes Leben endgültig erstickte. Eine grausame Stille!

Sie hatte sich auch ihm wie mit augenscheinlicher Last auf die Brust gelegt und die Luft zum Leben genommen. Es hatte wehgetan!

Der Gedanke, dass die eingeschlossenen Seelen der Toten nun nicht mehr in ein anderes Leben aufsteigen konnten, und vielleicht verloren waren, beschäftigte ihn sehr und forderte seinen Protest heraus. Es waren gute Seelen; sie hatten es nicht verdient, in einem Leben ohne Nirwana zu enden! Auch als Menschen einer niedrigen Kaste hatten sie eine Belohnung verdient, wiedergeboren zu werden, gleich auf welche Art. Der Gott, der in ihren Seelen wohnte, wäre für jedes neue Wesen ein guter.

Ach, das Leben! Angesichts dieses Todes schien es nichts mehr zu bedeuten? Außer, dass es ein Glück war, zu leben. Er war nicht unter den Verschütteten. Er, Rajan, durfte weiter leben! Aus den wirren großen Erdhaufen, die zu Gräbern geworden waren, hatte er geglaubt, ihre jubelnden Worte zu hören:

„Du lebst, Rajan! Du lebst!", doch er hatte sich nicht darüber freuen können.

Die ganze Nacht hatte er dort verbracht, untätig und nicht wissend, was er tat. Er hatte in seiner Verzweiflung geweint und ihre Namen gerufen. In die Lücken der verschlammten Erdhaufen hatte er sie hinein geschrien und auf einen Ton gelauscht. Aber es war nur ein dumpfes Rumoren, das ihm geantwortet hatte: der Tod selbst!

Er hatte auch am anderen Morgen noch gewartet, und darauf gehofft, dass von irgendwem Hilfe käme. Doch auch das war umsonst gewesen. Niemand hatte sich der abgelegenen Unglücksstätte angenommen. Der Bergrutsch in dem kleinen unbekannten Dorf war der Öffentlichkeit verborgen geblieben, wie so Vieles, für das oft eine Rettung zu spät kam!

Als er später an zuständiger Stelle um Hilfe bat, hatte man ihn mitleidig angesehen und bedauernd mit den Schultern gezuckt. Was war schon mehr zu erwarten gewesen?

Vieles geschah in seinem großen Land, wogegen man nichts tun konnte. Und erst recht nicht, wenn es durch eine ungebremste Macht der Natur geschehen war. Gegen sie gab es keine Gesetze und keine Strafe, und damit keine Wiedergutmachung! Klein und machtlos stand der einzelne Mensch vor dem, was ihm angetan wurde. Er fügte sich dem, oder zerbrach daran!

Der Sand der Erde war wie das Meer: Beide waren imstande, jedes Lebewesen und alles, was vom Menschen geschaffen wurde, erbarmungslos und schnell unter sich zu begraben. Die Schuldzuweisung eines Menschen gegen solche Naturgewalten war lächerlich. Man sprach vom Schicksal. Und auch dagegen sich aufzulehnen, war zwecklos, wie und wo auch immer!

Nein, es gab keine Instanz, vor der man klagen konnte!

Rajan beschloss, nie mehr an die Stätte der Verwüstung zurückkehren, die einst Heimat für ihn war. Sie war ihm fremd geworden mit einem Schlag,

Nun, wo es kein Zuhause mehr gab, war er ein freier Mann, der mit dem Rucksack seiner wenigen Habseligkeiten, und einem einsamen Herzen, von dannen gehen konnte.

Mit dem Untergang seiner Familie ließ er niemanden mehr zurück, dem gegenüber er verpflichtet wäre, arbeiten und Geld verdienen zu müssen. Die Zwänge seines Lebens, die seiner Arbeit bisher einen Sinn gegeben hatten, lagen im Schlamm begraben. Nur mehr er selbst zählte: Sein übriggebliebenes Leben!

Ab da war es auch ihm, dem Sherpa, als eine Art Kostbarkeit bewusst, wenn er mühsam die Berge des Himalaya bestieg, und jeder Schritt eine Gefahr darstellte.

Aber es war sein Job. Und am Ende sein Verdienst!

Rajan war an Bescheidenheit gewöhnt. Für sein eigenes Leben brauchte er nicht viel. Zudem war er kein Mann, der dem Geld nachjagte. Die Freundschaft seiner Bergkameraden bedeutete ihm mehr. Sie waren im Himalaya zu seiner Familie geworden. Zugehörig zu sein, war das Höchste für einen Heimatlosen, dessen Wurzeln untergegangen waren.

Einsam war er nur manchmal. Dann fühlte er, dass ihm ein Mensch fürs Herz fehlte. Menschen brauchten einander, um bestehen zu können und Lust am Leben zu haben. Aber solange das Herz betrübt war, und die Augen noch voller Traurigkeit über das Erlittene, konnte man sich fürs Erste damit zufrieden geben, in einen Freundeskreis aufgenommen worden zu sein. Er fühlte sich wohl unter ihnen. Aber das schöne Gruppengefühl ersetzte nicht die Innigkeit der Zweisamkeit.

Nähere Vorstellungen über ein gemeinschaftliches Leben mit einer Frau und Familie hatte er nicht. Er wollte es nicht überstürzen.

„Bistare, bistare!" sagte er sich manchmal, wenn er sich zur Langsamkeit aufforderte, so wie die nepalesischen Sherpas ihre anvertrauten Bergsteiger am Everest ermahnten, die in ihrem Eifer am Anfang zu schnell waren. Große Ziele erreichte man nicht im Laufschritt!

Auch ein weiser Mann aus China hatte einmal gesagt:

„Aus vielen Stunden wird ein Tag, und aus vielen Tagen wird ein Jahr!" So war es!
Die großen Dinge begannen alle langsam und klein!

Frauen waren anziehende Wesen. Ihre Blicke waren magnetisch und zogen die Aufmerksamkeit der Männer an. Sie entgingen auch Rajan nicht, wenn er durch die Straßen von Kathmandu ging. Nicht alle sahen verschämt und demütig zu Boden. So schön wie sie auch waren, überkam ihn jedoch bei keiner das besondere Gefühl.
Lag es an ihm oder an den Frauen? Wenn er sich mit manch anderen Männern verglich, stellte er mit gewissem Stolz fest, dass er ein ansehnlicher Mann war. Irgendwann würde er der Richtigen begegnen.
"Bistare, Rajan, bistare!"
Auf dem Rückweg verloren sich die Gedanken wieder und ließen ihn in Ruhe. Dann war es doch das Geld, das ihn beschäftigte. Dauerhafte Wohnungen in der Stadt waren teuer. Die saisonale Arbeit am Berg brachte nicht soviel ein, um sie das ganze Jahr über bezahlen zu können. Eine zusätzliche Arbeit wäre gut! Die Gedanken um das Geld vertrieben zwar jedesmal die um die Frauen. Aber es gehörte dazu. Wie sollte er sie ernähren, und auch Kinder? Geschweige denn, ihnen ein Haus bauen fürs ganze Leben?
Ach, das Geld! Es machte nicht glücklich; es belastete!
Die materialistische Denkweise, wie sie überall zu spüren war, fehlte ihm. Glück wäre ihm wichtiger!
Das Geld veränderte die Menschen und ihre Ideale. Er sah es bei seinen Freunden. Sie alle waren zwar gläubig nach der buddhistischen Lehre, dem Dharma, aber über das Geld der touristischen Bergsteiger am Mount Everest und überall, hatten sich bei einigen schon die Vorstellungen vom

wahren Glück verwischt. Manche Grundsätze, nach denen sie in vorheriger Armut gelebt hatten, waren darüber geschmolzen wie der Schnee in der Sonne.

Dabei war das Geld doch wie ein flüssiges Rauschmittel: Es versickerte so schnell wie das Wasser. Wenn man kein Haus damit baute, hatte es keinen festen Bestand.

Nein, Rajan konnte nicht sagen, dass das Geld ihn glücklich machte. Doch es beruhigte, wenn man es hatte! Und Geld war ein Lohn für die Arbeit. Das war nicht mehr wie recht! In der Welt draußen wurde nichts verschenkt, weder die Arbeit noch der Verdienst, keine einzige Handvoll Reis oder ein paar Blätter Manjok. Und wie ihm manchmal schien: nicht mal ein uneigennützig geschenktes Lächeln!

In allem lag eine Gegenforderung.

Sein amerikanischer Bergfreund Larry, mit dem er jedes Jahr auf Expeditionen im Himalaya unterwegs gewesen war, hatte ihm einmal von seinen Vorfahren erzählt: den Inkas und den Indianern. Sie hatten den wahren Reichtum in den Geschenken der Natur gesehen, und sie als von Gott geachtet. Soweit so gut! Für ein gutes Leben hatten sie die irdischen Schätze in Form von Gold und Geld als Gegengeschenk für ihren Gott gesammelt und sie in der Hoffnung auf eine Belohnung mit in die Ewigkeit genommen. Auch den früheren ägyptischen Königen waren unermesslich goldene Schätze mit ins Pyramidengrab gegeben worden, hatte Larry erzählt. Warum? Aus Dank fürs gehabte Leben, oder als Bestechung für ein neues?

Auch in Rajans Religion bot man den Göttern Gaben an von allem Guten, was man hatte. Man brachte sie in die Tempelanlagen und trug seine Bitten vor, während sich in den Gängen die Gebetsmühlen drehten.

„Schenken ist etwas Schönes, und ist immer gut!" hatte Larry gesagt. Oft hatten sie am Abend im Camp darüber diskutiert und waren beide der Meinung gewesen, dass alles, fast alles, was der Mensch tat, auch mit dem Wunsch der Gegengabe behaftet war.

Immer wieder dachte er an die Worte des Freundes. Er hörte sie noch heute. Larry war ein kluger Mann. Und was er alles gesagt hatte, stimmte!

Er kannte das Leben in der Welt und die Menschen. Hatte er über etwas berichtet, schien es, als hätte er es erlebt. Und genauso war es, wenn er über Gott sprach; dann hörte es sich so an, als sei er ihm persönlich begegnet. Wenn man es ihm sagte, lachte er laut. Und trotzdem glaubte man ihm.

Sie hatten endlose Unterhaltungen und Diskussionen über Gott und die Welt geführt, worüber auch Rajan seine Sprache erlernt hatte, und sie am Ende besser beherrschte als seine eigene. Der frühe Tod seines Vaters war der Grund für seine schlechte Bildung, sowie die Sitte, dass der älteste Sohn als Ernährer der Familie folgen musste, anstatt zur Schule zu gehen. Rajans noch fast kindliches Alter war kein Hinderungsgrund für schwere Arbeit gewesen.

Er hatte seine Pflicht getreu erfüllt, und schon früh die anfallenden Reinigungsarbeiten im Bodencamp des Everests verrichtet. Nachdem er sich später im Umgang mit den sturen Yaks bewährt hatte, war er als Jugendlicher ins Begleitteam zum ersten Basislager aufgenommen worden. Es hatte ihn mächtig stolz gemacht, und ihm auch ein paar Geldstücke mehr eingebracht, und von Larry, dem Amerikaner, immer noch einen Dollar mehr.

Das Geld ließ sich verdienen, auch wenn man keine Schulbildung hatte. Es fiel in der Masse der Bergsteiger nicht auf, wenn man sich nicht verständigen und antworten konnte.

Im Wirrwarr vieler gebildeter Menschen und ihrer Sprachen genügte es, nur die Augen und Ohren zu öffnen, um Manches zu verstehen und zu lernen.

Erst später, als er zum Sherpa ernannt wurde, und Larry es war, der sich seiner annahm und stets seine Begleitung wünschte, machte es Rajan etwas aus, dass er ungebildet war.

Larry selbst störte es nicht; im Gegenteil! Er versuchte, ihn über alles zu informieren und zu belehren. Umso aufmerksamer hörte ihm Rajan zu, besonders dann, wenn er über Gott und die Menschen sprach.

Die Art der früheren Völker, ihren Gott mit irdischem goldenem Reichtum zu bestechen, ließ Rajan nicht los. Was mochte denn mit den Armen geschehen? Sie konnten nur auf ein Erbarmen hoffen. Aber jeder Gott war auch gnädig.

„Es ist auch heute noch so", sagte Larry einmal, „dass die Menschen fast aller Religionen mit irdischem Denken auf ihre Weise gottgefällig sein wollen. Die Einen tun es mit Lob und Bewunderung, mit Gehorsam und Moral, oder mit Opferbereitschaft und Liebesdiensten am Nächsten. Andere kämpfen und töten den Nachbarn für ihren Glauben, und, und ... Im Grunde genommen tun wir alles dafür, um gut dazustehen. Da fragt man sich doch: Wie gottgefällig ist der Mensch wirklich? Anders ist es mit der Gottesfürchtigkeit.

Dem religiösen Menschen hilft sie indirekt, ein wenig anständiger zu leben", hatte er gemeint, und „So ist das nun mal: Zwänge halten die Zügellosigkeit in Schach!"

Und als beträfe es ihn nicht auch selbst, hatte Larry leichthin darüber gelacht, und Rajan auch.

Sie hatten auch manchmal über die Demut gesprochen, die dem Menschen mancherorts fehlte, und die ihm jedoch angesichts der Größe ihres Gottes zu Eigen sein müsste.

Wenn man den Everest bestieg, empfand man sie.

Unterwegs in der Todeszone spürten sie jedesmal, wie klein und wenig sie waren ohne den Beistand eines Übermächtigen. Und auch oben auf dem Gipfel der Welt, wo der Wind seine gigantische Allmacht in Gesängen umher wehte, und ihnen nur den nötigsten Atem zum Leben ließ, verschlug es ihnen die Sprache.

„Gottes Wind, Rajan!" hatte Larry dann ehrfürchtig gesagt. "Nicht geschaffen für den Menschen!"

Sie beide waren auf all ihren Bergtouren ein geübtes Team, wussten den Berg einzuschätzen und auch ihre Kräfte. Und sie kannten die Wetter im Himalaya. Gänzlich konnte man sich jedoch nie auf seine Einschätzung verlassen. In diesen gigantischen Bergen wehte ein anderer Wind. Er war frei und unberechenbar in seinen Sphären.

Auf ihrer letzten Tour hatten sie beim Abstieg vom Gipfel ihre menschliche Unzulänglichkeit in aller Härte erfahren, indem sie trotz ihrer Kraft zum Spielball der aufkommenden Stürme wurden. Entgegen ihrer Kenntnis war in Windeseile ein Schneegewitter auf die Gipfel zugeeilt. Sie versuchten das erstgelegene Not-Biwak zu erreichen. In der Hast, die keine hätte sein dürfen, wurde Larry gegen ein Felsstück gewirbelt und brach sich einen Fuß. Im dichten Schneetreiben kostete es viel Mühe, mit Hilfe Rajans das Not-Biwak zu erreichen. In der Einbuchtung unter einem Felsvorsprung konnten sie für eine Weile bleiben.

Der Überhang hielt die Schneeflocken vom Eindringen ab. Rajan hatte, wie immer beim Aufstieg, seinen Rucksack darin deponiert. Er enthielt zum Glück eine Notration an Kleidung , etwas Proviant und Medizin. Dank Larry waren sie beide auch mit qualitativer Hochgebirgs-Kleidung ausgerüstet. Darin konnte man die Nacht überleben, bis bei Tagesanbruch und Wetterbesserung Hilfe kommen würde. Kameraden am Berg ließ man nicht im Stich.

Es ging ihnen soweit gut; Larrys Schmerzen waren seltsamerweise auszuhalten, und sie waren vor dem Wetter geschützt. Der Abend war lang, und so erzählte Larry seine Geschichten über Amerika. Es musste ein aufregendes schönes Land sein, und gut zum leben: Ein großes Land, das schon Menschen aller Nationen aufgenommen hatte und ernährte. Und ein Land der Freiheit, was man nicht von jedem sagen konnte!

Im Laufe der Nacht begannen bei Larry die Schmerzen. Gegen Ende war es nicht nur der Schnee von draußen, sondern sein entkräfteter Körper, der die Kälte im Inneren verbreitete und den Mut dämpfte. Bis zum Morgen war der Fuß bis ins Bein so angeschwollen, dass es ihnen unmöglich war, den Schuh auszuziehen, selbst auf die Gefahr hin, dass der Fuß erfror. Er war so in die Schwellung eingeklemmt, als wäre er darin verwachsen. Eine Bruchstelle war nicht mehr zu lokalisieren, ob am Fuß oder Bein, oder an beiden. Larrys Schmerzen wurden, trotz Schmerzmittel, unerträglich. Und doch mussten sie sich gedulden. Der Schneefall hatte die ganze Nacht nicht nachgelassen; und es sah auch am Morgen noch nicht nach einem klaren Tag aus. Eine Bergung schien unter diesen Umständen in dieser Höhe vorerst unmöglich.

Der Tag, und ihre SOS-Rufe gingen auch bis zum Abend im Schneetreiben unter. An eine Rettung vor der zweiten Nacht war ebenso nicht zu denken. Wahrscheinlich war man im Basislager schon davon ausgegangen, dass sie im Wetter umgekommen seien. Egal, ob tot oder noch am leben: man werde sie suchen! Jedes Leben, und war es noch so vage, musste gerettet werden. Das war man sich gegenseitig schuldig; denn es konnte jeden von ihnen treffen.

Nur die Zeit drängte! Stunde um Stunde verflog, und damit die Hoffnung, dass ein Bergrettungsteam sie noch lebend bergen könnte vor der Nacht.

Die beiden Verschollenen harrten aus . Für sie verging die Zeit zu langsam. Unaufhörlich fiel der Schnee, als wolle er sie in seiner Lautlosigkeit unter der weißen Masse im Dunkel der Nacht begraben. Larry war still geworden; er hatte zu fiebern begonnen und versank ständig in einen todbringenden Schlaf, aus dem ihn Rajan immerzu wecken musste. Es war ein grausamer, rettender Dienst, den Larry im Fieber und seiner Übermüdung nicht mehr schätzen konnte.

„Lass mich schlafen!" murmelte er immer wieder. Und: „Wenn ich aufwache, steigen wir ab."

Rajan, der besorgt den Kopf schüttelte, sagte ihm: „Wir können nicht absteigen: der Schnee und ..."

„Aber du kannst es!" Richtig ärgerlich wurde er: „Und dann bring Hilfe mit, dass sie mich aus diesem verdammten Loch herausholen!" Es klang wie ein Befehl.

Seine Unruhe legte sich, indem ihn wiederum der Schlaf übermannte. Sie froren beide, und auch wieder nicht. Die Kälte der Nacht machte zeitweise gefühllos.

Die Luft war kalt, zu kalt für den Atem. Daher sparte man sich die Worte.

Und doch hatte Larry noch hin und wieder etwas zu sagen: „You'll come with me, Rajan! America is a good country!"

Dann schlief er wieder ein, um gleich von neuem geweckt werden zu müssen.

„Yes, you come with me!" sagte er noch einmal mit bestimmter Stimme, als sei es eine beschlossene Sache.

Und Rajan nickte, damit Larry seine Ruhe fand, und nicht leiden musste.

Noch bevor der Morgen anbrach, wurde Larry in seinem Fieber von einer auffallenden Unruhe befallen, die schwer zu dämpfen war. Er schien Halluzinationen zu haben.

„Rajan, es wird Frühling! Die Bäume blühen schon!" lachte er auf und starrte mit fiebrigen Augen in das baumlose Weiß. Aufstehen wollte er und gehen. Weg von dem Platz, an dem der Tod lauerte! Er machte den Anschein, als gehe es ihm gut und begann sogar zu scherzen:

„Hab ich ein Glück gehabt! Ich habe nur ein Bein gebrochen und nicht den Hals!" lachte er mit verzerrtem Gesicht. Es war makaber! Larry begann auch zu singen:

„We're going home ... going home ... Halleluja, Hall...!"
bis seine Stimme versagte.

Immer wieder griff er nach der Hand des Freundes und sah ihn bittend an. „Come, Rajan! Let's go home! Please, come!", flehte er ihn an.

Es waren Larrys letzte Worte, bevor er in einen ruhigen Schlaf fiel. Rajan spürte, dass draußen vor dem Eingang zum Spalt schon der Engel des Todes wartete. Doch so sehr er seinen Freund auch vor ihm bewachen wollte, überfiel auch ihn immer wieder in kurzen Momenten der Schlaf. Sein Geist war nicht mehr wachsam genug. Er wanderte zwischen Traum und Wirklichkeit.

Beim erneuten Aufwachen spürte er dann den Hauch des Todes ganz nah. Erschreckt rüttelte er an Larry und schrie ihn an; doch es kam kein Protest mehr. Ruhig und friedlich lag er an seiner Seite und schlief in ein anderes Leben, aus dem er nicht mehr geweckt werden wollte – und konnte.

Der Schlaf konnte so gnädig sein; in ihm fiel der Übergang leicht. Larrys Besuch auf dieser Erde schien beendet.

Es war traurig, und zugleich tröstlich, dass nun sein Leiden zu Ende war. Rajan küsste ihn auf die kalte Stirn und verabschiedete sich von ihm.

„Larry, go home!" sagte er ihm. "Von hier oben ist der Weg nicht so weit!"

Mit diesem Gedanken lag er nun neben dem Freund, mit dem er den Gipfel über der Erde bestiegen hatte. Warum sollte er den Weg mit ihm nicht weiter gehen?

Als er sich in den Schlaf fallen ließ, war es egal, ob er nur wieder kurz wäre, oder ewig!

Sie lagen friedlich Seite an Seite, ohne körperliche Wärme und Gefühl, tot und bewusstlos, als man sie in der Klarheit des nächsten Tages fand.

Im Hospital unten in Kathmandu pflegte man Rajan soweit gesund, dass er wieder sehen, riechen und essen konnte, und mit seinen zum Teil erfrorenen Füßen gehen lernte. Währenddessen hatte er genug Zeit, über die Worte des Freundes nachzudenken.

Doch manchmal war das Nachdenken nicht gut. Der Tod von Larry, mit dem er fast ins Nirwana gegangen wäre, hatte ihn zu tief berührt. Ihre letzte Nacht lag wie ein schwerer dunkler Schatten über ihm, der keinen Lichtstrahl durchließ. Er begriff nicht, warum er noch lebte, und der Freund an seiner Seite sterben musste, in jener Nacht, in der der Tod doch versucht hatte, sie für immer zu vereinen.

Obwohl Rajan den Bergkameraden für die Rettung unendlich dankbar war, brauchte er lange, sich seines neugewonnenen Lebens bewusst zu werden, und es zu beginnen. Orientierungslos wie an einem fremden Ort ging er umher und suchte nach einem Inhalt. Immer hatte er eine Arbeit und Aufgaben zu erfüllen, und das Leben hatte einen Sinn gehabt. Aber nun schien es ihm leer. Sinnlos! Ohne Larry war er nicht mehr „der Sherpa vom Everest", sondern bald einer der Millionen von Armen in seinem Land. Dunkle Gedanken waren wie dunkle Wolken ohne Licht. Und ohne Licht konnte man nicht sehen!

Er vermisste Larry, wie er noch nie jemanden vermisst hatte: seine Kameradschaft und Freundschaft, seine Großzügigkeit, seinen Frohsinn und sein Lachen, und auch seine tiefgründigen, klugen Worte, mit denen er ihn wie ein väterlicher Freund belehrt hatte, weil er wusste, dass es sonst niemand tat.

Obwohl sie oft diskutierten, und Larry auf alles eine Antwort gewusst hatte, waren sie bei gewissen Themen nie an ein Ende gekommen. Dann hatte Larry gesagt:

„Rajan, es ergibt keinen Sinn, sich über alles den Kopf zu zerbrechen, um nach einer Ideal-Lösung für ein gutes Leben zu suchen Wir bleiben fehlerhafte Menschen, und jeder hat sein eigenes Schicksal, und sein Karma ist bestimmt. Du weißt: auf Erden sind wir nur zu Besuch. Es ist wie eine Chance, Rajan. Darum lebe so gut du kannst! Was nach unserem Ende kommt, werden wir dann sehen!"

Er hatte ja recht! Von dort oben über dem Everest schaute er nun schon auf die Dinge der Welt herab. Was im Nirwana geschah, hatte Larry bereits erfahren und war jetzt noch klüger als zuvor.

Von Larry hatte er alle Dinge von zwei Seiten sehen gelernt: „Sieh den Everest an, Rajan! In seiner Sonnenseite ist er aus Gold, und in der Schattenseite aus Silber! So ist es mit allem, mit den Geschäften, die wir machen, und auch mit den

Menschen. Vorallem mit den Frauen!" hatte er hinzugefügt und laut gelacht, als kenne er sich aus.

Obwohl Rajan sich immer wieder daran erinnerte, dass er nun schon zweimal dem Tod entgangen war und jetzt alles vergessen wollte, blieb ihm das Vergangene gegenwärtig. Menschen, die einem nahestanden, verlor man nicht einfach aus dem Kopf und dem Herzen. Sie hatten darin einen wichtigen Platz eingenommen. Zudem hatte Larry ihm seine Freundschaft geschenkt!
Nein, einen Menschen wie Larry konnte man nicht vergessen! Mit ihm wäre er bis nach Amerika gegangen!

Sie begegneten sich manchmal: auf dem Dorfplatz am Brunnen. Oder auf dem Fußweg zur Straße hinunter, wenn Julia und Shari mit ihren gefüllten Tragekörben auf dem Rücken zu den Märkten im Kathmandu-Tal gingen, und Rajan unterwegs war auf der Suche nach einer dauerhaften Bleibe. Dabei wurde man zu Weggefährten.
Seine Sprachkenntnisse in der Eigenart des Bergdorfes, waren mager und bezogen sich nur auf das Notwendige. Aber das machte nichts! Dafür beherrschte er ja die Weltsprache Englisch! Mit Julia konnte er sich darin unterhalten. Und das tat er gern. Außerdem war sie eine der schönen Frauen, die ihm gefielen.
Die beiden Frauen kommunizierten auf eine spezielle Art, die kein anderer verstand. Sie führten eine seltsame, aber rege Unterhaltung, waren albern und hatten ihren Spaß miteinander. Die Last, die sie auf dem Rücken hatten, trugen sie leicht.
Rajan hatte seit Larrys Tod nicht mehr gelacht. Die Trau-

rigkeit lag noch in seinem Gesicht. Aber er spürte, wie gut die Unbekümmertheit der Frauen tat. Ihr Lachen klang wie neues Leben!

Zu Hause dachte Julia an Rajan. Er schien einsam zu sein, wie ein Mensch auf der Suche nach einem neuen Sinn. Oder nach einem Menschen, der ihn verstand?

Es erinnerte sie an ihren eigenen Zustand in der Zeit, als sie am Anfang hier war. Wie verloren war sie sich vorgekommen, wie ein verirrtes Schaf, das nicht wusste, ob es allein weiden, oder nach den anderen blöken sollte. Aber auch das hätte nichts gebracht.

Einsam war sie heute nicht mehr; doch der Zweck ihres Kommens schien sich in keiner Weise zu erfüllen.

Wenn sie am Abend in ihrem kleinen Haus zur Ruhe kam, fragte sie sich immer noch danach, was sie ändern könnte. Gewiss: sie war zufrieden geworden mit dem, was sie hier hatte und stellte keine Vergleiche zum Reichtum von Tonga. Die Fülle ihres damaligen Lebens vermisste sie nicht mehr. Sie hatte sich dem einfachen Leben angepasst.

Wenn man den Zweck der Auswanderung nicht hinterfragte, blieb man zufrieden. Doch es war ein anderer gewesen. Koljas Gedanke, als Mediziner helfen zu können, war ein realistischer. Er war dabei, ihn zu verwirklichen.

Sie aber schämte sich ihrer überheblichen Pläne. Im Vergleich zu Kolja wurde sie nicht gebraucht. Sie hatte die Art und Weise, wie die Menschen sich in ihrem armen Land ernährten und zurechtkamen, nicht mit ihren Ratschlägen verbessern können. Im Gegenteil: Shari hatte sie gelehrt, mit einem kargen Acker in diesem Bergklima umzugehen, damit aus ihm etwas Brauchbares wuchs!

Sie selbst war es, die sich den hiesigen Naturgesetzen

unterworfen und danach arbeiten gelernt hatte, nicht die anderen! Auch an den korrupten Regeln der Vermarktung im Tal von Kathmandu, über die sie sich empörte, hatte sie nichts ändern können. Alles hatte sie hingenommen wie es war und sich hinein gefügt.

Mehr und mehr hatte sie begriffen, dass nicht sie allein die gewohnten Dinge ändern konnte. Eine Lobby musste man haben! Und Geld!

In gemeinsamer Stärke und Kraftanstrengung, basierend auf der Leistung des Einzelnen, war die Arbeit europäischer Freunde erfolgreicher gewesen, die den Kindern eine Schule gebaut hatten, ein Gemeindehaus und eine medizinische Notfallstation. Auch die besser zu beheizenden Öfen in ihren kleinen Häusern, die Wasserstelle am Dorfplatz und die Hängebrücke über den Fluss waren ein Segen für die Menschen dieser abgelegenen Bergdörfer. Mit diesen Einrichtungen hatten sie die wahre Not der Schwachen gelindert: die der Frauen und Kinder. Und als Krönung der ganzen Aktion würde mit ihrer Unterstützung auch das große Kinderhospital am anderen Ufer fertiggestellt werden, in dem Kolja arbeiten würde.

Das, was die anderen leisteten, war bewundernswert! Aber doch nicht das, was sie tat! Wenn sie es genau betrachtete, war sie in ein Abenteuer geraten, ein fremdes Land, seine Menschen und ihr Leben kennenzulernen. Und nicht mehr! Einfache Menschen lebten nach den eigenen Regeln und vertrauten auf ihren Gott. Sie waren mit Wenigem, ja, dem Nötigsten zufrieden, solange sie davon leben konnten.

Die Einzige, die das schon vor ihrer Abreise erkannt hatte, war Mascha gewesen. Sie hatte überlegt und gemeint:

„Jeder lebt auf seine Art in seinem Land, und ist so gewöhnt. Arme Menschen sind zufrieden damit, wenn sie Arbeit haben und etwas zu essen auf dem Teller. Man sollte sie in ihrer Anspruchslosigkeit lassen!"

Sie hatte sich dabei an ihre Kindheit am russischen Ladoga-See erinnert, wo das Leben für sie nicht üppig, wohl aber schön gewesen war.

Bei den letzten Vorbereitungen auf ihrem Acker vor dem endgültigen Winter stand Rajan plötzlich vor ihr.

„Es ist mein Feld!" sagte sie verlegen. „Ich lebe davon!"

Er nickte.

Wortlos sah er ihr zu, blickte auf ihre abgearbeiteten schmutzigen Hände und in ihr, von wirren Haarsträhnen umhülltes Gesicht, aus dem ihn weiße Zähne anlachten.

Wie sie arbeitete, gefiel ihm. Es erinnerte ihn an seine Mutter. Und so blieb er stehen und sagte nichts. Was sollte er auch sagen? Er spürte, dass sie aus verschiedenen Welten kamen. Aber sie war anziehend und schön, und sie machte ihn neugierig.

Als sie heimging, trug er ihren Korb mit den letzten Blättern der Gemüsewurzeln, die im Boden bleiben sollten für das nächste Jahr. Das grüne und rote Blattgemüse würde noch einige gute Mahlzeiten ergeben.

Mit seiner Hilfe hatte sie gerade noch das Holz an die Kochstelle im Haus geschafft, als nach einem heftigen Windstoß schon der Regen auf das Wellblech prasselte. Ohne Fragen stapelte er die dünnen Holzstangen auf der Feuerstelle und zündete das Feuer an, während sie schon den alten verbeulten Wasserkessel füllte, und einen Tee vorbereitete.

Er deutete auf den fast leeren Eimer mit dem wenigen Wasser, und sein Blick fragte, ob er Neues holen solle.

Sie schüttelte den Kopf und zeigte lachend nach draußen auf die Tonne, die sich langsam mit Regenwasser füllte.

Er lächelte zurück und verstand.

Als sie später bei ihrem heißen süßen Tee am Feuer saßen, kam die Müdigkeit. Draußen und in der Hütte war es dunkel geworden. Nur das Feuer zauberte ein flackerndes Licht in den Raum und auf ihre Gesichter.

Sie schwiegen und spürten, wie unsagbar wohl sie sich in der Stille und Wärme des Feuers – und der gegenseitigen Nähe – fühlten. Das wohlige Gefühl senkte sich wie ein geheimnisvoller Segen auf sie herab, und umhüllte sie mit einer wärmenden Decke. Es war das erste Mal, dass sie sich in die Augen sahen, und in der dunklen Tiefe ihrer Blicke versanken.

Noch bevor sie ihre ganze Schönheit entdeckten, trug sie der Engel des Amour davon. In ihren innigen Küssen bemerkten sie es nicht. Sie spürten nur die wunderbare Seligkeit der Liebe, die sie beide nie erlebt hatten, nun aber geschehen ließen, ohne darüber nachzudenken. Das taten sie erst später in der Nacht, als jeder sich in den Armen des anderen wiederfand.

Das, was mit ihnen geschehen war, musste ein Geschenk des Himmels gewesen sein. Das harte Erdenleben verschenkte kein derartiges Glück. Nur der Himmel führte zwei Menschen zusammen, die im Herzen eins waren.

Die Sympathie zueinander hatten sie bei ihren bisherigen Begegnungen nicht deuten können, und so hatte sie die Liebe auf wundersame Weise überrascht und in ein anderes Leben entführt, in dem das Grau der Hütte hell, und die Kälte der Nacht wärmend war.

Es war auch am anderen Morgen noch ein schönes Gefühl, bei ihrem Tee nicht mehr allein zu sitzen und zu fühlen, dass sie sich gefunden hatten. Die Tür in ein gemeinsames Leben schien sich geöffnet zu haben.

Es bedurfte keiner Worte, als er eines Tages mit seinem gepackten Gebirgsrucksack an ihrer Türe stand.

In dem kleinen Haus war genug Platz für zwei Menschen, die sich liebten. Das Feuer war warm, und die Ersparnisse reichten für eine warme Mahlzeit auf dem Tisch.

Der Winter war lang und bot genug Zeit, sich kennenzulernen und voneinander zu lernen. Sie erfanden Spiele für den Zeitvertreib, und Rajan schrieb Gedichte. Sie waren schön, tiefgründig und weise, fast wie die von Tagore! Manchmal sang er in seiner Sprache versonnen vor sich hin. Sie hörte es gern. Eine gewisse Tristesse lag darin, und eine Klage dem Leben gegenüber, das ihn benachteiligt hatte.

Einmal ging er hinaus um kleine Steine zu sammeln für den Bau eines Miniaturhauses, eines Modells, das er ihr eines Tages in voller Größe bauen wolle. Er schnitzte kleine Möbelstücke aus trockenem Brennholz, mit denen sie das kleine Haus einrichteten. Die Spielereien taten der Beziehung gut, und all die Pläne, die sie in ihrem Enthusiasmus machten.

Im Innern aber lauerten stille Zweifel, über die sie nicht sprachen: Amerika und Tonga! Lange hatte Rajan das Foto von Tonga studiert, das Julia ihm gezeigt hatte. Es sei zu groß für zwei Menschen, hatte er gemeint. Und zu wohlhabend!

„Zuviel Geld! Nicht gut für das Glück!"

Auch die Fotos ihrer Eltern, die sie mitgenommen hatte, hatte er genau betrachtet.

„Sie sind intelligent und reich. Ich bin nur ein Mann für ein kleines Haus", hatte er gesagt.

Ihre stolzen Eltern hatte er bewundert.

„Wie schön sie sind! Zu schön für nur eine bescheidene Liebe und ein ärmliches Leben!"

Sie hatte ihn verwundert angesehen. Was wollte er damit sagen?

„Sie sind wie Du", hatte er gemeint. „So schön wie Du! Zu schön für mich! Zu schade für ein armes Leben mit mir!"

„Ach, Rajan!"

In solchen Momenten hatte sie sich vertrauensvoll an seine Schulter gelehnt, um Zuversicht zu spüren. Und sein Arm hatte sie umschlossen, stark und fest, als wolle er sie auf ewig behalten.

Der Winter mit seinen Stürmen forderte sie heraus. Rajan war handwerklich geschickt und stark, dem kleinen Haus genug Widerstandskraft zu geben, damit es keine Nässe hineinließ. Fauchend und heulend, und manchmal jammernd, zog der Wind umher, rüttelte an der alten Türe und den kleinen Fenstern, und ließ drinnen sogar das Feuer flackern. Immer wieder überprüfte Rajan den Holzvorrat draußen im Anbau und hoffte, dass er über den Winter reiche. Der trockene Dung, den Julia gesammelt hatte, heizte besser, aber er roch und rauchte zu stark.

Die ganze Feuerstelle war nicht gesund! Rajan beschloss, ihr im nächsten Winter einen Tandoori zu bauen, wie ihn die Mutter hatte. Diese zylindrischen Lehmöfen waren eine dankbare Sache. Man konnte in ihnen kochen und backen, und sie heizten gut. Julia könnte am Abend ihre wokähnliche Pfanne mit Geflügelfleisch, Curry-Blättern, Ingwer, Koriander, Nelken und Kurkuma in seine Nische schieben, und am anderen Morgen wäre das „Balit" fertig. Ein solch traditioneller Ofen gehörte in ein eigenes, richtiges Haus, das er für sie bauen wollte. In diesem Winter aber musste noch die offene Kochstelle genügen; doch im nächsten werde alles besser sein, versprach Rajan.

Über Nacht legten sie einen der roten Ziegelsteine ins Feuer, die sie sich aus trockenen Lehmstücken geschlagen hatten. Der Stein erhitzte sich glühend und sorgte für eine konstante Wärme in der Nacht. Es rauchte nicht und ersparte das Holz, das in seinen dünnen Stangen zu schnell verbrannte.

Die Kälte mochte es schuld sein, oder was auch immer, dass sich bei Julia Zahnschmerzen einstellten. Sie hatte es schon mit unzähligen Gewürznelken im Mund versucht, und von Kolja ein Schmerzmittel erhalten und den Rat, einen Zahnarzt aufzusuchen.
Rajan fuhr mit ihr auf einer kleinen anstrengenden Reise in den nächstgelegenen Ort seines indischen Nachbarlandes zu einem Doktor Dent. Nach Begutachtung der Sache und endlosen politischen Diskussionen, reichte man ihr einen Becher mit einem alkoholischen Getränk. Nachdem sich der Doktor das gleiche gegönnt hatte, machte er sich, weiter diskutierend und fluchend an die Arbeit, bis der Kraftakt beendet war, und Arzt und Patientin in Schweiß gebadet aufatmeten. Danach hatte man sich den gleichen Drink noch einmal verdient. Rajan bezahlte ihn gut und war der Meinung, dass es ein guter Doktor sei.

Die Zeit der Kälte war zwar für die Natur und die Menschen zum Ausruhen da, aber für die Sherpas nur bedingt. Tag für Tag waren sie nun unterwegs, oder trafen sich im Dauerregen des Nordwest-Monsun im neuen Gemeindehaus, um an ein paar wenigen Geräten, die sie sich besorgt hatten, ihre Fitness zu aktivieren. Es war, als sei ein Fieber in ihnen ausgebrochen, das sie nicht mehr zur Ruhe kommen ließ. Sobald die erste warme Sonne vereinzelte Wege trocknete, machten sie auch ihre Dauerläufe, oder bestiegen die kleineren Berge über den Dörfern, während die Menschen noch in ihren Häusern saßen. Sie trainierten, ob sie jung waren oder alt. Jeder, der sein Geld über den Everest-Tourismus verdiente, wusste um die Fitness, die der harte Job verlangte.

Die höchsten Berge der Welt bestieg man nicht mit schlaffen Muskeln und müden Beinen. Auch die inneren Organe mussten gestärkt werden: das Herz, die Lunge zum Atmen dünner Höhenluft, und der Kopf mit seiner Wachsamkeit und seinem Willen, der in der Bequemlichkeit so schnell nachgab. Erfolge hatten ihren Preis!

Bald war Saison-Beginn, und die Flieger, die aus aller Welt in Kathmandu landeten, würden wieder voll von gut vorbereiteten Bergsteigern sein, die darauf fieberten, nach oben in ihre Basis-Camps zu kommen.

Ihre Rucksäcke würden mit der besten Kleidung, Energie-Snacks und Powerdrinks gefüllt sein. Die Freundlichen von ihnen schenkten auch ihren Sherpas manchmal etwas davon; man war ja Kameraden am Berg, und auf Leben und Tod aufeinander angewiesen.

Über die vielen Vorbereitungen vor Saisonbeginn waren die Stunden der stillen Zweisamkeit auch für Rajan und Julia immer weniger geworden. Die Tage gehörten den Sherpas. So waren es oft nur die Nächte, in denen sie sich nah waren. Dann schenkten sie sich ihre Liebe auf eine innige Weise, weil sie wussten, wie bald sie sich verlieren würden.

Zärtlich geflüsterte Worte ihrer Sprachschätze zogen durch den dunklen Raum, der ab und zu von einer kleinen aufflackernden Flamme erhellt wurde. Sie sagten sich all die Dinge, die man sagte, wenn man sich trennen musste: ernste

Worte, mahnende, schöne und liebevolle, die ins Herz gingen, um nicht vergessen zu werden. Rajan versprach ihr in jeder Nacht, dass er ihr ein gutes Leben bieten wolle, und dass er sie lieben werde über seinen Tod hinaus.

Zur Verabschiedung der Sherpas hatten sich alle Dorfbewohner auf dem Platz am Brunnen versammelt. Gemeinsam wurden sie in einer Zeremonie in den Himalaya verabschiedet. Ein geistiger Beistand erflehte Gottes Schutz und Beistand für sie, und kniend erhielt jeder einzelne mit dem Bergsteiger-Fähnchen seinen Segen.
Die Sherpas waren bereit. Der fieberhafte Bergrausch der Unruhe zog sie hinaus. Nachdem noch alle zusammen das Lied der Berge gesungen hatten, brachen sie unter Jubel und Zurufen der Zurückbleibenden auf.
Traurig war niemand! Hatten sie doch gerade ihre Helden ehrenhaft verabschiedet! Verabschiedet in die Obhut ihrer buddhistischen Götter, die sie gewiss auch als Helden wieder zurückkehren ließen. Nicht jeder erhielt die Gunst des Berg-Gottes vom Everest! Er war ein gütiger, aber auch gnadenloser Gott, der Größenwahn und Leichtsinn strafte.
Rajan war diesen öffentlichen und feierlichen Abschied nicht gewöhnt. Immer wenn er losgezogen war, hatte ihn die Mutter ein Stück des Weges begleitet. Sie hatten nicht viel miteinander gesprochen, nicht einmal dann, wenn sie ihn zum Schluss umarmt hatte. Aber oben vom Hügel herunter hatte sie ihm lange nachgewunken, und er hatte die bange Sorge und Hoffnung gespürt, die darin lag.
Beim letzten Mal hatte sich die Hoffnung auf das Wiedersehen nicht erfüllt. Die Erinnerung machte ihn traurig.
Traurig war auch sein Herz im Gedanken an Julia. Still und ohne jeden Funken Freude im Gesicht hatte sie zwischen

den anderen gestanden, als er in seinen Heldenjob verabschiedet wurde.

So ging er hinaus, um wieder das Geld für einen Menschen zu verdienen, der ihm lieb war, und dem er damit ein besseres Leben schaffen wollte. Es war das Los des Mannes!

Später, als sie ihren Job gemacht hatten, kamen sie zurück. Alle, außer Rajan! Wie verloren stand Julia unter den Frauen auf dem Dorfplatz, die ihre Männer und Söhne unter den flatternden bunten Gebetsfähnchen in die Arme nahmen.

Von Gedanken gequält war sie auf dem Heimweg, als Amar ihr folgte. Schweigend ging er neben ihr her, bis sie ihn fragend ansah. Sein Blick wich ihr aus.

„Nun sag schon, Amar!" herrschte sie ihn ungeduldig an.

„Was ist mit Rajan? Gab es ein Unglück?"

„Nein, nein! Das nicht!" schüttelte er den Kopf. „Es ist nichts passiert! Nur …" Er wußte nicht, wie er es ihr sagen sollte.

„Rajan … er ist in Amerika!"

Endlich war es gesagt! Er sah sie mitleidig an und zuckte hilflos mit den Schultern.

„In Amerika? Aber nein … wieso? Was will er in Amerika? Er hat nichts davon gesagt"!

„Es war ein kurzer Entschluss!" sagte Amar. Bei den Vorbereitungen zur ersten Tour habe er am Abend davor zum Berg hinauf geschaut, immer und immer wieder, und sich dabei an die Worte seines amerikanischen Freundes erinnert, nie mehr auf einen Gipfel zu gehen, auf dem er einen guten Freund verloren habe.

Früh am anderen Morgen habe er dann von Kathmandu aus den ersten Flieger nach Amerika genommen.

Sie starrte ihn an: „Das ist unglaublich!"

„Ich glaube, er tat es für Larry, dem er sich verpflichtet fühlte. Er hatte es ihm versprochen."

„Mir hatte er auch etwas versprochen!" lehnte sie sich auf. „Sogar ein Haus wollte er mir bauen!"

Amar versuchte, den Freund in Schutz zu nehmen:

„Julia, könnte es sein, dass er das Geld dafür in Amerika verdienen will, wo er doch am Everest seinen Job gekündigt hat? Er hat dort nicht hinaufgehen können, wo ihn all seine Sinne davon abhielten. Es war ein plötzlicher Entschluss! So etwas kommt vor. Versuche seine Situation zu verstehen!"

Er bat um Verständnis für Rajan; doch sie verstand es nicht. „Er hat mich einfach verlassen!" sprach sie vor sich hin und schüttelte immerzu den Kopf.

Amars Worte, die es ihr erklären wollten und ihr sagten, dass Rajan es aus Liebe zu ihr getan habe, verhallten in ihren Gedanken, die sich im Kopf drehten wie ein sich in lauter Musik drehendes Karussell, in dem sie saß, Runde um Runde, bis der Blick verschwommen und Amar gegangen war.

Jahreszeiten wechselten sich ab. Wie die Stimmungen! An hellen Wintertagen, wo die Luft klar war und die Sicht weit, sahen auch die Gedanken weit, bis nach Amerika! Sie sahen viele Menschen, die sich bewegten, auf dem Boden und in der Luft, und alle hatten Arbeit. Nur Rajan sahen sie nicht, als habe ihn das große Land verschluckt. Oder das Universum, in dem Larry war? Schließlich hatte sein Sherpa ihm folgen wollen! Sie fragte sich: lebte er gut, oder schlecht? Hier in den Bergen war Winter. Und dort? Sommer und ein frohes Leben, in dem er sich vergnügte? Konnte er sie einfach vergessen? Die Grübeleien nahmen kein Ende.

Immer wieder wehrte sie sich dagegen, an seiner Liebe zu zweifeln, die so ehrlich gewesen war. Die Gedanken daran taten weh. Sie vermisste ihn, und das Verlassenwordensein schmerzte. Egal aus welchem Grund er gegangen war; sie würde es nie verstehen!

Ein Haus wollte er für sie bauen. Das hatte sie auf Tonga! So groß, wie er es ihr nicht hätte bauen können. Nur Rajan hätte sich darin nicht wohlgefühlt. Ach, ein Haus! Als ob es das Wichtigste gewesen wäre! Dafür war er bis nach Amerika geflogen und hatte sie in dieser ärmlichen kalten Hütte zurückgelassen, in der ihre Liebe sie gewärmt hatte.

Das Feuer in der Kochmulde flackerte weiter im Zug der undichten Türe, die Rajan vor diesem Winter reparieren wollte; und damit zog die Wärme nach draußen. Der zerbeulte Wasserkessel sang sein Lied auf dem primitiven Rost über dem Feuer, statt in einem rauchlosen indischen Tandoori-Ofen, von dem sie geschwärmt hatten.

Träume vergingen wenn die Liebe zerbrach, überall auf der Welt! In großen wie in kleinen Häusern tat es weh.

Verlassen zu werden war ein Zurücklassen im Dunkeln, in einem Nebel, in dem man stand, und die Schritte des anderen noch aus der Ferne hörte. Man hoffte darauf, dass er zurückkam; oder dass ein Lichtstrahl ins Dunkel falle und einen Weg zeigen würde.

Auf dem Weg allein würde der Schmerz bald vergehen, wie alles verging: Tage und Nächte, helle und dunkle Stunden!

Aber noch rann der Regen des Monsuns auf die Felder und an den Fensterscheiben herab, und mit ihnen auch die Tränen um eine verlorene Liebe.

Leiden machte schwach. Und so erkrankte sie und fieberte lange. Shari, die gute Seele, brachte ihr etwas zu essen und fütterte sie wie eine Mutter ihr Kind. Sie brachte auch Kolja

mit, der ihr mit seinen Medikamenten und Ratschlägen half, langsam wieder gesund zu werden.
Mit den ersten Sonnenstrahlen kam aus Amerika ein Brief.
Er rüttelte das wieder wach, was schlafen gehen wollte.

„Don't forget me!" schrieb er,
„Remember me
and my love in flame!
Soon I'll be back to you
and we've one another again!
I miss you
my sunshine, my joy
by day and night, my wife,
my hope, my all,
my love and my life!"

*

"Vergiss mich nicht!" schrieb er
„Erinnere dich an mich
und an meine flammende Liebe!
Bald werde ich zurück sein bei dir
und wir haben uns wieder!
Ich vermisse dich
mein Sonnenschein, meine Freude,
bei Tag und Nacht, meine Frau,
meine Hoffnung, mein Alles,
meine Liebe und mein Leben!"

Es war eines von Rajans Gedichten, in denen er es verstand, seine Gefühle auszudrücken. Seine Worte erzeugten wieder das wehmütige Gefühl im Herzen, das gut tat und zugleich wieder leiden ließ. Sie machten Hoffnung, und doch keine. Das Karussell der Gedanken drehte sich weiter.

Im nächsten Brief sprach er von seinen Träumen, und dass sie in treuer Liebe zusammenlebten:
„I dreamt
we were together
living in love so true ...
Und manchmal sah er sie in schweren Träumen in einer roten Magnolie, wo ihr Herz nach ihm brennen würde.
Manchmal auch zwischen Sonne und Mond, früh am Morgen, als eine weiße Lotusblüte, ihren Duft nach ihm versprühend   „Sometimes, in my wounded dreams
I see you as a red magnolia
and your heart burned for me.
Sometimes, between sun and moon
in early morning
I see you as a white Lotus
scentend to me."

Rajans Gedichte waren voller Sehnsucht; aber sie enthielten nichts, woran sie sich klammern konnte: Kein Vorhaben, keine Pläne für etwas Gemeinsames, und auch keine Entschuldigung. Sie wusste nicht einmal, ob er eine Arbeit gefunden hatte in diesem guten Land, wovon er sich so viel versprochen hatte.
Zweifellos war er auch mit falschen Illusionen in die Ferne gegangen wie sie selbst und viele andere, und mit allzu viel Hoffnung auf ein besseres Leben als das, was er gewöhnt war. Sie hätte es ihm gegönnt, ein Paradies anzutreffen nach seinem armen Leben, anstatt eine erneute Plagerei in einer Welt, die ihm in allem über war. Genau das würde ihn kränken. Rajan war kein Mann für Amerika! Ohne Larry war er verloren in diesem großen Land. Er tat ihr leid. Warum hatte er sich das angetan? Und das alles wegen

einem Haus!

Sie erinnerte sich dabei an seine Reaktion auf die Fotos von Tonga, über die er sich zu klein und ungebildet, und zu einfach vorgekommen war. Mittlerweile fragte sie sich, ob sie jemals mit ihm nach Hause gegangen wäre? Und auch, ob er ihr dorthin gefolgt wäre?

Tonga hatte im Stillen immer als etwas Unüberwindliches zwischen ihnen gestanden.

Und nun war es Amerika! Oder was auch immer!

Irgendwann wurden die Tage heller. Der Regen hatte aufgehört, und ein Wind trocknete die Nässe. Da, wo die Erde das Wasser aufgenommen hatte, war alles Grün gewachsen und versprach ein fruchtbares Jahr. An den anderen Stellen hatten sich kleine Seen gestaut, oder die Wasser hatten sich in Bächen zusammengetan und flossen nun talwärts in die Schlucht des Sun Khosi.

Wie immer waren mit dem Wasser auch die Steine von den Bergen gekommen und auf den Äckern liegengeblieben.

„Es gibt wieder Arbeit!" hatte Shari gesagt. „Jedes Jahr gehen wir auf unsere Äcker. Und das ist gut so!"

Sie forderte auch Julia dazu auf

„Komm, Arbeit ist gut! Gut für deinen Kopf und dein Herz! Und Arbeit hält uns Frauen stark!"

Shari hatte recht. Mit der Ausgeglichenheit des Wetters begann die Arbeit auf den steinigen Feldern. Es wurden Steine aufgesammelt, wieder einmal Mauern gebaut und Abgrenzungen neu gerichtet.

Die Erde auf Julias Acker am Hang hatte sich vom Wasser nicht aufweichen und wegschwemmen lassen. Sie hatte sich dagegen gewehrt, indem sie sich verkrustet und hart wie ein Beton geworden war. Die Bäche des Monsunregens waren über der glatten Fläche zu Tal geflossen, ohne in den Boden einzudringen. Der Vorteil war, dass sie in ihrer Strömung auch die Steine mitgenommen hatten, und natürlich die Mauer am Hang, die mit soviel Mühe errichtet und befestigt worden war.

Solange keine Wassermassen flossen, konnte man die darüber liegende ebene Fläche beackern. Oberflächlich gesehen schien das Auflockern des Bodens leicht. Doch schon die ersten Versuche, die Erde aufzuhacken und zu lockern, zeigten die Sinnlosigkeit dieser Arbeit.

Verbissen und verzweifelt schlug Julia mit der Hacke auf den harten Boden ein und prallte auf ihm ab. Ihr schien, als wollte die Erde sie nicht mehr hineinlassen. Wie, um Himmels willen, sollte sie ihren Acker, der schon soviel Mühe gemacht hatte, in dieser Härte fruchtbar machen, um wieder säen und ernten zu können?

Während sie wie eine Wahnsinnige auf den steinharten Boden einschlug, überfiel sie das Elend. Sie schrie die verkrustete Erde an, als habe sie Schuld an ihrer Plage.

Dass Jemand hinter ihrem Rücken die Hand ausstreckte und die Hacke aus ihren Händen zu Boden warf, erschreckte sie kaum. Arme umfingen sie, und weinend ließ sie sich rückwärts hineinfallen.

„Rajan!?"

Es waren Koljas Arme!

„Wo kommst du her?", schluchzte sie.

„Shari hat mich gerufen!"

Sie nickte und deutete auf den Boden:

„Er ist hart wie ein Stein!"

„Julia, der Boden kann nichts dafür. Die Wasserläufe haben ihn hart gemacht!" sagte Kolja und nahm sie bei der Hand, um mit ihr nach Hause zu gehen.

Zusammen zündeten sie das Feuer im Wohnraum an und kochten den heißen, süßen Tee, der guttat.

„Warum bist du gekommen?" fragte sie; und er antwortete: „Weil es dir noch nicht gut geht!"

Sie schwiegen, während sie den Tee tranken.

Er hatte seine Balalaika mitgebracht, die er damals als einziges Gepäck von St. Petersburg mitgenommen hatte. Still klimperte er darauf herum. Ihre Klänge stimmten immer etwas wehmütig.

„Julia", sagte er plötzlich. „Geh nach Hause! Es ist das Beste für dich!"

Sie sah ihn entsetzt an und lehnte sich auf:

„Aber wir ... ?"

„Ach, Julia! Unsere Pläne entstanden in einer sorglosen Zeit. Aber das Leben hier hat uns doch die Augen für die Wirklichkeit geöffnet; oder?"

Er sah sie traurig an, wusste nicht, wie er es ihr klar sagen sollte. So begann er von Neuem:

„Nicht jeder Acker der Welt lässt sich fruchtbar machen. Du willst es, aber auch du kannst es nicht ändern, Julia! Die klimatischen Verhältnisse der Länder sind zu verschieden. Und es sind nicht nur die! Du siehst doch, in welch andere Welt wir hineingekommen sind. Die Ansichten und Gewohnheiten, an denen sie festhalten, weil sie glauben, dass sie gut und richtig sind; wer weiß, wann und ob sie einmal davon Abstand nehmen. Bis dahin werden die Frauen und Kinder leiden".

Sie sahen einander an und verstanden.

„Wir beide, auch nicht ich als Arzt, können es jetzt schon ändern. Es wird Zeit brauchen! Vielleicht noch eine Generation, wenn die Jungen eines Tages machen was sie wollen."

Sein Blick war traurig geworden. Schon in der kurzen Zeit seiner Tätigkeit war ihm viel Trauriges begegnet.

„Ich habe Manches lindern können, aber nicht heilen, weil es sich nicht ändern lässt!" sagte Kolja.

„Man kann Menschen, die in diese Gebräuche hineingeboren und darin erzogen werden, nicht mit anderen Regeln und Forderungen ändern. Es muss auswachsen mit der Zeit. Über Generationen!"

Sie nickte. Er hatte zweifellos recht.

„Es ist wie mit deinem unfruchtbaren Acker, Julia! Dein ganzes Wissen und deine Mühe Jahr für Jahr prallen an ihm ab. Er ist so, wie er wohl immer war: stur und herrisch. Wie zum Teil die Männer!" lachte er. „Auch sie leben vor sich hin wie gewohnt, weil sie willige und fleißige Frauen haben, die sich nicht dagegen auflehnen können, oder dürfen.

Du siehst es doch selbst, auch an Shari, die sogar zufrieden dabei bleibt. Was willst du da ändern?" fragte er und war der Meinung, dass die Misere der Frauen zu den Hauptproblemen gehöre.

„Und natürlich die der Kinder, denen immer noch in zu vielen Fällen die schulische Bildung vorenthalten wird, weil die Eltern und Großeltern nur an körperliche, statt geistige Arbeit gewöhnt sind und keine Notwendigkeit darin sehen. Viele von ihnen wissen genau, was sie damit ihren Kindern antun. Über die Medien sprechen sich die Chancen rund, die den Kindern ohne Schulbildung entgehen. Vorallem die Jugendlichen, die lernen wollen, sehen es. Ihnen genügt es nicht, nur ihren Namen schreiben und lesen zu lernen. Sie wissen, dass sie damit nicht weit kommen.

Der älteren Generation hat es genügt. Natürlich mussten sie sich mit Arbeit ernähren, sobald sie als Kinder arbeiten konnten. Das war auch in unseren Ländern in den armen

Zeiten so. Aber hier scheint die Zeit still gestanden zu sein, in der woanders darüber nachgedacht wurde, dass ein heranwachsenes Kind etwas lernen muss, um später eine Existenz zu haben und seine Familie zu ernähren, damit alles weitergeht.

Diese Kinder, besonders die Söhne, werden sie aus diesem Grund verlassen und in die Fremde gehen!", sagte Kolja.

„Natürlich auch, weil es hier keine Verdienstmöglichkeiten gibt. Aber anderswo sind auch die Chancen schlecht, ohne Schulbildung einen Beruf zu erlernen. Sie werden immer in einer benachteiligten Position und schlechtbezahlten Arbeit bleiben!"

Es bekümmerte ihn. Das Wohl der Kinder lag ihm am Herzen, zumal er sich ihren auch als Arzt verpflichtet sah.

„Shari und Pradeep schicken ihre Kinder zur Schule", bemerkte Julia. „Und auch einige andere!"

„Aber du siehst, dass ihr Ältester mit gerade zehn Jahren, schon nur mehr für die Arbeit verplant wird", sagte Kolja.

„Er ist faul und will nicht lernen", entgegnete Julia. „Ich weiß es von Shari. Wenn er oben auf den Bergweiden bei seinen Schaf- und Ziegenherden ist, trinkt er, und das gefällt ihr nicht. Was soll sie tun?"

Sie wollten das Thema beenden, weil sie die Dinge nicht ändern konnten und sich dabei erbärmlich fühlten. Kolja hatte recht: Man konnte nicht heilen, nur lindern!

Und sie selbst konnte nicht einmal ihren kleinen steinharten Acker bestellen, geschweige denn die großen Notstände und Probleme in den Familien beseitigen!

Koljas Balalaika-Klänge beruhigten, und ließen Sehnsucht aufkommen nach einer heilen Welt. Sie entführten in die Heimat an der Newa, die so still und friedlich durch St. Petersburg dem Finnischen Meer entgegen floss. Wie sorglos und naiv hatten sie an ihrem Ufer gesessen und Pläne gemacht, ein armes Land zu verbessern!

Im Spiel der Balalaika zogen an Julia auch die fruchtbaren Felder von Tonga vorbei, mit wogender Frucht, und die grünen Weiden mit sattem Gras, die Viehherden und die Pferde, und inmitten das Gutshaus mit der großen alten Linde. Und die Menschen!

Sie, Julia, als Spross des Ganzen, hatte alles zurückgelassen und war gegangen, um sich anderswo in karge Erde einzupflanzen. Aber, entwurzelt wie sie war, hatte es nichts werden können.

Kolja ahnte ihre Gedanken.

„Zu Hause in deiner Welt kannst du Veränderungen schaffen! Und du kannst Dinge verbessern, die dir aufgrund deines Wissens nicht gut genug sind.", sagte er in die Stille, und ging zaghaft vor, um sie nicht zu überfordern.

„Vielleicht wirst du dort mittlerweile sogar gebraucht?" dachte er laut vor sich hin.

Sie sah an ihm vorbei. Das, was er sagte, berührte wieder mal den wunden Punkt in ihr, der ihr schon länger wie eine Wunde zu schaffen machte, die sie sich selbst zugefügt hatte. Es war nicht das Heimweh nach ihrer heilen Welt, sondern die Vernachlässigung einer Pflicht allem gegenüber, die sie beschämte. Selbst Shari erfüllte ihre Pflicht, ein Leben lang nur zu dienen, ohne wegzulaufen. Und es war genau das, was sie zufrieden machte.

„Du hast ein so großes und prächtiges Zuhause, das auch erhalten werden will! Es ist Dein Erbe, dem du verpflichtet bist. Du solltest es nun schätzen lernen!" hörte sie Kolja sagen. „Außerdem hast du wunderbare Eltern, die es von dir erwarten können, und die auf dich warten!"

Als er ging, umarmte er sie innig; Erinnerungen an Rajan kamen auf. Doch Koljas Verabschiedung war die eines Freundes, auf den man für immer bauen konnte, weil er eine andere Art von Liebe mit ihr teilte.

„Sag mir: Warum hast du mich nie gewollt?" fragte sie ihn unvermittelt, als er im Begriff war zu gehen. Er schien nicht einmal überrascht zu sein und antwortete ihr spontan:

„Doch, Julia, das habe ich! Sehr sogar!"

„Aber ...?"

„Du hast nie danach verlangt. Du vertrautest mir und unserer Freundschaft so, wie sie war. Ich hätte sie damit zerstört; verstehst du? Denk einmal darüber nach!"

Dann nahm er seine Balalaika und ging. Doch er blieb nochmal stehen und sagte:

„Außerdem warst du immer schon eine so schöne Frau, die ich zu sehr geliebt hätte, und am liebsten ganz für dich dagewesen wäre. Aber das große Interesse an meinem Beruf hätte es nicht zugelassen."

Dann ging er hinaus auf seinem Weg, der auch steinig war und hart, und auf dem er seinen Traum wahrmachen wollte.

Kolja und der Acker aber waren schuld daran, dass sie, Julia, ihren Traum aufgab, der sich nicht verwirklichen ließ.

Am Vorabend ihrer Abreise stand Shari in ihrem besten Gewand vor ihrer Tür, das sie nur zu besonderen Gelegenheiten trug. Herausgeputzt stand sie da, teils selbstbewusst und doch verlegen. Sie nestelte eine Spanschachtel aus ihrem schönen roten Umhang heraus, und gab sie Julia.

„Datteln!" sagte sie. „Für die lange Reise!"

Weinend hielt sie ihr die Schachtel hin und plapperte ganz

aufgeregt:

„Ich weiß, wenn dein Flieger geht! Dann werde ich auf meinen Acker gehen und ein Lied für meine Schwester singen, die in diesem Eisenvogel davonfliegt. Und dann werde ich weinen!"

„Ach Shari! Ich fliege zu meiner Familie und will sehen, wie es ihnen geht!" erklärte ihr Julia.

„Ja, das ist gut!" nickte Shari und sah sie mit ihren großen dunklen, tränengefüllten Augen an.

Sie gingen ins Haus, um sich in ihrer Traurigkeit zu umarmen.

Bevor sie wieder gehen musste, nahm sie ihre Kette vom Hals und band sie Julia um. Es war eine Wunderschöne, mit großen Perlen zwischen schmale bunte Stoffbändchen gereiht. Sie war ein Schmuckstück wie Shari!

„Sie soll nun bei dir sein, meine Schwester!" sagte sie und lächelte unter Tränen. Sie umarmten sich wieder und schämten sich nicht ihrer Tränen; denn sie kamen aus traurigem Herzen.

„Shari, es tut mir so leid, dass ich hier nichts für dich tun konnte!" bedauerte Julia. „Aber von zu Hause aus werde ich dir helfen!" versprach sie.

„Aber du hast etwas für mich getan!" sagte Shari: „Du bist meine Schwester geworden!"

Als sie sich verabschiedeten, fragte Shari nach ihrem Gepäck: „Soll ich dir helfen? Ich bin stark im Tragen."

Julia lachte: „Ja, das bist du!" Dann erklärte sie ihr ernst:

„Ich nehme nichts mit. Alles aus meinem Haus soll dir gehören. Ich habe es Tilak gesagt!"

„Ach Julia, was bleibt mir, wenn du gehst!" meinte sie traurig. „Du allein wirst mir fehlen!"

Dann ging sie zurück in ihr Leben, stolz und doch ergeben, traurig und zugleich froh: Shari, dieses Beispiel von Vielen, die in ihrem armen Leben zufrieden waren!
Julia sah ihr nach. Sie hörte sie weinen und lachen in ihrer Traurigkeit, und das Lied singen von ihrer Schwester, die in einem Eisenvogel davonflog.

„Shari"

Öl-Lack-Pastell
Ingeborg Christ 2021

Im ersten Morgenlicht fuhr sie mit Kolja hinunter nach Kathmandu. An der letzten Kehre vor der Einbiegung auf die Straße blickte sie noch einmal zurück.

Oben im Kar erhob sich die große, rote nepalesische Sonne aus den Bergen, majestätisch langsam wie ein Festakt zwischen Giganten, und färbte das Weiß ringsum rosenrot.

In den kleinen Bergdörfern begann ein neuer Tag, an dem die Menschen ihr Leben lebten, und die Frauen sangen.

Das Herz tat ihr weh!

Sie wusste es jetzt schon, dass die Erinnerungen an das, was sie gerade verließ, immer mit Traurigkeit und Sehnsucht verbunden sein würden.

„Julia", hörte sie Kolja sagen: „Tief durchatmen!"

Im Airport von Kathmandu wurde der Flug nach St. Petersburg mit einigen Stunden Verspätung angezeigt. Somit blieb noch viel Zeit für ein gemeinsames Frühstück und Beisammensein.

In einer Ruhe-Ecke fanden sie einen stillen Platz. Kolja bemühte sich, sie ein wenig aufzumuntern.

„Freust du dich denn nicht?" fragte er.

„Ja, doch! Ich freue mich, sie alle wiederzusehen und das Gefühl zu haben, endlich zu Hause zu sein."

Doch es klang verhalten. Und nach einer Weile meinte sie:

„Ich werde viel zu erzählen haben. Aber, Kolja, niemand von ihnen wird mich verstehen. Sie leben doch in einer anderen Welt! Und ich frage mich, ob es je wieder die meine wird."

„Das wird sie!" antwortete er überzeugt.

„Ans gute, bequeme Leben gewöhnt man sich schnell!

Und dein zukünftiges Leben zu Hause wird ja auch jetzt einen ganz anderen Sinn bekommen, und ich schätze, auch mehr Inhalt!"

Mut machend klopfte er ihr auf die Schulter.

„Es muss doch eine anspruchsvolle Aufgabe sein, ein solch wertvolles Gut so zu führen, damit es auch Zukunft hat", sagte Kolja und sah ihr ernst in die Augen.

Doch dann lachte er und meinte:

„Du wirst den fruchtbaren Boden sicher zu schätzen wissen, wenn du an deinen steinigen Acker von Nepal denkst!

Es hatte ihre Stimmung etwas aufgeheitert.

„Aber du hast schon recht", sagte Kolja: „Mit deinen Erinnerungen wirst du allein sein!

So wie ich es hier bin!" fügte er hinzu und nickte.

Jetzt, wo sie sich trennen mussten, fühlte sie, wie sehr sie den Menschen vermissen würde, der sie verstand.

An ihn gelehnt, dachte sie an ihre Zeit in St. Petersburg.

„Ach, Kolja! Was haben wir uns nur gedacht, damals, in den schönen Nächten an der Newa?"

„Ja, die Newa!" seufzte er. „Wir waren noch Kinder!

Es war doch naiv zu glauben, dass man schwierige Verhältnisse in einem Land mit theoretischem Wissen verändern kann. Wie gesagt: auch ich als Arzt kann es nicht, sondern nur praktisch helfen in meiner ärztlichen Funktion."

Am Ende wussten sie beide, dass man nur über das Leben anderer urteilen konnte, wenn man ihr Leben annähernd selbst gelebt hatte.

Die Ansagen im Airport schallten durch die Halle und erinnerten Julia an die Realität der Gegenwart. Sie klangen hart und laut. Zu unsensibel für empfindsame Herzen, die Abschied nahmen!

„Ich schäme mich, zurückzufahren!" sagte sie. „Mein Aufenthalt hier war umsonst! Wie alles andere!"

Er widersprach ihr energisch:

„Nichts ist umsonst, um das man sich bemüht hat! Schon dein guter Wille und der Versuch waren von Wert. Bedenke doch: Du hast Opfer dafür gebracht, dieses ärmliche Leben gegen dein Wohlhabendes einzutauschen, um vor Ort zu helfen. Wer tut das schon?" fragte er.

„Nein, Julia, umsonst war es nicht! Du hast viele Erkenntnisse daraus gewonnen, auch für dich selbst und dein Leben. Die Zeit hier hat dich verändert; du wirst gereift als eine Andere ins normale Leben zurückkehren!" meinte Kolja. „Was soll daran schlecht sein, wenn es für dich selbst gut war?"

Sie hörte ihm zu, während sein Arm sie umfasste und ihr Kopf an seiner Schulter lag. Kolja war der Pol, bei dem sie bei allen Problemen Ruhe fand.

„Ach, komm mit!" bat sie ihn in letzter Minute. „Hier bist du so weit weg von mir. Ich brauche dich!"

Zärtlich sah er sie an, und seine Hand strich über ihr trauriges Gesicht.

„Nein, du brauchst mich nicht, Julia! Du bist eine starke Frau, die alles schafft! Nur ab und zu brauchst du einen Impuls!"

„Ja, schon!", sagte sie. „Aber auch einen Menschen, der mich umarmt und versteht!"

„Natürlich, Julia, du bist eine Frau! Aber wer braucht das nicht?" gab er zu.

Er wollte ihr helfen. Doch es war wie es war! Am Ende meinte er:

„Es gibt immer irgendwo einen Menschen, der einem helfen kann. Doch Entschlüsse fassen und seinen Weg gehen, muss man allein!"

So war er in seiner Konsequenz, in der er hart war und

doch lieben konnte!

Beschwichtigend und verschmitzt lächelte er sie an und sagte:

„Aber ich bin mir sicher, dass du uns etwas aus deinem Herzen hierlassen wirst, das du ab und zu besuchen möchtest!"

Der Flug nach St. Petersburg wurde aufgerufen. Bevor sie zur Abfertigung gingen, wischte er ihr die letzten Tränen vom Gesicht.

In einem warmen Hauch von Kuss auf ihre Lippen sagten sie sich „Doswidanja".

Er stand noch am Rande des Airports, als die Maschine abhob, die in die Heimat flog. Lange noch lauschte er dem fernen Brummen aus den Wolken und spürte, dass es sein Opfer war, nicht mitzufliegen.

~~~

„Irgendwann
werden die Menschen
aller Kontinente und Religionen
zusammenkommen,
wenn die Eisenvögel fliegen
und die Pferde auf Rädern rollen"

Prophetische Worte aus Indien
im 8.(!) Jahrhundert

Das Leben

Das Leben ist Schönheit
bewundere sie.
Es ist eine Hymne
singe sie.
Das Leben ist Abenteuer
wage es.
Es ist eine Herausforderung
stelle dich ihr.
Oft auch Tragödie
bewältige sie.
Das Leben ist Glück
verdiene es.
Es ist ein Traum
verwirkliche ihn.
Und wenn es Seligkeit ist
genieße sie.

Mutter Theresa